每粒种子在破土之前，

都会憋着劲，

往下扎根，

先接通地气。

做人、做事，也是这个理儿……

地气

厉彦林散文选

厉彦林／著

人民出版社

序 地气重凝

　　每天，我们第一件事往往是关注天气，也经常问别人"今天天气怎么样"，很少有谁问"地气怎么样"。

　　人立天地间，天气有阴有晴，看得见、触得着，地气却不然。记忆最深的就是小时候跟伙伴们满地追逐、摔跤、捏泥人、弹琉璃球……小伙伴们个个壮得像小牛犊，很少生病，家长们说："多亏吃了土、接了地气。"那个年代各家孩子都不少，父母照顾不过来，才让孩子一个个疯跑疯玩。孩子们也不知因衣服脏了、破了，挨了多少骂。现在的孩子们就没那么"幸运"了，想接触点泥土或玩玩我们玩过的游戏，几乎是一种奢望。衣服和手掌稍微有点脏，家长就会立马给冲洗干净，甚至还要专门消毒。

　　"让孩子接触地气"，现在的年轻家长也很难认同。我的一位同事孩子经常生病，只好把孩子的奶奶从乡下接进城照看孙子。奶奶照看孙子自然会用心用力，这一点毋庸置疑。可儿媳却对老太太有些"怨言"，原因就在于老太太经常带着孙子到楼下的空地上玩耍，因而儿媳与老太太产生分歧。老太太说"让孩子晒晒太阳、吃吃地气，就不生病了。我的几个孩子都是这样带大的""孩子见土长得壮""不干不净吃了没病"这些老话，虽然很多人耳熟能详，可老太太说不出科学依据，只得退让作罢。

记得早些年下地劳作,长辈要求我必须先把鞋脱了,"地是通人性的,不能用鞋踏。如果踏了,地就喘不动气,庄稼就不爱长啦"。被耕种过的土地、有人住的地方,才会凝聚地气。地气旺人气,人与自然齐生共荣添灵气。地气伴随春天醒来,既让人耳目一新,还会渗入无色无形的空气,让你听到、嗅到、感觉到。她用这些方式告诉我们,她的脚步敏捷而轻盈,她的美丽无处不在。

开春的大地仿佛有一种声音,隐隐约约,丝丝传到耳畔……听不清,道不明。侧耳谛听,隐约的,不是风滑过树梢,也不是管弦丝竹的余音……噢!那分明是地气在蠕动!她从遥远的土层深处传导而来。当布谷鸟的歌声在田野上空倏然滑过,冰凌刚刚消融的土地,被地气一熏,身子松软,山冈上立刻"草色遥看近却无"。盛夏时节,悠悠的地气被正午火辣的阳光照射,愈发炎热而强烈,灼烤的大地和路面上升腾起一阵阵、一波波的热浪,清晰可见,那正是我们平日看不到的地气!丰稔的秋天,地气被丰收的声音和味道浸润着,揉搓着,扩散着,颗粒归仓;冬天,地气聚敛,谦卑地覆盖住季节的浮躁,偶尔会在避风的山沟、泉旁,幻化为白色的雾气,时隐时现几分朦胧与神秘。

眼下城市摊大饼般地成长,许多人反而感觉无处生存。从农村走进城市,天天奔走在宽敞平坦的柏油路上,觉不到泥土的珍贵和芳香。在城里生活久了,整天脚踏水泥路,穿梭于高楼大厦,总觉得自己无根无落、越来越轻,好像要飘浮起来一般。城市日益增高的水泥森林、鸣笛穿梭的汽车、雾霾升腾的味道,渐渐掏空人们的心灵,感到上不着天、下不触地,没了降落、抵达和栖息的地方。许多人由向往城市的繁华,转向抗拒甚至恐惧城市的繁华,喜欢鸡鸣狗吠的乡村、雨后清香的泥土、遍地庄稼的田园风光。一句话，那是怀想和留恋大自然的天然和地气的纯正。

地气是日月之精华，是大地母亲呼出的气息。"和也者，天下之达道也。"大地厚重地载着万物，天空任我们思绪驰骋。俗话说："天气下降，地气上腾，天地和同，草木萌动。"今年清明节我回到故乡沂蒙山区那个小山村时，正赶上乡亲们赶着牛、扛着农具下地耕种。我陪老父亲来到自家菜园地，脱掉皮鞋，双脚插进故乡松软潮湿的土地时，一股凉爽的气息瞬间传遍全身，身心被地气抚摸、浸润和包围，顿感缕缕慈爱与温暖，神清气爽。过去听说，长久躺在病床上的老人，需要下床走走，接接地气，才能逐渐康复。地气究竟是什么？记得我爷爷曾说过："开春吸几口新鲜空气，炒盘第一刀韭菜，喝碗新剜的野菜熬的粥，人就气血畅通，就接上地气了。"

说得深些，农具上没有手印，手掌上没有过血泡和老茧，对粗笨的农具就没感觉、没感情，对百姓也不会动情、不会有真情。吃着农家粗茶淡饭，熟知那一长串鲜活而简单的人和事，才理解土话里深藏的含义，才会打开内心的玄机。脚下沾过多少泥浆，心中积淀多少真情嘛！假若韭菜、麦苗都分不清，地瓜、土豆都不认识，蒲公英、苦菜、荠菜、车前草都叫不出名，就不可能真懂民情和乡事。没有"土气"，也就接不上地气。真心话是在心窝里暖出来的、捂出来的，用心用情才会接收到地气、扛得起风雨。这与每粒种子破土之前，都先憋着劲往下扎根、先接通地气是一个理儿。

遵天道，守地理，就是信仰自然规律。我陡然想起一句老话"人活一口气。"这口气肯定就是地气积蓄的元气、涵养的正气。

季节正在翻页，新的生命与梦想又在深厚新鲜的土壤里孕育着嫩芽苞……

扫描二维码
聆听作者的散文
《序 地气重凝》

目录

001　序　地气重凝

001　第一辑　乡情如酒

002　春天住在我的村庄
005　乡情如酒
009　青石小巷
012　树上童年
015　童年钟声
018　童年卫士
022　享受春雨
026　听春
029　品春
033　种萝卜
037　旱烟袋
040　剃头匠
044　喜鹊窝
048　春燕归来
054　蛙声
057　春天电影
064　过冬的树
068　村庄的灵光
073　爬山虎

目录

第二辑 亲情暖心　077

赤脚走在田野上　078
祖孙四代求学梦　081
父　爱　086
仰望弯腰驼背的娘　090
娘的白发　093
煤油灯　096
回家吃顿娘做的饭　099
回家过年　103
年夜饺子　106
家　讯　110
我的父亲节·母亲节　114
舍命保花　118
腊梅花开的声音　128
草戒指　134
栀子花开　139
萤火虫　143
自行车　147
爱的礼物　151
　　　　155

第三辑 真情在胸　161

沂蒙山　162
沂蒙石磨　168
沂蒙地瓜　172
沂蒙煎饼　179
沂蒙布鞋　186
沂蒙鞋垫　189
沂蒙窗花　194
蒙山特产　201
乡下『土鸡』　205
赊小鸡　210
麻雀　214
进城的大树　218
家有半分菜园　222
天烛峰的松　225
攥一把芳香的泥土　229
风雨荷塘　234
乡间秋雨　237
赶年集　240
十字路　245

第四辑 家国情深　251

故乡　252
土地　266
村庄　281
炊烟　298
人民　307
城市的土味儿　324
城市低处的灯光　328
泰山石敢当　337
出类拔萃的秘密　341
醒了，中国睡狮！　345
中国红　350

跋　天光照耀　355

乡情，

是一坛陈年老窖，甘洌，香醇。

山岭，土地，河流，乡亲，

叠印记忆底片，彰显生命本色。

童年、少年、青年、壮年、晚年，乡土、乡音、乡情、乡味、乡愁，

延续生命的基因和遗传密码。

在寒风凛冽的隆冬季节，

在失意消沉的时刻，

听听乡音，品品乡味，叙叙乡情，

如掬一泓清泉，

如饮一杯烈酒，

如沐一缕春风……

第一辑 乡情如酒

春天住在我的村庄

　　我的故乡坐落在古老的沂蒙山区东部，村庄四周的驼背山、鸡鸣山、柴虎山，自然排成弧形扇面，像三双呵护的大手。村庄就端坐在三山相倚的一块丘陵之上，土质不肥沃也不算贫瘠。

　　春天的村庄，隐藏在刚冒芽的树木丛中，从远处看只觉得像一幅淡淡的水粉画，透出几分朦胧、神秘和素雅。房前屋后，那椿树、槐树、杨树、楝树、梧桐树，稀稀疏疏，比赛似地成长。

　　无数条小路，蜿蜿蜒蜒地钻进村子。路边是高低大小不一的田地，茂密的庄稼尽情享受春风的宠爱。麦秆粗壮，麦叶就像擦了一层光亮亮的油，小麦在风中你推我搡，正忙着蹿个儿和灌浆。黄色的油菜花，身披暖洋洋的阳光，携手跳着舞蹈。那辛勤的蜜蜂穿行其间忙着采花酿蜜。那茵茵的青草，就像刚舒展开的绿地毯，铺满河边、田头、路边，一直蔓延到庄稼地边和村头菜园。田野里顶顶草帽或苇笠在浮动，乡亲们正忙着间苗或除草。路边的杨树叶子哗啦啦地响着，透出斑驳的光影。路旁，放羊的老人，坐在树下的蓑衣上，嘴里含着一根长旱烟袋，哼着吕剧或自编的小曲，眯缝着眼，神态自如，悠然自得。

靠近村庄，路两边是大大小小、方方正正的菜园。仔细观察，你就会发现各家各户的菜园之间没有篱笆和围墙，那菜长得无忧无虑，常常把枝蔓伸到邻居家的菜地里。谁家来了贵客，或者是菜接济不上了，只要说一声，就可跑到邻居的菜园里去采摘。

春雨中的村庄异常漂亮。灰蒙蒙的雨雾，隐隐地遮住每一栋房舍，村庄就像披着彩纱、含着几分羞涩的村姑。走进村庄，那泥土、青草、庄稼和牛马粪味，混杂在一起，让人特别坦然和舒服。一下雨，路上的人就自然多起来，大人们跑着去田里堵水灌地；放学的孩子顶着书包往家跑，不小心摔个仰八叉，那黄泥汤溅了满屁股，书本也甩了满地。母亲呼喊孩子的声音，在湿润的空气中回荡，震落树上的水珠。那水珠滴答一声落下，钻入你脖子，凉凉的，爽爽的，舒服极了。

雨过天晴。到傍晚时分，夕阳的余晖把山岭、田园、村庄涂抹得金灿灿的，水库和塘坝里更是金波荡漾。各家屋顶上早已升起了直直的炊烟。熏暖的

地　气

微风中，一缕缕饭香扑鼻而来，口水自然就流出来了。这时喊孩子和唤鸡鸭的叫声，牛羊哞哞咩咩的叫声，长一声短一声，高一声低一声，响彻在村庄的上空。家家的柴门吱扭吱扭地响着，锅碗瓢盆合奏着。上了年纪的老人，饭前说啥也得品上二两老烧酒，脸色红润，悠然陶醉。

等圆月从山嘴上升起，把银色的月光洒满山乡的角角落落，村庄已枕着夜色和湿润润的雾气，沉浸到恬静、安谧的梦乡里去了。

故乡虽然土地瘠薄，却是一片知痛知热的土地，村民就是生生不息的庄稼，在一茬一茬、一年一年地生长。那熟悉和气的乡音，那慈善亲切的笑容，会把你带回一种原始且真诚的记忆中去。那情，那义，那难以言明的惦念和关爱，就像一坛陈年老酒，没喝就醉了。

在春暖花开的季节，一头扎进故乡的怀抱，仔细品味乡村那自然、纯真、素雅的景色，享受山乡那纯洁善良、宽容厚道的人间真情，便不断捡回豁达、宽容、淡泊的心境和割不断、理还乱的乡村情结。

扫描二维码
聆听作者的散文
《春天住在我的村庄》

乡情如酒

岁月酿造记忆的美酒，时间沉淀怀旧的情感。想故乡、盼故乡的这种纯真情感，忆故乡、念故乡的这种乡村情结，好像从灵魂深处，冲出来，蹿出来，势不可当。

城市没有连绵青翠的群山、亲切的村庄、熟悉的河流、弯曲的小路。正月瑞雪飘舞，五月豌豆花开，六月小麦金黄，九月高粱艳红，十月忙着颗粒归仓。普通的农家小院，青石砌到顶，栅栏门、牵牛花、压水井、老黄牛、弯把犁、八仙桌、老烧酒……让从乡下走进城已上了些许年纪的都市人心旷神怡，动情动心。许多城市人心头藏着一个梦想，那就是等积攒些钱，回到故乡或择一处山清水秀、民风淳朴的乡间，盖上几间瓦房，种上半亩菜园，读书、种菜，享受悠闲。如果有知心朋友来访，可以先去挖野菜、摘山果、刨花生、掰

地　气

玉米、宰山鸡，拉起风箱，炒菜蒸馍，在那几缕炊烟飘过之后，可以邀几缕月光喝酒长叙，直到鸡叫三遍……

上个世纪 70 年代末，我接到那张薄薄的、重重的、预示着改变我命运的高考录取通知书，真是喜出望外。我把通知书拿回家，爷爷虽然认识不了多少字，但还是反复地看了几遍，好像那是世间最贵重的宝贝；含辛茹苦的父母异常高兴，父亲在美滋滋地抽烟，母亲抹着眼泪忙着炒菜做饭。离开小山村时，我心里既有对乡村、对乡亲特别是家人的留恋，又充满了对城市、对未来美好的期待。从那时起，我才真正懂得乡村对我生命的重要，才发现乡村是这么难割难舍，我悄悄地把对家乡的留恋、对亲人的惦记一点点深埋心底。

在城里工作，往往把一个很大、很宽泛的地方说成是自己的故乡。其实关于故乡的记忆，更多形成在中学时代。那时农村特别穷，虽然学费不高，但好多孩子仍然上不起学。俗话说穷人的孩子早当家，不如说家穷的孩子早懂事。当时一家节衣缩食供我上学，我也算懂事，能够体谅家人的难处和艰辛，算得上村里比较刻苦的孩子。白天在学校，我认真听课，把知识当作应当精心收获的庄稼；放学后和节假日，我先帮着大人干活，放牛、挖猪菜、搂柴火；晚上，坐在煤油灯下读书、做作业、预习功课。上高中时，农村的日子没有起色，家里依然穷，一周就是一捆煎饼和一坛自家腌制的咸菜。当时不能住校，也没有自行车，每天就用两只脚丈量从学校到家十华里的土路。能够亲身感受茫茫田野一年四季的轮回变化，倒也是一件十分快乐和得意的事情。

　　如今忙里偷闲回到故乡，站到村头巷尾，那熟知的乡音土语，那终生难忘的土腥味、牛粪味、灶烟味扑面而来。小村并没有太大变化，在外工作久了，我熟悉的人正越来越少，一张张熟悉的面孔在变化、在减少，甚至有我不认识的人在对我指指点点，那分明在交谈我是谁。我陪着父母下地，经常有人和我的父亲打着招呼，又惊奇地加问一句"这是你家的小子？也长了年纪喽"。在我老家有个不成文的规定，谁要是外出工作或者打工回来，说啥也得拿盒烟与老少爷们儿共享。那些曾看着我长大的邻居长辈，那些与我一起打打闹闹、顽皮长大的同学伙伴，在接过我双手递上的香烟时，也会仔细地打量我一番，亲切地与我交谈，问我夏天济南那个火炉子能受得了？听说如今在城里就喘气还不要钱？你抓紧捣鼓点钱把咱村这条路修了吧……听到这些话，我胸口涌起一股暖流，甚至泪水在眼眶里打转，那纯朴的乡情、熟悉的乡音，蕴含着多少真切的关心和期待呀。

　　回到村里，我经常细心寻找那逐渐淡忘了的记忆的痕迹。这里曾是我放牛割草拾柴的那条沟汊，这里是我们一群浑小子打打闹闹、偷着烧队里花生吃的山岭，这里是我曾经推着独轮车、和生产队的男劳力搬送土肥的小路，这里是那年深冬、全队人冒风抗雪整修的大寨田，这里是我们那群学生劳动锻炼时唱着革命歌曲填过的水库……童年、少年、青春时光，乡音、乡情、乡味，都已成为生命的基因和遗传密码。听听乡音，叙叙乡情，品品乡味，如饮一杯烈酒，如掬一股清泉，如沐一缕春风……

地　气

　　回忆与怀旧的界限有时很难分清。怀旧往往是对逝去岁月和事物的追溯和迷恋，回忆往往是对昔日生命轨迹、生活方式的反思和重塑。每一次回故乡探望，每一次在村头驻足回望，那乡村情结就更牢固地盘扎在我的心坎上，是那么刻骨铭心。

扫描二维码
聆听作者的散文
《乡情如酒》

青石小巷

　　天又在下雨。眼前闪动着一幅古朴而苍茫的景色：那是一条青石垒铺的小巷，高低起伏，错错落落。两旁青石砌成的房屋，经过风雨洗礼和岁月雕琢，沧桑悠远，甚而有一缕冷峻深邃的感觉。石块的缝隙中，偶尔长出的青苔和没有名字的野草，也给小巷抹上了淡淡的绿意。

　　走进古老幽静的青石小巷，伸手触摸斑驳黝黑的墙皮，街口清风拂面，酣畅而惬意。脚步轻缓，裸露而光滑的青石上传来寂寞的回声。

　　那是一条悠长而熟悉的小巷，曾经走了无数趟的小巷。多少次寒风吹起我的衣角，吹动我的青涩童年和五彩梦想。

地　气

　　站在小巷中央，默默沐浴着雨丝，或者依偎在墙角，静心聆听一页页吹起的尘封记忆。风柔柔地抚摸路边的草木，没有声响。鸟儿栖落在树杈上，静静地梳理新长出沾着水珠的羽毛。一切如此静谧，好似怕惊扰了一个遥远的梦。

　　依稀记得多少个这样的夜晚，太阳渐渐西沉，小巷里飘落起母亲的呼唤。熟悉的乡音土语，终生难忘的泥土味扑面而来。我，还有鸡、鸭、狗、羊，都朝着炊烟笼罩的老屋奔去，踏碎了小巷里的残阳。

　　如今，老屋的炊烟依然飘动，山柴炖的饭菜依然清香。我真想像孩提时代那样，迈起轻巧的脚步，踏着青石小巷一溜烟跑进老屋。

　　空中飘来一丝幽雅的琴音，那跳动的音符在耳畔萦绕回荡。我倾心聆听，悠扬的旋律中，分明有几声轻叹，正如游子归家时热泪沾襟的感伤。忽而，一群孩童从远处跑来，小巷里顿时满是童稚的歌声和幸福的笑脸。

　　曾几何时，我也是这般无忧无虑的少年，在小巷中追逐打闹，享受稚嫩单纯的美好时光。不知不觉，那个蹦蹦跳跳的少年，已经被岁月的风霜染白头发；那个不谙世事的少年，已经伤感得泪流满面……

　　生命只有一次，没有循环往复。人生就是一段旅程，每一步成长、每一次相聚都是唯一，因而必须懂得珍惜。只有品味世态炎凉，体味人间风雨雪霜，人生才会趋于完美，也才会着上成熟的颜色。

　　回眸青石小巷，我来捡拾童年的记忆，寻找那勤勉与善良的根基……

扫描二维码
聆听作者的散文
《青石小巷》

地 气

树上童年

记得小时候，房前屋后、村里庄外、田间坡头，那一棵棵或高大、或粗壮、或繁茂、或遒劲的树木，给了我幸福而欢乐的童年！

我们那个躲藏在沂蒙山区东部的小山村曾拥有许多树，都是一些普通的树。什么梧桐、槐树、柳树、苹柳、楝树、苹果树、桃树、梨树、李树、枣树等，为我们的村庄撑起了一片绿荫，构成了一个蓬勃向上、绿意盎然的家园。那些树生长在村庄里，杂乱无章，像水墨大师随意点缀和勾描的。村前村后、屋左房右到处都是树，可谓一树一世界，一树一风景。

那些树何年何月何人所栽，已无法考证。我只知道，围绕那些树，我的村庄曾发生过许多有趣的事情，伴我度过了开心愉快的童年和少年时代，树木留给孩子们快乐、美好的记忆，幸福的童年时光。春天采花，夏天捕蝉，秋天摘梨、柿子、板栗，冬天掏鸟窝……这一切，让我淡忘省略了那一串串艰辛、饥饿与苦难。

那个时候，农村日子穷，春天榆树叶、榆钱儿和刺槐花都是垫饥的美食。尤其是刺槐花开放的时节，沟底一片洁白，阵阵香气扑鼻，小村沉浸在槐花的清香里。每当这时候，我们就在长竹竿上绑个小铁钩，钩住一束槐花，用力一拧，那槐花就掉下来了。还有那时学校搞勤工俭学，盛夏时节同学们三五成群地去撸刺槐叶子晒干了卖，据说能染军装用。有时还会不小心捅了马蜂窝，孩子们被马蜂追着在树林中又喊又叫地奔跑。

盛夏正午是捕蝉的最好时机。可以悄悄地爬上树杈，用细竹竿系上细牛鬃去套，也可以用新小麦嚼出黏糊糊的面筋去粘。举着长竹竿的手不能抖，眼力要好，盯得要准，循声搜寻鸣蝉的位置，出手还要快。竹竿稳定而准确地伸向蝉的翅膀，一只只鸣叫不已的蝉，被你套住或粘住了，扑腾了几下，鸣叫了三两声，挣扎无望，便乖乖地成了囊中之物。

走在乡间小路上，凝望房前屋后、沟边路旁成片的树木，眼前再现童年的记忆。那棵柳树是我小时候折柳做笛的那棵吧？那棵高杨树枝桠上的鸟窝，是我们曾捉过一对小喜鹊的旧窝吗？远远的那棵楝树，它的果实还能做小伙伴的"子弹"吗？还有枝干虬曲的杏树、石榴树、枣树……和五颜六色的花朵、水果，都给我们的童年抹上了甜蜜的色彩和味道。

在我童年时，我还亲眼目睹了我家院中那棵老槐树被雷电击中的情景呢。那棵树算得上是我们村庄里树木家族的元老了，它粗大、苍老、盘根错节，老人说，快百岁了，足足有几搂粗。遭雷电击时，只见一道闪电从天而降，那声响雷震耳欲聋，眨眼间，粗壮的树干被撕得皮一缕、肉一块，扔了满院子，院里飘起一股浓烈的硫黄味。

无论我走到哪里，面对陌生的树木，就如同看见我的乡亲和我的童年的伙伴，回忆起自己成长的历程。不知不觉哼起罗大佑那首《童年》："池塘边的榕树上，知了在声声地叫着夏天；操场边的秋千上，只有蝴蝶停在上面……"树上快乐的童年，依然根扎我们这代人的心窝。

不同年代的人都有打着时代烙印的"童年史"。我庆幸我经历了上世纪六七十年代我们国家那段贫困的岁月，为我保存了纯真、天然的童年底版，让我时常能感觉到那个时代的纯洁与体温。

扫描二维码
聆听作者的散文
《树上童年》

童年钟声

童年，是人生乐章中最动听的音符，生命画卷中最美丽的风景。童年那悠扬的钟声，一缕缕铭刻在灵魂深处和生命履历中……

多少次我情不自禁地驻足在幼儿园或小学院墙边，痴情地盯着孩子们嬉戏打闹的身影，静心倾听悠扬的钟声、铃声，细心品赏孩童们清爽的笑声和读书声，默默分享那份天真快乐、幸福时光。

上世纪六七十年代，我们这个年龄段的人刚刚上小学。当时各个村庄大都在村头上建有小学。山村的清晨来得早，是被那清脆的钟声和孩子们朗朗的读书声唤醒的。那普通的农村小学，既让我们在钟声和读书声中慢慢长大，又让我们学会了怎样去面对生活中的风和雨。

地　气

　　我们村的学校在村北边，后边就是一片树林子，密密匝匝地长满榆树、苹柳、杨树和各种灌木。春天，清晨的空气格外清爽，树林里异常幽静。树叶正由鹅黄变碧绿，阳光透过那稀稀疏疏的树叶，在地上映出凌乱的光斑。林中的鸟儿活跃起来，"叽叽喳喳"地叫个不停。清风摇动满树的绿叶在鼓掌。流水潺潺，鸟啼声清脆悦耳，一只只蝴蝶在灌木丛中盘旋嬉闹、比翼齐飞，一群蜻蜓好像飞机特技飞行表演队，在空中滑翔俯冲。活泼机灵的小鸟，在刚换上春装的大树上蹦来跳去，比赛似地歌唱。林中蜿蜒幽静的小路，时而响起学生的脚步声和读书声。鸟儿们顿时像遵守纪律的孩子，鸦雀无声。孩子们摇头晃脑，抑扬顿挫，诵读得如痴如醉。那清脆的读书声，童稚的歌声，爽朗的鸟鸣声，潺潺的溪水声，合奏出优美和谐的天籁之音。那天人合一的仙境，梦幻一般，让人陶醉。

　　当年村里穷，小学的设施简陋，用不起木制的课桌，就用土坯垒上几排土台子，凳子也是从各家捎来的，可大家读书、学习十分卖力。同学们半闭着眼，摇头晃脑地朗读课文。院南角竖着一根又粗又高的竹竿当旗杆。每当重要的节日，都要升五星红旗，同学们穿着五花八门、衣服各式各样，在五星红旗下庄重地行注目礼，现在想起来依然有一股暖流在胸中流动。蓝天下轻轻摆动着的红旗，是那么鲜艳动人。最让人难以忘怀的就是钟声了。起初是铁铸的钟，后来换成一截炮弹壳，用一根粗钢筋勾着挂在树上，敲起来"当当"作响，声音清脆还有余音。清晨，孩子们听见钟声立刻背起书包跑出家门，追逐着，嬉闹着，笑声一路铺洒到校园。学校没有体育设施，孩子们自力更生，玩玻璃球、打梭、打陀螺、跳高、跳绳……同样玩得兴奋、痛快！

那时农村贫穷，村里和学校都没钱，学校就组织勤工俭学。春天，让我们排着队去山冈沟底去撸刺槐树叶；秋天去田野翻地捡地瓜、花生。更有趣的是去山上挖山蝎子和土鳖。那时山上蝎子多。搬动大的石头块，会发现有蝎子高扬尾刺与你对视，或直往石缝里钻。我们就迅速用筷子夹起来，放进准备好的玻璃瓶里。一只两分钱，抓上半天能卖几毛钱，高兴得一蹦老高。

刚从童年的学校毕业，人生的学校就在岁月急促的钟声中开学了……

青年人、中年人都已远离了童年，少了那份纯真，多了几份责任。面对工作和生活的双重压力，在现实生活的磨炼中变得更加稳健和成熟，童年时期的童心、童趣却越来越淡，儿时那些最简单的辨别是非、美丑的标准也逐渐变得模糊。当我们不遗余力地追求美好幸福生活的时候，会突然顿悟：曾经给我们带来无限快乐的那份纯真和简单，原来是最稀缺、最珍贵的东西。

童年是一盘永恒的录像带，是一幅永不褪色的风景画。既是人生的独版，又是绝版。如果人生能重复，谁都渴望再经历一次金色的童年。童年那余音袅袅的钟声，留下刻骨铭心的记忆，依然回荡在耳畔和心田。

扫描二维码
聆听作者的散文
《童年钟声》

童年卫士

我童年的卫士，就是我家那条老黄狗。

小的时候，我家住在离村庄近两华里的东岭上。那条弯弯曲曲、坑坑洼洼的沙土路，像是一根黄鞋带，系着村庄和我的家。路两边是茂密的树林和庄稼地。

那还是上世纪六十年代中期，我刚上小学，那树林子还特别茂密，什么松树、槐树、柏树，都长得很壮、很旺，树下是叫不上名字的灌木、杂草和野花，还有柴胡、桔梗等中药材。那树枝、树叶不动声色、比赛似地伸展，虽然很拥挤，但平和谦让，因而林子越来越密，树荫也越来越厚重。走在林中小路上，感到异常凉爽且阴森森的。

那时候学校抓得很紧，晚上有自习课。因我家住在山岭上，每天最让我犯愁的事，就是晚上放学后独自穿过那片树林回家。

夏天，月光下的山是有层次感的，天空就像一块深蓝色的布，点缀着闪烁的星星。群山千姿百态，远望黑黝黝的，像拉练的队伍，近处的树荫竟然像一个个的黑洞，阴森森的。林里的各种小动物，金蝉、蟋蟀、青蛙、野兔、黄鼠狼、蛇等，不时在身边弄出点声响来。风穿过林子，树叶一阵躁动，就连地里那苗壮的高粱、玉米也惊吓得你推我揉，沙沙作响。那树叶、庄稼叶沙沙的声响与脚步声，纠缠在一起，好像有人跟随在身后。有时，脚下踩上一只软乎乎的蛤蟆，会被吓得一蹦老高，拔腿飞快地跑。但不管跑得多快，那声音依然紧跟在身后。

我清楚地记得，那是一个伸手不见五指的黑夜，下着雷雨，闪电在天空中飞舞，那路已被水冲得沟沟壑壑。我背着书包往家跑，脚底和腿上沾满了泥浆。山路的南侧是一片墓地，簇拥着无数的坟头。据老人们讲，那鬼火是死人的灵魂在游荡。经常有人在坟地里走迷了路，被鬼火领着在一个地方整夜来回转圈。坟边和坟头上长着许多灌木，有的像站立的人在晃动。想起那些鬼怪故事，望望周围的景物，听听林中的鸟叫和水流声，只觉得头皮发麻，全身打战，举步维艰，泪水悄然涌上眼眶。这时，有一个黑乎乎的东西，在路边的树丛里窜动，我迅速弯腰摸起一块大石头。肯定是遇上狼了，老人们常讲狼是最爱吃小孩子的。我的心一下子提到了嗓子眼，站在那里不敢动了，只等着与狼拼命。突然，"狼"冲出来了！我正要扔石头，却听到熟悉的汪汪的叫声，是我家那条老黄狗?!我疑惑又惊奇地大喊一声"黄——"？正在我犹豫之时，老黄狗已跑到我跟前。我定神一看，老黄狗早已被雨淋透了，它摇摇身上的水，竟然伸出前爪扑到我身上，嗅了嗅，用舌头舔了舔我的脸，然后哼哼地叫着，摇着尾巴，围着我转了几圈。这真出乎我的预料。我顺手扔掉石头，用力抚摸着它的头，说不出有多高兴。那狗特别懂事，可能是担心惊吓了我，为了表示歉意，竟用嘴从我身上扯下书包，叼起来跑在我的前边，为我开路。没走出几步，远处山岭上传来狼的叫声。那叫声真是毛骨悚然，竟然让我在那炎热的夏天，感到刺骨的凉。老黄狗也有几分惧怕，跑回来，把书包扔给我，贴着我的身，伸了伸尾巴，一边汪汪地叫着，一边急匆匆地伴我往家赶。等我们回到家中，我的衣服上已浇满雨水汗水，全身有些颤抖。那老黄狗也躺在地上，抽动着长舌头，喘着粗气。

从那以后，老黄狗每天晚上都要到村东头去接我。村东头有口老水井，等我放学出来，它早已经坐在井旁了。有几次，我到井旁时，却找不到它。谁知它就藏在周围的树丛中或墙脚跟。它调皮地跟我捉迷藏，突然给我一个惊喜。这时，我把书包挂在它的脖子上，它就跑一会儿，坐在路当中等我一会儿。等我赶上来了，它再跑一会儿，然后再等我一会儿。有时我抚着它，理顺着它软绵绵的毛，一块往回走。从此，我走夜路不再寂寞，也不再害怕，还增添了几份童趣和坦然。

老黄狗成了我的好朋友、好伙伴。无论是春夏秋冬，还是风霜雨雪，无论是月光明媚，还是伸手不见五指，在那林间的小路上，老黄狗像一位忠诚的卫士，护送着我度过了那段难忘的学习生涯。

狗重情义，也通人性。人与植物、动物相逢、相遇、相识都是缘分。珍惜平等相处的时光，就会留下美好的记忆和温馨的情感。

扫描二维码
聆听作者的散文
《童年卫士》

享受春雨

也许是刚经历了冬天太多的郁闷和压抑，也许是寒风、残雪在记忆的底片上留下太多的沧桑与悲凉。一夜微风，唤醒早春三月的晨曦，也吹来了北方第一场春雨。山川、河流、树林、花草、庄稼、庄稼人，都在翘首春的惠风拂面，享受春雨的滋润，感觉春天那年轻的心跳……

春雨如烟，如雾，如丝，如梦，悄悄落下来，淅淅沥沥，飘飘洒洒，缠缠绵绵。恰似烟雾迷蒙、若有若无、若即若离的水墨画，朦胧且迷人。春雨婀娜多姿，步履轻盈，委婉含蓄，率性天然，没有夏雨的暴烈，没有秋雨的忧愁，没有冬雨的冷酷，像位清纯、含蓄待嫁的新娘，充满对生命、对世间万物的爱恋……为了履行前世约定，悄无声息地把睡梦中的大地山川抚摸一遍，湿润着每一个角落、每一棵小草。令人悄然想起"天街小雨润如酥，草色遥看近却无"的美妙佳句。真羡慕孩子们，可以任雨打湿凌乱的头发，在旷野中自由地追逐。一会儿工夫，雨点越来越大，越来越急，在干燥的土地上留下密密匝匝的雨窝。雨滴的声音，若禅音悠长，涤净风尘，溅起清香。春雨从不埋怨和选择土地肥沃或贫瘠，总是执着地投入，迅速渗进地下，形不成水流，只让土地守候和感动，让世人留恋和感叹。

　　走在乡间小路上，任细细的雨丝自由地落在脸上，痒酥酥的，滑到嘴里，甜丝丝的。此时可以真正感受与大自然亲密接触的惬意与舒畅，纯真与洒脱。我清晰地记得在老家院中赏雨的情景。雨点劈里啪啦掉下来了，洒在头上，落在脸上，说不清道不明的舒爽。我忘情地站在雨里，虽然衣服被打湿，可心里高兴，脸上绽放着笑容，享受着那份难能可贵的清凉和惬意。院里的梧桐树耸立雨中，紫红的小芽芽摇曳着甜美的心事。枝杈上被雨淋过的喜鹊窝颜色更加凝重，淘气的小喜鹊躲在老喜鹊的翅膀下，时而从窝里探出小脑袋，新奇地瞥一眼外面的风景，又唧唧喳喳地把头缩回去。树下有一群相互依偎的鸭子，时而用嘴巴梳理着羽毛，呱呱地交流着什么。那鸟鸣声、鸭叫声，伴随风声雨声，清雅，舒畅，恬淡，宁静……

　　神奇的春雨过滤了人们的私心和杂念，带走尘世的喧嚣与尘浮，赐予了万物蓬蓬勃勃的生命形态。恰似仙女那双神奇的手，拂过之处便披上了一层湿润润的薄纱，呈现一片朦朦胧胧的绿意。山岭沟畔，只要有土的地方，青草就探出尖尖的脑袋，头顶晶莹的雨珠，像个顽皮的孩子在四处张望。一垄垄小麦在

地 气

返青，粗壮的麦苗，伸出又厚又绿的叶片，像无数手掌，在虔诚地迎接飘然而至的春雨。春雨迅速滑落到麦根，悄然钻进干涸的土层里。雨和风梳理着一垄垄一片片整齐的小麦。或者说那小麦是大地柔顺的头发，被左梳右理，风姿绰约。偶尔能听到布谷鸟、斑鸠在麦墩里的啼鸣。忽然几只叫不出名字的鸟儿，从麦苗间振翅而起，在雨幕中嬉闹盘旋，成为雨雾笼罩的空野上飘动、跳跃的精灵。含苞待放的桃花，经一夜春雨的洗礼和滋润，便怒放枝头，鸣嘴吐芳。长期封闭的心灵窗户，也在春雨柔和的韵律中开启了。所有的遐思、憧憬都合着这雨的节拍变得形象而生动。看雨，便萌生一种冲动；听雨，能回味一种浪漫；品雨，会是一种人生解脱。多少人的灵魂曾与雨声产生过共鸣，那历经多少年春雨的舞榭歌台，岸芷汀兰，江船渔火，晓风杨柳，千里啼鸣，杏花酒旗，人面桃花，仿佛都潜入到这绵绵的情怀，在雨中醉眠。

春雨贵如油，老天爷也十分小气。雨刚下了一会儿，就停了。雨虽然不大，却滋润着乡间的风光，悄然改变了山乡的颜色，编织出一幅绚丽多姿的图画，点燃了生命的期待与呼唤！草儿绿了，花儿开了，土地松软了，生命以最简单、最自然的方式在繁衍、传承、轮回。前几天还光秃秃的山冈，奇迹般地罩上了新绿。真可谓浓妆淡抹总相宜。大地是藏梦、长梦的地方！萌生绿色的地方就舒展生命，就有开花的渴望，就有歌声在酝酿！每人都种植一份鲜嫩的心境，收获一缕成长的愿望。

春雨是会说会笑的精灵，是律动生命的音乐，是天地相互倾诉的天籁之声，是人与自然和谐相处的静雅风景。春雨会跟随着气候幻化不同姿态、不同神情，也会随听雨者心情演绎不同的内涵。或嫣然，或惆怅，或温柔，或冷寂，或清丽，或婉约……可谓千种心情，万种雨境。

乡村分娩的城市正在快速发育，乡村一边供养着城市和城市人，一边坚守着自己田园牧歌似的风光。站在故乡的土地上，望着这淅淅沥沥的春雨，听着春雨敲打窗户和树木的声音，让人仿佛超凡脱俗，静心享受春天那份独特的空灵、清逸、洒脱和超然，独享春雨赐予的那份清爽，那份靓丽和那份希望。

扫描二维码
聆听作者的散文
《享受春雨》

地 气

听 春

"春打六九头"。又是一年芳草绿，春风十里杏花香。立春第二天，济南下了一场小雪，可谓第一场春雪。春天确实挡也挡不住，走到户外，长长地、深深地吸一口气，异常清爽惬意。在我们不经意之间，春天已仙女般飘然而至，春天的大门已经打开，只要屏气凝神地聆听，自然就能听到春天的脚步声越来越近。

春天是万物生发的季节，每时都有新生命在萌动，每刻都有新希望在诞生。春天的脚步是轻盈的、匆忙的，又是舒缓的、曼妙的。济南这座城市春脖子特别短，不几天光景，人们就脱下棉衣换上衬衫了。城里的春天，无非是道路两旁的树木由枯到荣、草坪由黄变绿。城市的季节变换主要集中在视觉上，春天的声音已被繁杂的噪音掩埋，令人难以忘怀的还是乡间的春天。闭上眼睛，脑海里悄然展开这样的画卷：天高，云淡，田野空旷，和风拂面，野草如织，野花似锦。春雨绵绵，春雨声声，一场春雨一场暖。细腻柔婉的春雨过后，几朵白云点缀着蔚蓝的天空，密密匝匝的花草探出尖尖的脑袋，青春的希望陡然钻破残雪覆盖的土层。记得我童年的时候，农家日子紧巴，一下雨河边就齐刷刷地冒出苦菜、灰菜、马齿苋、荠荠菜、野韭菜、野葱等可以充饥的野菜。河岸柳林含烟，所有的花、草都在风中翩然洒脱地舞蹈，一幅北国早春画卷被春风徐徐展开。

暖洋洋的西南风一吹，动物也从酣睡中苏醒了。催春的布谷鸟从田野掠过，我分明看到它的翅膀上写着艰辛与沧桑。小燕子拖着剪刀似的尾巴，呢喃着返回家乡，有的衔泥筑窝，有的嬉戏云间，舞姿翩跹。河湖上的冰开始消融，水底下憋了一冬的鱼儿欢快地跃出水面。山前屋后，报春花、玉兰花、桃花、杏花、梨花摇曳一树的金黄、粉红、雪白，引来蝶飞蜂舞。蜜蜂嗡嗡地忙碌着，蝴蝶俊美的翅羽扇动缕缕清香。知名和不知名的昆虫儿，各自弹奏起自己的乐章。开阔的水面上，一群淡黄色的绒毛的小鹅学着游泳，稚嫩的叫声划碎平静的水面。

树木新抽的枝条，像一双双挥动着的手臂迎接春天。此时，人们可以静静地坐着或者躺着，尽情沐浴暖洋洋的春，咀嚼阳光的味道。河岸上的男童，劈下几根光滑的嫩柳条，小心地拧开绿树皮，抽出里面那白花花的树干，剩下外面绿油油的皮，制作成柳笛、柳哨、柳号，然后再做一顶柳帽。一群穿着裙子的女童正在远处的草地上雀跃，"春天在哪里呀，春天在哪里"的童稚歌声悠悠飘来。不远处，头上别着野花的大姑娘、小媳妇在畦垄间追逐、嬉闹，采野花，挖野菜，银铃般的笑声萦绕在空旷的田野。农民开始耕田播种，累了就坐在田头喝碗水、抽根烟，片刻之后，张开喉咙，长吸一口气，吆喝起野味十足的赶牛调。那清脆的笛声、笑声，哗哗的河水声，粗犷的吆喝声，汇集成和谐优美的乡间协奏曲。

春风在跑，春雨在飘，野草在舞，野花在笑，大自然的春天降临了。寒冬过后是暖春。只要我们用耳朵听，用心听，用生命听，用灵魂听，就必定倾听到春天的脚步声，烦恼和疲倦顿时烟消云散，自由豪放的心境融入自然。

春天的脚步，是生命自由舒展的胎音，是大自然铿锵的脉搏与豪放的歌。

扫描二维码
聆听作者的散文
《听　春》

品　春

　　春天魅力无穷，倾国倾城，四季中最让人兴奋和感动。人的思想、潜能和欲望，都会悄然成长。谁都希望融入春的怀抱，享受春的一切。春天充满活力，有形、有色、有味，可以看得到，听得到，尝得到。一年四季，山里人最疼爱春天。品的第一口春，就是鲜嫩的香椿芽。

　　香椿树在春日里泛着紫红光泽的嫩芽，是报春的使者。那芽丰厚娇嫩，绿叶红边，状似鸡毛毽子，一般五或六枝为一株，外观浅棕色，遇热呈绿色，生食熟食均可，初闻异香扑鼻，食之馨香可口，营养丰富。

　　我老家沂蒙山区，许多人家的房前屋后都栽有香椿树。香椿树的木质色泽偏深红，又细又硬，做家具结实，还不走形。三月的微风吹开春天的门

地 气

扉，气候刚暖和起来，香椿树枝丫的顶端就冒出了一个个赤褐色的鲜嫩小芽。春天各家炒的第一把香椿芽，香味浓烈，左邻右舍都能闻得到，诱惑着行人咽口水。

记得早年我家也有棵香椿树，树干弯曲苍老，树皮皴裂多疤，有三拃粗，长到两米多高，就努力让它分杈，这样树形好看也便于摘香椿。从香椿树上轻轻采摘一段段香椿芽小心地放在篮子里，唯恐折断树枝。摘的仿佛不是树叶子，而是天鹅纤长的羽毛。后来，我到外地求学读书，便离开了家乡原野上熟悉的香椿树，那掰椿芽、吃香椿的情景，已成了遥远的过去，只能在梦中重温。开春时节，也想找个饭店再品尝一下香椿芽的美味，可无论怎么做，那口味永远没有家里那样做的独特，尤其没有香椿树香的味道。节假日在蔬菜市场闲逛，偶尔看到有卖香椿芽的，但大多已经是叶枯不鲜，且价格昂贵，令人摇头却步。

掰香椿芽，是十分虔诚和圣洁的事情。通常头天晚上先给椿树浇饱水，让它吸收足够的水分，第二天采摘的时候，香椿芽会更加鲜亮。清晨太阳刚露出山头、露水未干的时候采摘时机是最佳的，这时候椿芽味道好、对树的损害也轻。清明前后，农家屋前房后的香椿树枝头长满第一茬春芽，其实每棵树的椿芽口味都是不一样的，家人就合计着哪天摘、摘多少，尽享这纯天然的美味。三两天工夫，在风中摇头晃脑、生机勃勃的香椿树，就光秃秃的了。

香椿芽越掰越旺，刚采了一茬，一周时间就能又蓬勃地长出新的一茬。第二茬的春芽就不那么嫩了，颜色也变成了绿色，把最嫩的那部分采下来，吃法也有不同。通常的吃法就是香椿拌豆腐、香椿炒鸡蛋，还有拌凉面吃。真吃不了或者舍不得吃的香椿芽，便被腌制。把香椿芽洗净，晾去水分，加适量精盐一起搓揉，把盐渗进去。小心翼翼地放进干净的小罐，盖好，三五天以后即可食用了，这种方法能把香椿芽保存半年。

最近这次搬家，开春时邻居给送了两棵小香椿树苗。我和夫人把它栽植在小院当中，经精心呵护和照料，树苗长得很快，不久就发出了枝芽。那小香椿树直直地矗立着，伸展出光滑的枝枝杈杈。为了给它更大的发展空间，第二年春天，我又把它移到了院墙外。当你种下一棵树苗，给它培上土、浇足水之后，坐在它身边，痴痴地望着它，便像充满希望地凝视着一个蹒跚学步的孩子。那天黄昏，我在刚刚落叶的香椿树旁凝视许久。想象明年开春，满枝嫩叶在晨曦中托起晶莹的露珠；月光下满枝清香翩翩起舞，有鸟儿栖落枝头啼鸣……

过去山乡日子穷时，山村人喜欢吃春、品春。春天除了吃香椿芽，还吃刺槐花、榆钱儿、荠菜、苦菜、野韭，尽情享受春天赐予的一切。过去的土吃法，如今，却更有滋有味，更让人留恋，甚至成了一种新潮。

每到春天，思念故乡、向往乡间的情感就会像香椿树一样发芽，伸展一树

地 气

美好的记忆。我们迈着轻盈的脚步，去慢慢品味春光、春花、春风、春月、春水，仔细品味春天的味道，感受春季蓬勃向上的力量。

岁月总会翩然走过。保持乐观心态，人生春天就会永驻心窝，从不凋谢。

扫描二维码
聆听作者的散文
《品 春》

种萝卜

离开故乡沂蒙山区已很久了，但种萝卜这种农活，我仍然记忆犹新。

立秋前后，那正是天气最热的时候，各家都趁着清晨去刨地、扶沟和点种，可镢头抢不了几下，就汗流浃背。萝卜种得怎么样，是对各家耕种水平的考验和检验。因而，每年种萝卜的时候，各家都好像比赛似的，暗暗地较着劲。

那年我回家过暑假。天刚亮，父亲喝完茶水、扔掉烟头，打着眼罩望了望晴朗的天说：今天又是毒日头，趁早把萝卜种了吧。说完，就扛起镢头和耙往菜园走。娘嘱咐我：你在家看门吧。娘也挑起水桶、拿着水瓢和萝卜种走了。

地 气

　　我感到心里不是滋味，父母渐渐年纪大了，仍然自己去耕田种粮种菜，而我这个年轻力壮的儿子却远离家乡跑进城里，假期回到老家理应分担些家务活才是，却被扔在家里。我体谅父母的良苦用心，他们认为我进城了，已经挣脱了泥土，我的鞋、衣服都不能再沾土了，手也生疏了，再说偶尔有空回趟家也不容易，担心累着我呀，干脆用亲情和厚爱把我裹住，别让风吹着、雨淋着、太阳晒着。可我想，我依然是地道的农家子弟，回到老家应当替父母分担一些劳累，该沉浸在故乡宽容的胸怀，脚踏厚重松软的泥土，回归自然，寻找昔日沐浴阳光、亲近土地、享受地气的温情才是呀。

　　我三步并作两步赶上了娘，一起向村东的菜园走去。透过薄薄的晨雾，只见各家各户的菜园里，已经零零星星地来了一些人，有老人、有壮劳力，也有孩子，刨地的、耙地的、扶沟的、点种的、浇水的，都忙活起来了，不时传来歌声、笑声、吆喝声和低语声，甚至是孩子的哭闹声。各家那不大的菜园都经营得非常仔细，没留一点缝隙，绿的是韭菜、菠菜、小白菜，用小木棒架起来的是芸豆、豆角，园边是稀疏但茂盛的玉米、高粱和蓖麻。只觉得每一棵、每一枝、每一叶，都长得青翠壮实。园中刚收获过土豆的那片新土，便是准备耕了种萝卜的地方。

　　父亲先用铁锨把土杂肥均匀地撒到地里，然后就开始刨地了，镢头甩得很高，落得很深，极认真，很投入。刚刚冒出的太阳，斜斜地挂在山嘴上，把父亲的身影剪得很长很长，在土地和菜叶上晃动。种好萝卜，长出好萝卜，首先要把地刨深刨透，然后把土坷垃打碎，耧耙得均匀和平整。父亲这些工作做好了，就开始扶萝卜沟。我抢着对父亲说："我来吧。"我脱掉皮鞋和袜子，赤着脚，走进地里，那脚丫和脚板淹埋进土里。只觉得那地很柔软和凉爽，十分得舒服。为了把萝卜沟扶直，我先在园的对面选个参照物，用脚划出一条线，然后沿着这条线来刨沟。线是划直了，但那萝卜沟刨得还是有些歪，翻刨上来的土有多有少，那沟也就粗细不一。父亲没有说什么，又抢起镢头重新校正了一番。

我又去挑水。我老家的井是用石头砌的，不是很深，提水也不用辘轳，也不用绳索，就用勾担钩挂上铁桶在水里摆动几下就把水灌满了，提上来就可以了。干这个活的技巧就在于摆水，因为那勾担钩是直接挂着铁桶柄上的，速度快了提不上水来，慢了或用力不均匀，铁桶就容易掉到井里。前些年我在家时，这个农活干得比较娴熟，可几年下来手就生了。那桶在井里摆来摆去，水没有灌满，却真的把水桶掉进井里了，多亏担水的邻居帮忙捞了上来。后来我再提水时，干脆用绳子把勾担钩和铁桶柄捆在一起，无论在井里怎么摇摆，桶是掉不了了。城市安逸的生活，已经让我淡忘了过去最基本、最熟悉的劳动技巧，失去了许多故乡古朴、真实的东西。难道远离泥土和农活，就自然拉大与乡村、乡亲感情的距离了吗？

太阳刚刚爬上山顶，我家的萝卜就已经种上了几沟。这时，绿树遮掩的村庄里，冒出几缕炊烟，不时有菜香和油香飘进菜园里。我的眼前仿佛长出了一

地 气

片青枝绿叶、潇洒自在的萝卜，耳边好似响起收获萝卜时的笑声。

扫描二维码
聆听作者的散文
《种萝卜》

旱烟袋

我对山村老人的印象，是从旱烟袋开始的。

有许多反映农村生活的电影、电视剧包括一些摄影图片，往往都有手握旱烟袋、胡须花白的老人。旱烟袋成了农村老人的象征，也是一段历史的道具与见证。

飞扬的烟灰、盘旋的烟圈、弹指间的潇洒；有时只是点着，看袅袅青烟悠然摇摆，解除无聊和烦恼。常言道：烟酒不分家。曾几何时不管什么地方、什么场合，敬人抽烟是基本礼节，而且不能落下在场的每一个人，否则会得罪人。在某些场合，劝烟和劝酒同等重要，甚至大有不达目的誓不罢休的劲头。

地 气

在我记忆中，在农村上了年纪的老人，无论是下地还是串门，都习惯把一支长长的旱烟袋用手握着或别在腰上。累了或休息的间隙，便坐在田间地头的苇笠蓑衣上，也可选择一处干净石头或草地，甚至也可以干脆把锄头、镢头、犁耙等农具放倒，坐在它们光亮的木柄上。然后从腰间拿起烟袋，在身边石头上或者鞋底敲掉烟袋锅里残留的烟渣，再把烟袋锅插到烟包里麻利地按上一小撮旱烟丝，用布满岁月老茧的手指匀称地按平，仔细端详一阵，慢悠悠地划着火柴把烟点燃。然后狠狠吸两口，一是把烟袋锅里的烟烧旺，二是能够真实而迅速地过把烟瘾。接下来，便可在吞云吐雾的过程中尽情地品尝烟的滋味。如果在家里，老人不会轻易用火柴点烟，而是直接把烟袋杆伸到灶底或炭炉上将烟袋点燃，其他在座的同龄人便把烟袋锅扣到一起，相互借火。

我爷爷一生秉性耿直、重情重义，乡里乡亲都很敬重他。无论是搞合作社还是整修水库，爷爷一直认真细致、公道实在，后来担任了十多年的大队保管。大队仓库就在村前，仓库里来人少，爷爷忙碌完就用嘴衔着那根旱烟袋，狠劲地抽几口，因而抽烟也自然成了习惯。无论赶路还是做农活那旱烟袋总不离身，大都别在腰后面。有时烟袋里没有烟丝了，还依然十分专注地吸上几口。碰到烦心事，也吸着烟，紧锁眉头，缓慢地吐着烟圈。有时，很长时间也不吸一口，只让烟袋熄后又燃，燃后又熄，以这种沉默无奈的姿势驱逐心里的忧愁。"啪嗒、啪嗒"的声响与腾起的烟雾配合得很默契，扑闪扑闪的烟袋在眼前极有规律地跳跃。

　　我参加工作以后，曾花几块钱给爷爷买了个玉石的烟袋嘴，爷爷一边夸着，一边拧到了烟袋上，擦拭一番，又美滋滋地抽了一袋烟。有时我递上香烟卷，爷爷总是说：这烟又贵，又没味。有时，还会把烟卷的纸撕开把烟丝再装入烟袋锅里。有一次，爷爷把旱烟袋给我，让我吸一口。我把烟嘴放在嘴里猛吸一口，浓烈的烟味呛得我直咳嗽，心里直呼上当了。爷爷见状，嘿嘿地笑了，又接过烟袋啪嗒啪嗒地抽开了。

　　烟袋对于村里的老人来讲，那是形影不离、相伴四季的伙伴。长长的烟袋既是身份年龄资历的象征，又承载着老人一生的沧桑和许多老掉牙的故事。烟袋升腾的浓浓烟雾里，有春耕秋收的辛劳与惬意，有谈天说地的沉思与感悟，有家庭和睦、子孙绕膝的幸福与满足，也有琐事扰心的愁怨，更有对于生活、对于生命、对于风烛残年等字眼的真切感慨。

　　随着经济社会的发展、人们生活质量的提高和保健意识的增强，"吸烟有害健康"已成为大家的共识。当下不抽烟的人越来越多，抽烟的人越来越少，控烟、戒烟成为一种新的时尚。越来越多的人不再吞云吐雾，而是主动锻炼身体，享受绿色健康的人生。

扫描二维码
聆听作者的散文
《旱烟袋》

剃头匠

"剃头挑子一头热",这句说剃头匠的歇后语,意喻婚恋或合作双方,一方热情主动,另一方却冷淡漠然。

把为男人理发称作"剃头"是从清朝开始的。清政府最早令会剃头的军士当剃头匠,强迫所有的男人剃光脑边头发,"留发不留头,留头不留发"。因会剃头的军士远远不够,渐渐有更多的人当上了剃头匠,剃头也逐步成为养家糊口的行当。

当下走在城市的街面,到处是豪华的美容美发店,洗、吹、烫、染名目繁多。许多年轻人已经不知剃头挑子为何物了。在我的记忆里,沂蒙山区的剃头匠大多是上了些年纪的老大爷。剃头挑子,一头是大沿的黄铜盆,下面有个圆桶，内装炭火小炉，水总是保持着一定热度。铜盆边上竖着一个小旗杆，悬挂着宽宽的挂钩皮带和毛巾；另一头是坐凳，凳侧有抽屉，内盛剃头刀、剪子、梳子、篦子、肥皂等剃头用具。

剃头讲究礼节，一般不直说"剃头"，文绉的叫"落发"。民间忌讳正月里剃头，乡下有"正月不剃头，剃头死舅舅"的俗谚。所以每年正月，剃头行业经营惨淡，到农历"二月初二龙抬头"时，众人一窝蜂地剃头，借喻新一年"龙抬头"。"文革"时期全面禁止个体经营，剃头匠也基本绝迹，理发多是私下互助。到改革开放初期，"剃头匠"才在沂蒙山区的乡村兴旺起来。那时理发工具也换成了手动的剃头推子。那剃头推子有两排锃亮整齐锋利的钢牙齿，啮合在一起像收割机，在剃头匠手里贴着剃头人的头皮，伴随"喀嚓，喀嚓"的声音，在浓密的头发里敏捷地欢唱，仿佛农民割着丰收的小麦、水稻……

记得公社驻地有位姓张的剃头匠，五十多岁，镶着一颗金色的大门牙，稀疏的头发被岁月染白了。无论对谁服务得都很好，老少无欺，人生就在指尖和头发之间跳跃，在剃头刀与剪刀"喀嚓、喀嚓"的交响中，理去多少人的愁怨和苦恼，理出自己的好生活。理发时先在客人脖子上围一块白布，防止剪下的头发茬子钻进衣服里，然后拿起木梳梳梳头发，左右端详一番，在心中有了谱气，就开始理、剪。等基本理完，让客人先在镜子里自我作番评判，"看看，中意不中意？"，然后再作些微调，就大功告成啦。当年年轻人流行小平头或者"三七式"（就是头发向右梳"左三右七"）。男性老年人都是剃光头，剃一

地　气

个光头是一毛钱。

　　据说我邻村的一位退休教师，好开玩笑，曾去理发，且理的是光头。理光头往往是先从额头开始，从头顶推到脑后，然后再推左侧或右侧。这天，他的头刚理了一半，一边理秃了，一边的头发还丝毫没动呢。这位老先生突然站起身来说："对不起，我只带了五分钱。就理一半儿吧，理五分钱的！"，说完拔腿就跑。剃头匠老张一愣，心想：让顾客这个样子出去，肯定被乡亲们耻笑的，这不是砸我的招牌、砸我的饭碗吗？于是立刻就追了上去，"嗯—，嗯——，别跑，别跑，五分钱的，也得把头理完呀！"，硬把他拽回来把头理完了。理完发，这位老师笑着说："对不起，其实我有钱，我是和你开玩笑的！"硬是留下两毛钱。这个故事在当地流传了好一阵子。

　　我读高中时，班上几个要好的同学，凑钱买了套理发工具，同学之间互相理发，开始时朴实的脸上透出几丝腼腆和怯意。当时时兴小平头，但往往把头发理得高低不平，"像猫啃了似的"。其实这种发型更难剪，有些同学越想理平越理不平，反而头发越理越短，最后干脆剪个光头，戴上帽子。喜欢开玩笑的同学，在上课时突然把帽子给摘下来，只露个光头，引起哄堂大笑。上世纪六十年代初，毛主席发出"向雷锋同志学习"的号召，全国立即兴起"学雷锋，做好事"的热潮。学校要求我们"学雷锋、见行动"。同学们挖空心思学雷锋，有帮同学补衣服的，有负责送信送报纸的，有负责打扫卫生的，有到食堂帮助择菜的，我坚持利用课余时间帮同学理发。

　　模仿剃头匠，手握一把理发推子，捏动弹簧和镙丝杆已锈蚀斑斑的手柄，听听那久违的声音，感觉时光倒流，回归那纯真互助、爱惜头颅的年代，剪落一缕缕贫寒与烦恼。

扫描二维码
聆听作者的散文
《剃头匠》

喜鹊窝

民间有"喜鹊报喜"的说法，喜鹊窝成了吉祥物。

记得小时候，谁家门前或树上停歇了喳喳叫的喜鹊，大人们会说："喜鹊叫，好事到。"那时农家日子穷，如果确有贵客来，就得去集市割肉买菜招待，小孩儿眼巴巴等着解馋，因而"喜鹊叫，孩子笑"。

喜鹊与村庄相伴。上世纪六七十年代，我的故乡沂蒙山区那个小山村，树木繁多，尤其是杨树多，柴捆似的喜鹊窝搭建在挺拔高大的杨树上。喜鹊窝村东有，村西也有，是村里一道古朴的风景线。村民没手表和闹钟，日出而作、日落而息。清晨，喜鹊叫过，其他鸟儿也相继醒来，此起彼伏的鸟叫声响彻村庄上空。四五月份，是幼鹊出窝的时节，这时，"喳喳喳"的叫声更是不绝于耳，大小喜鹊的倩影随处可见，喜鹊成群结队地在天上飞，小山村十分热闹。

记得从农村包产到户之后，农民兄弟觉着农家肥肥力不够足，开始大量使用氨水和尿素，农药也使过了头。粮食和蔬菜产量提高了，但也很糟糕：土壤、河流和空气被污染，生态系统被损害，一些珍稀动物消失，稻花香里没了"蛙声一片"，喜鹊也越来越稀少……

如今乘坐高铁或者驱车奔跑在高速路上，路两边树上的喜鹊窝随处可见，有的搭建在相邻的树上，还有的搭在同一棵树上，喜鹊也择邻而居呀！

喜鹊聪明勤劳，喜欢垒窝。春季繁殖期成双成对忙活着筑窝，做成一个窝也就半个月左右。开春不冒芽的秃树，只要有喜鹊垒窝，树保准还是活的。记得老家院东南角有棵双臂合抱不过来的梧桐树，喜鹊曾在上面做窝。两只喜鹊，从远处衔来细小的干树枝，在树枝上跳来跳去，然后用嘴啄着左搁右摆地架在树顶的树杈上。那次刮大风，窝上的一些树枝被吹落下来，喜鹊便忙碌着衔枝搬草、修复家舍。小喜鹊先在窝边练习走步，然后又在树枝上练习跳跃。有个黄昏时刻，我在院里玩耍，突然一只小喜鹊落在我身边。她就在我的脚前，高昂着头，面带喜色，喳喳地叫着，一蹦一窜地向我挪，与我如此亲近友善。就在这一刻，我激动得大气不敢出，只是瞪大眼睛和她对视。

少年时代，我也曾掏过喜鹊窝。那次我顺着树干爬到喜鹊窝旁，惊奇地发

地　气

现窝里有三只身上只有少许绒毛的小家伙，眼睛还没睁开，听到有动静就张开大嘴吱吱叫着索要食物，伸手一摸，雏鸟身子绒绒的、暖暖的。突然觅食的老喜鹊回来，可能担心我伤害它的孩子，它在我的头顶上盘旋着，焦急地叫着，几次要啄我的头，我胆怯地哧溜滑下树。等我再一次偷偷爬到树上去看小喜鹊，只见窝里空着，我正在发愣时，听到旁边不远的树枝上有喜鹊在扑棱棱振动翅声，循声望去，几只小喜鹊站在树枝上腿还有些抖。为了保持身体平衡，尾巴一翘一翘的，正在树间练习飞翔技巧。

喜鹊与人类生活有着十分密切的关系。喜鹊大多把窝建在农家宅前屋后的大树上。有人说，喜鹊是一种能带给人吉祥的鸟儿。"仰鸣则阴，俯鸣则雨，人闻其声则喜"。在喧嚣的都市里，听到喜鹊的叫声，如同天籁之音，真是幸运。记得儿子高考那年，开考那天，天刚蒙蒙亮，窗外"喳""喳"的喜鹊叫声把我吵醒了。心中不禁一惊，"这哪来的喜鹊？"只见一只喜鹊正扑棱着翅膀站在窗台上。它一身黑衣，肚皮白白的，小脑袋灵活地左右晃动，肆意地蹦跳着。我赶紧转身兴奋地对妻子说："你看，有喜鹊在叫！"妻子笑着说："喜鹊叫，喜事到。儿子高考好兆头呀！"喜鹊的叫声，吻合了我们对儿子高考的祝福与期盼。

"喳喳喳！""喳喳喳！"，喜鹊真的回家了！生态环境好转，食物链也在恢复，孩子们追逐着蹦蹦跳跳的喜鹊嬉闹。留心就会发现，无论是明媚阳光下，还是驻足大树下，时常会听到喜鹊脆亮的歌声。喜鹊敏捷的身影和舞姿，一年四季盘旋在美丽乡村和城市公园，悄无声息地与人类守候和享用着"春色关不住"的绿色家园。

自然生态改善，到处花草清香、鸟语虫鸣，不仅喜鹊多了，家燕、麻雀、蜘蛛、蜻蜓、刺猬、青蛙等生物也家族兴旺啦！

喜鹊凝望着辽阔天空和苍茫大地，向人间传递报告着好消息……

扫描二维码
聆听作者的散文
《喜鹊窝》

春燕归来

乡下是我的老家，也是燕子的故乡。

"小燕子、穿花衣，年年春天来这里。我问燕子为啥来，燕子说，这里的春天最美丽。"孩子唱着这首儿歌《小燕子》放风筝的时候，春天就迈着蹒跚的步子来了，那一群群身着燕尾服的燕子也潇洒地从南方回家了。山村因此增添了诸多风景与情趣。

你看那燕子，身材修长而短小，光滑精美的栗色翎羽，雪白无瑕的胸毛，剪刀式的长尾巴，黄黄的嘴巴，机灵的眼睛，敏捷活泼的神态，与人为邻、以人为亲的品行，真可谓活脱脱的春精灵。燕窝是恩爱成双的燕子，用口衔的泥巴和草屑，再混上自己的唾液，一点一点砌成的。多筑在农家堂屋北侧的横梁上，那样子就像半个泥罐、半个碗，分明是粗糙的工艺品。窝筑成了，再从外边叼来一些碎草和羽毛铺垫一番，就在上面哺养子女，尽享天伦之乐。"不知细叶谁裁出，二月春风似剪刀"。贺知章先生笔下的"剪刀"分明是燕子的尾巴。燕子"剪刀"般的尾巴飞舞着，伴随那优美的旋律，剪掉多少深冬的寒冷，剪来多少崇尚春天的梦幻，剪得春雨细细柔柔、如丝如缕、洋洋洒洒，剪得绿草如织、溪涧潺潺、翠柳飞舞，剪得山里人唱起粗犷的赶牛调、躬身耕耘。中国历代思想家讲究天人合一，如今又强调社会和谐，这种人文传统和时代精神，在燕子与农户的相处中表现得淋漓尽致、融洽默契。

清晨的山乡素雅、恬静、温馨，绿油油的麦田，葱郁繁茂的树木，简洁质朴的农家小院，还有袅袅升腾的缕缕炊烟……仿佛是一团披着薄薄轻纱、朦朦胧胧的梦。睡醒的燕子展开双翅，轻盈地飞出窝，一只，两只，又一只……叽叽喳喳的叫声划破山野的寂静，一会儿工夫，绿树丛中，农家屋顶，到处都是燕子飞翔的身影。这些可爱的小燕子，时而在蓝天中箭一般上下翻飞，冲散片片白云和缕缕炊烟；时而栖落屋顶、门前，轻松慢步，迈着方步悠闲地四处张望。有时远处长长的电线上，布满黑色的密密麻麻的小点，像一串歌唱山乡风光的五线谱，又像一排孩子在听着口令做早操，那景致别有一番韵味。怪不得孩子们都喜欢电视连续剧《还珠格格》中小燕子的形象，那聪明、活泼、自由、俏皮的性格，正是燕子和孩子相通的天性。

燕子恋人、恋家。无论贫富，不管房子高矮，只要选中谁家、在谁家筑了

地　气

窝，明年春天必定不远千里万里，不顾风雨飘摇，历经磨难，继续回到老房东家。进门一看，那屋梁上的燕窝也必定保存得完整如初。相传春秋时吴王的宫女，晋代的傅咸，都曾剪去燕子的一只脚爪，检验燕子明年是否如期而归。这残酷的办法，让人愤怒，这是对燕子品德与能力的玷污。山乡虽然每年都有新燕子来，主人与新燕子的父母是老相识、老邻居。燕子与农家相敬如宾，相处和睦，共同度过这段美好的时光。

春天是农家最繁忙的时节，庄稼人天不亮就下地，耕田、播种、除草，如果遇上旱天更是累上加累，没白没夜地辛勤劳作。这个时候，到山村看看，你会发现一个奇特的现象：许多农户家的大门紧锁着，而院里堂屋的门却大敞着。原来主人担心妨碍燕子出出进进，下地劳作时干脆把门开着。谁家住着燕子，谁家能把堂屋的门开着，谁家就住着福气和吉祥，就守候着丰收和喜庆的消息。

那是个非常安谧的上午，春风轻拂，吹在身上暖洋洋的。我坐在院子里的那棵大槐树底下静静地读书。忽然一阵燕语自天而降。住在我家的那窝活泼伶俐的燕子外出觅食归来，在进屋之前先栖落在我家那棵梧桐树上，兴奋地讨论着什么。那话一句接一句，又急切，又欢快，像一群春游归来的小学生，喋喋不休地争抢着倾诉所见所闻。老燕子看着小燕子日渐老练，心情激动，飞上飞下，手舞足蹈。我听不懂它们的话，但我分明感受到它们的快乐。我目不转睛地欣赏着，突然那只小燕子竟然悄悄落在我学习的桌子上。我屏住呼吸，小心翼翼地仔细端详着，忍不住轻轻地、微微地笑了。与这小生灵如此近距离地接触，竟让我十分激动，紧张和欣喜迅速传遍了我的每一根神经。我能看清它的每一根羽毛，刚刚长出的乳毛细细密密的，还黑白相间呢。那眼睛黑黑的、亮亮的，嘴唇黄黄的，小脑袋摇来摇去，还用嫩黄的小嘴巴啄了几下我的书本、透出几分天真和调皮。那叽叽喳喳的叫声，是在问我什么？还是想告诉我什么？还是在转告它的母亲我在看什么书？我们没法用语言沟通，但我读懂了它那单纯、友善的目光。我鼓鼓嘴，轻轻吹吹口哨，它竟然高兴地点点头。我们像是一对好朋友，用彼此真诚和善意，守候着这短暂而美妙的时光。在那充满快乐和感激的对视中，我异常轻松，心中沉积了多日的疲倦和郁闷，随着小燕子的身影飘散了。

春天的山间田野，花争红，柳吐绿。燕子们争相展示优美的舞姿，感受着春光的爱抚和生活的乐趣。它们与人和睦相处，捕食昆虫，保护农作物，守候农家的收成。那时我没出过远门，对外面的世界一无所知，常常羡慕小巧的燕子志向高远、见多识广。那翅膀一展就是十里八里，可以与风儿对话，与百鸟交流，仰视宇宙，俯察万物，看尽崇山峻岭、山川河流、人间沧桑，那小脑袋里一定装着无数的趣闻，刻着丰富的生活阅历。它们生活简单，在可信赖的人家屋里垒一个窝，就自由自在地生活；秋天凉了，又携带子女迁徙富庶的南方；春天来了，又飞回风和日丽的北方。一生专挑好地方。随着对燕子的深入了解，我才渐渐体味出它们的艰辛，它们的喜怒哀乐，甚至在生活中蕴藏着的惊险和无奈。

地　气

　　燕子是鸟类家族中典型的"游牧族"。为了生计，必须带领子女跋山涉水、长途旅行，抵抗暴风雨的淫威和烈日的暴晒，甚至耗尽生命。因而更懂得珍惜生活，一旦安顿下来，总是恩爱和睦，小燕子们享尽长辈无限的疼爱。燕子从南方回来不久，小燕子就降生了。这时的老燕子异常勤快，忙着捉来许多叫不上名字、活蹦乱跳的小虫子，有时一嘴能叼来几只。老燕子刚飞进屋，那几只小燕子就张开黄黄的小嘴，喳喳地叫喊争抢。小燕子吃饱了就开始撒娇，头在老燕子身上拱来拱去，然后安静地睡觉。小燕子渐渐长大了，应当学飞了。记得有一只小燕子胆子特别小，别的兄弟姐妹都会外出觅食了，而它仍然胆怯地叫着，扑棱着翅膀就是不敢从窝里往外飞。燕子妈妈急了，一翅膀把它打出了燕窝。谁料这只小燕子忽忽悠悠地飞了几下，掉在了我家堂屋的地上。这时小燕子急了，咧着嘴大声惊叫着，恳求妈妈解救。老燕子担心孩子受到意外伤害，惊恐万状，那叫声近乎凄惨和绝望，一边在屋里七上八下地翻飞着、示范着，一边急切地催促着、鼓励着，竟几次想把小燕子叼起来。小燕子急中生智，扑棱了几下翅膀，歪歪扭扭地飞到了院子里、落到树上。小燕子没有责怪妈妈，反而兴高采烈地唱着、跳着，那分明在说：多亏妈妈一翅膀，才让自己长大，学会了飞翔。老燕子见小燕子有惊无险，欣慰中又透出一份难割难舍。小燕子的飞翔和独立，是老燕子的殷切期望，也是孩子脱离家庭、走向独立的开始。燕子们就是这样在爱与恨、聚与散、别与离、生与死之间一辈辈承接和繁衍。从此我懂得了，为什么山村那些曾经仰望着燕子和体味过燕子品格的少年，都学会像燕子一样，勇敢地冲出封闭的山寨，到外面的世界去寻求另一个春天、另一番风景……

　　燕子最体谅人、最关心人，从不给农家添麻烦。窝里的垃圾一点点地叼去野外，从不在屋里留下任何脏物。主人在家时，躲在燕窝里呢喃细语，温文尔雅。天要下雨，燕子们总是喳喳叫着，在你的面前反复低飞，给你预报气象，提醒你该下地给庄稼排水防涝，出远门别忘带上蓑衣或雨伞。即使下雨天羽毛被淋湿了，总是在进屋之前先抖抖翅膀。一场秋雨一场寒，燕子们必须在霜降前恋恋不舍地飞向南方。它们不愿惊动邻居，也不愿邻居因它们离去而伤心，总是选在明月当空、夜深人静的时分迁徙，走得无声无息，不留任何声响和只言片语，甚至连一支轻柔的羽毛也不留下……只把一种期待留下，一种美好的记忆留下。

　　"年年此时燕归来"。上年纪的人总是盼着儿女早早像小燕子长硬翅膀飞上蓝天，然后又盼着孩子像飞出的鸟儿常常回家团聚，你一言我一语诉说辛酸与幸福。"无可奈何花落去，似曾相识燕归来。"恰巧春暖花开，我们该像那美丽勇敢、感恩重情的燕子，义无反顾地飞回老家……

扫描二维码
聆听作者的散文
《春燕归来》

地　气

蛙　声

炎炎夏日，总想起老家村周围绿树遮掩的小河、池塘，耳边自然响起一片蛙声。

记得那年开春，我跟父亲在自家责任田里耕地，突然一团绿乎乎、软绵绵、凉丝丝的东西跳到了我的脚面上，吓得我"哦"了一声。只见它翻了一个筋斗，从我脚上蹦开。仔细一瞅，原来是一只青蛙，瞪着两只大眼睛，肚皮还一鼓一鼓的，张了张嘴，又用一只前爪赶紧抹抹大嘴巴。然后旁若无人，慢悠悠地向河岸边爬去，突然一蹦，一个猛子扎进了河水里，留下一圈圈涟漪。吓得几只鸟儿扑棱棱地飞了起来。

春天野花还没盛开，母青蛙就已经迫不及待地为爱情而欢歌了。蛙声，唤醒乡村炊烟缕缕，点燃乡村黄昏后的灯火，陪伴着乡村的恬静和安逸。

青蛙是捕虫能手。它专吃小飞蛾、蝗虫、蚊子、苍蝇等害虫。它有一根又细又长的舌头，平时把舌头卷在嘴里，一旦发现害虫，就迅速伸出长舌头把害虫卷入口中，所以青蛙被誉为"庄稼的保护神"。我曾经和小伙伴们钓过青蛙。用根长竹竿，拴一根细线或者细绳，直接系上蚯蚓，把诱饵慢慢伸进黄豆地里，一摇一颤的，站在地埂上就能看见青蛙突然一跳张嘴咬住蚯蚓。说时迟那时快，用力一甩长竹竿，青蛙就立刻被提上来。蛙肉用辣椒一炒，成为长辈下酒的佳肴。我的童年、少年时代，也曾夺走过不少青蛙鲜活的生命，想来确实后悔。

在自然界中，青蛙属于弱者，捕食它的天敌很多，比如狐狸、狼、蛇、鹰、鸡、鸭……然而对青蛙伤害最大的还是农民。由于过度使用化肥、农药，间接地杀害了青蛙家族。如果不想让子孙只在书画、影视中或在标本室里看青蛙，就必须保护自然生态，把青蛙放归田野。人类持续发展，就得与自然保持友好关系，共存共生。

我独自走在故乡的田埂上，抬起头望着天上清明的月亮，星光如初，回眸小乡村的灯光依然，几声犬吠在这静夜里传播得很远……那久别的蛙鸣声呢？那夜我久久没有安睡，渴望那一片蛙声由小变大、由远而近重响耳畔。清晨，起了个大早，在村头走了一段田间小路，四处寻找青蛙跳跃的身影。

地 气

　　"稻花香里说丰年，听取蛙声一片"，吟诵着这优美的诗句，仿佛乡村的泥土气和稻谷香，正弥散我的鼻息……

　　噢，蛙声正与春天同在！

扫描二维码
聆听作者的散文
《蛙　声》

露天电影

人生有各种欲望和需求，归根到底是追求物质满足和精神富足。精神需求，对不同时代和不同人群而言，表现形式和形态会多姿多彩。任何国家任何时候，乡村相对于城市，文化生活都显得单调，有的甚至匮乏。我国改革开放初期，"文革"期间那红火的文艺宣传队日渐消失，农民们家里还没有电视，广播喇叭也主要播放各地重大新闻，所以看露天电影才是乡村最丰盛的文化大餐，那真如同饿汉吞美食，焦渴遇清泉，跋涉沙漠闯绿洲，让人们激动，兴奋，狂热，甚至生死相依。

当时还实行人民公社体制，队为基础，三级所有。县里有电影公司，各公社的电影放映队，逐村轮着放，顺利时一个月每村能轮一次。每当村里放电影，整个山村简直就沸腾了。当时只有公社驻地有部手摇电话，给各村下通知

地　气

靠骑自行车或捎口信。无论到哪个村放电影，邻村的老少爷们儿都是共同享用。为了通知大家，有的村用大喇叭喊上几遍，有的村甚至"砰砰"放上几个"二踢脚"。当然，消息最灵通的是孩子们，每个孩子都要证明自己的消息最准确，凭着猜测也要跟同伴争论一番，甚至还会打起架来。白天，村里的所有事情都与电影搭上关系了，学校里的老师说："晚上村里放电影，今天早点下课。"耕地的农民说："早点收工吧，今晚看电影。"人们见面都问："今晚演电影，去不去看啊？"往日总要玩到天黑的孩子们早早回家，家家户户屋顶上冒起的炊烟都比平时要早得多。傍晚，村里的大街小道上到处是星星点点的手电光，还有一阵阵的欢声笑语，此起彼伏的狗吠声也显得急切。

电影放映队一般两个人，放映设备各村要用手推车去推或用牛车去拉。电影放映前的准备工作很繁琐，村里找上几位品行好、勤快、灵巧的青年人帮着挖坑栽木杆子、挂银幕、抬放映机、接电线。"这根绳子短了，快再接一块"，"幕布不正当，左边的绳再拉得紧一些！"放映员分明像位将军在指挥战斗。村干部笑着，忙着递毛巾擦汗、点香烟。

村里放电影，最高兴的是孩子们，开心得像过节。大队的院子太小，放电影大都在村头生产队晒粮食的场子里。孩子们一放学，扔下书包，胡乱扒上几口饭，有的顾不上吃饭，手握一卷煎饼或者衣兜里装上些炒花生，就约上同伴去抢占地方。银幕还没挂好，场子上已密密麻麻地摆满大小高矮不一的板凳、马扎。来不及拿板凳的就干脆搬上好几块砖头、石头，在周围画个圈，也算占上了地方。电影没开演，银幕前就坐满了黑压压的人群。孩子们在场内穿梭往来，叫上爹喊着娘到早已占好的地方。叫喊声，打骂声，交谈声，真是像开了锅。别村的人也三五成群地来了，有亲戚的去找亲戚，有朋友的去托朋友，尽可能找个好地方舒舒服服地看电影。

简易发电机响了，有的发电机像自行车一样靠人蹬，蹬慢了电量不足，影响放映的质量。一场电影下来，几个蹬电机的小伙子汗流浃背、气喘吁吁。电影机的灯突然亮了，放映员开始倒片子、按片子，全场顿时安静下来。只听见几名没顾上吃饭的人，在悄悄地啃干硬的煎饼或者大饼，分明像贪吃的蚕在吞噬着桑叶。放映员身旁围了一帮好奇的孩子，看他倒胶片，看他调试投影，当白光投射到银幕上时，调皮的孩子便把五指散开，伸到放映机前面的光束上，做出各式各样的动作。

那时候，电影放映前村书记都是先简短讲段话，多是感谢上级党委、政府的关怀，要求村民明天该耕那块地、该浇那块地，或者宣布防火防贼或禁止上山砍柴等禁令。如果讲得时间长了，孩子们就开始鼓倒掌。正片之前都先放反映国家大事、新成就、新技术的纪录片，大家都看得很认真，等纪录片一放完，放映员换胶片的间隙，大家就可以稍微放松一下，站起来伸伸胳膊，活动活动手脚，准备长时间看精彩的电影。正片一开始，场内鸦雀无声，大家都被剧情所吸引，尤其当看到日本鬼子将游击队紧紧包围，或者特务把共产党员出卖，或者战场上胜负难分等情况紧急的片段时，大家手里捏一把汗，紧张得大

地 气

气不敢喘。当红军或八路军突然出现，或者叛徒被击毙，场子里顿时响起震耳欲聋的掌声。把手拍疼了，那才叫过瘾。那时候看电影是一定要分出谁是好人、谁是坏蛋，来晚了，一定要问个明白。如果是热门电影，幕布背面也会坐满上了年纪的老人。他们的腿脚不灵便，不愿和大人孩子在一起挤。幕布背面场地宽敞，把板凳一放，旱烟一点，用手捋着长长的胡须，悠然自在。有的还抱着小孙子小孙女，更增添了一番雅趣！有时候，大家正看得入神，片子突然断了或者发电机坏了，大家一片呼嘘，焦急地等待着，反复催着"快点，快点……"

那时片子紧俏，几个公社的电影放映队就联合起来，逐个公社放映，通过倒片一个晚上可放映二至三个村。有时看完上部，下部片子还没到，电灯只好重新亮起来。有的人乘机出去方便，或是走动走动活动活动腿脚，或去搞点瓜子小吃别让嘴闲着。片子可能一会儿就到，也可能要等个把钟头。记得有几次，一晚上演两部电影，第二部凌晨一点片子才到。我硬着头皮，瞌睡得眼皮直打架，就是舍不得走，最后在大人的背上进入了梦乡，也不知道放的什么电影、什么情节，被谁背回家的也不知道。夏天雨水多，往往看到热闹处，天上突然下起了雨，许多人把凳子顶在头上拔腿往家跑，场子里稀稀拉拉剩不下几个人。有的人躲在树下继续观看。刚过一会儿，有人小跑着从家里拿来苇笠、蓑衣或雨伞，有人干脆找块塑料布顶在头上，继续坚持把电影看完。

电影一完，放映机的灯泡再次亮起。喊爹叫娘的，叫儿唤女的，欢叫声、议论声、口哨声一齐响起，观众搬起凳子椅子，迅速向四处散开。低头一看，场地上全是砖头、石头、麦秸、报纸、糖纸。放映员和帮忙的村民，赶忙收拾放映的设备，大队干部早已准备了夜餐，大都是面条或水饺。伸展向四面八方的山路，顿时喧闹起来，人们议论着、争吵着、回味着，声音越来越远，越来越小……直到相连的山村都恢复平静。

露天电影给我的童年带来了无穷乐趣，带来了山里人对外部世界的向往与憧憬。那时的影片大多是战争片，也容易吊起孩子们胃口，像《南征北战》《铁道游击队》《英雄儿女》《地道战》《地雷战》《小兵张嘎》等，真是百看不厌。后来，电影的品种也增多了，出现了《青松岭》《甜蜜的事业》《喜盈门》等反映农村生活的，也有外国电影《列宁在 1918》《流浪者》《佐罗》《吉卜赛女郎》《卖花姑娘》等。许多电影插曲耳熟能详，老少皆唱，虽然比起如今的流行歌曲、通俗歌曲、校园歌曲少了几分缠绵，但充满昂扬向上、催人奋进的力量。剧中英雄人物的光辉形象让我们终生难忘，譬如"不见鬼子不挂弦""为了胜利向我开炮！向我开炮！""面包会有的，牛奶会有的，一切都会有的……"等台词仍记忆犹新，甚至常被运用到日常生活中。露天电影影响、感染了几代人，在皎洁的月色中、在璀璨的星空下、在撩人的夜风里，我们认识了舍身炸碉堡的董存瑞、双手插入焦土的邱少云、手握爆破筒跳入敌阵的王成等一批民族英雄，感受到地道战、地雷战的痛快淋漓、狼牙山五壮士的悲壮，体会了上甘岭的艰辛，也曾为小萝卜头流下酸痛的泪水……

地　气

　　由于电影队往往在相近的村庄连续放映，于是青年人总是像追星族一样，跟着放映队走南闯北，一夜一夜、不厌其烦地重复观看。那时我还小，总希望跟着大人到邻村看电影。路多是沙土路，有的是泥泞小路，雨后非常难走，邻村其实就几华里的路，也要走上一小时左右。月下乡间的沙土路很漂亮，中间人们走得多格外发白，弯弯曲曲像一条灰白的鞋带。家境好的孩子带着手电，那一束一束刺眼的光极具穿透力，时而在蓝蓝的天空上交织，那分明是在炫耀。

　　随着农村改革的深入，日子日渐红火，公社改成了乡镇，电影放映队也不下乡了。周围几个村手头比较宽裕的人家，孩子结婚或考上了大学，开始自费请电影队来放电影。实力小的演一场，实力大的甚至放两场。孩子们跑着跳着到处传播消息，就像送鸡毛信的小通信员。外村的年轻人也风尘仆仆赶来过眼瘾。孝顺的闺女还回娘家把老母亲接来小住几日，等待这顿免费的"文化大餐"……

　　一代人有一代人的电影，一代人有一代人的梦想。乡村露天电影，曾给山村带来了多少期待和欢乐，增添了多少温情和真诚，给我们的童年留下多少抹不掉的美好记忆和不再复返的真情岁月。露天电影不仅给村民提供了活动、交流的媒介和场所，而且昭示了返璞归真、追求真善美的文化现象。坐在配备空调、沙发、环绕音响的豪华影院里，吃着清香四溢的肯德基、汉堡包，欣赏颇具震撼力的世界大片，但缺少看露天电影时人与人之间那种亲近与兴奋。

　　回忆那个年代虽然物质短缺却精神富足，民众以极大热情享受着单调的文化生活。久违了，乡村渴望的文化盛宴！

扫描二维码
聆听作者的散文
《露天电影》

过冬的树

北方的冬天，是肃杀、萧条的，又是清醒、顽强的，更孕育着春天和希望。

冬天来临，无论城市还是乡村的柳树、杨树、槐树、法桐树、银杏树等树木的叶子，被阵阵朔风纷纷扬扬地吹落。那树叶分明像飞舞的五彩蝴蝶，争先恐后地栖息大地。冬季的树木，脱掉所有叶片，守护生命，停止生长；像一排排健美运动员，自信地站在街口、公园、景区和山冈地头，裸露着强健的体魄和结实的肌肉。

天，更高远；视野，更开阔；空气，更清新；树，更精神。

冬天的田野空旷，没有任何负担和累赘，也没了繁花似锦的丰腴和臃肿……空旷让人视野更加开阔，纤瘦让人凝眸深思，单调让人更加洒脱……

冬天，世间万物平等，拥有相同的自然环境和生存权利。草儿匍匐在地，野兔逃得无影无踪，唯有树还原地站立着。田野里、沟壑边、大道旁，树的影子随处可见。寒风来了，它摇摇头，晃晃身子，让没有定性的风从身旁悄然跑过；雪来了，它微笑着和雪花拥抱，然后抖一抖身体，鄙夷地看着它们从身旁缓缓滑落或者消失。

冬天里执着站立的树，那是旷野里最美的风景！

冬季的树展示不同的形象和风采，给人不同的情趣与感受。树干和树枝形态各异，或直或曲，或粗或细，或侧或卧，或仰或俯，或盼或思，或醉或舞……有的直立伸展，庄重威严；有的自然弯曲，温柔婉约；有的侧身凝视，透几分惊愕神秘。冬季的树彻底卸下荣华富贵的外装，风中雪后更为生动、更有韵味，真实得淋漓尽致，真正的洒脱自由。

根深蒂固的树木，那是大地最忠诚的子孙！

立冬、小雪、大雪、冬至、小寒、大寒……一九、二九、三九、四九、五九……

地 气

寒风越来越急，寒雪越来越大。只有树木真爱着脚下的大地，不挪，不动，走不了，也不愿走。树把根深扎大地，它坚信脚下这片属于自己的泥土，给自己挺直脊梁的信心和力量。梦想在大地中孕育，在静默中生长。

大地的养分沿着树的经络往上传递，从树根到树干，从树干再到树枝，一直到伸向空中的每一个细小的树枝、树梢。树深感脚下大地的踏实与牢靠，依然挺直腰杆。冬日的寒风有些嚣张，甚至肆无忌惮。一阵阵寒风从树间刮过，树不甘屈服，只是轻轻摇晃一下身体，宁折不弯地站立着，柔韧的树枝被摇来摆去，任阳光和云雾在枝条间跳跃与律动……

冬天的树木，与大地同甘共苦，生死相依！

那是一棵北方的银杏树，直立于天地之间，孤独地站立在山冈上，于凛冽的寒风中，紧握着北风的手，站立着。两只不怕冷的喜鹊飞来，在树枝与树枝之间飞来飞去，丈量树与树的距离，感受树枝与树枝的亲密。它们的叫声使这片空旷生动起来。不一会儿，它们一前一后飞离远去，只留下缥缈的身影。

一棵树如此，另一棵树也是如此，所有的树在寒冬里凝望着真实的自己和姊妹兄弟。各种树木、灌木集结、混生在一起，无论什么品种和名字，都是同一血脉，遥遥相望，互相鼓励着、安慰着，坚信寒流过去，春风会来，相信枝会更壮，干会更粗，叶会更密。因而耐心等待，静心坚持，期待生命的勃发，静候春天的消息。

无论白天黑夜，俯视空旷、板结的土地，仰望蓝天与白云，静心坚守自己的家园，侧耳倾听风雨声和时令的胎音。

过冬的树，在冬季休养生息，为五彩纷呈的春季积蓄青春勃发的信心和勇气。

扫描二维码
聆听作者的散文
《过冬的树》

地 气

村庄的灵光

山岭，梯田，山路，小桥，溪水，庄稼，秋草，牛羊，房屋，太阳，月光，炊烟，村民……

锣鼓，唢呐，乡戏，嫁妆，高跷，秧歌，对联，窗花，鞋垫，赶牛调，舞龙狮，弯把犁，土地庙……

这些村庄里熟悉而亲切的景物，散发着纯正缠绵的自然与文化光泽。悠闲地咀嚼着满口幸福的村庄，让人魂牵梦萦，让你我在不经意间捡拾到唐诗宋词中那婉约清纯、恬静舒适的意境，散发着温暖人心、人性的魅力与灵光。

我故乡那个小山村，坐落在沂蒙山区东部的岭旁上，东、西、北部三面环山。我小时候，村庄四周那茂密的树林，既是树木和牲畜饲料的生长地，又是百鸟和孩子们的天然乐园。村庄的夜幕蓝得透明，点缀着一轮圆圆的皓月和一片贼亮的眨眼睛的星星，家家透出昏黄的灯火，飘散着淡淡的酒香和菜香。脚步声，说笑声，调嗓声，狗吠声，碰杯声，婴儿啼哭声，集体上演温馨优美的村庄协奏曲……

田埂蜿蜒缠绵，篱笆斜斜疏疏，草垛圆满敦厚。

记忆中，村头的大槐树下，几位驼背的老人吧嗒着长长的旱烟袋，坐成夕阳下一道苍凉古老的黑剪影。他们的身后是整齐却高矮不等的柴草堆，上面披挂着破旧的蓑衣和苇笠。身旁搁着生锈的犁耙和沾着泥巴的锄头。

在村庄随时可以听见清爽的溪流声和播种、收获的歌谣，母亲急切呼唤孩子的叫喊声；看见吹吹打打的娶亲队伍和悲天恸地的送葬行列，农夫咧着大嘴的微笑和眼噙浑浊的泪花与无奈。

留恋村庄，不是因为我生长在农村，我的亲人都是农民，而是我拥有充实欢乐的童年，那个曾经满身泥巴和草屑，在土地上滚爬摸打、学会面对风雨的童年。想起这些，胸口便涌动幸福与感动。大自然和村庄恩赐我很多，我却把村庄贴心暖肺的关怀与眷恋带进了喧嚣的城市。

地　气

　　我坚信，在亘古不变的传统耕作方式面前，任何语言都苍白，任何描述都无力。我的脑海里时常闪现这样一个画面：皮肤黝黑的农夫，佝偻着腰，迎着正在升起的朝阳开始耕作，步履蹒跚在空旷的山地上。刚刚翻过的黑油油的鲜土上，留下一行沉重的深脚印。

　　当扁担压得肩膀痛，当插秧累得腰酸背痛，当劳作双手磨出血泡时，你往往难以陶醉陶渊明“采菊东篱下，悠然见南山”那脱离尘俗的悠闲，而对“锄禾日当午，汗滴禾下土。谁知盘中餐，粒粒皆辛苦”的诗句有了真切感受，会觉得繁重的劳动其实并不浪漫，细皮嫩肉的手掌在磨砺中长出老茧是痛苦的。我们凝望无垠的田野，领略绿油油的麦浪，观赏海一般金黄的油菜花，的确能感受一份诗意，那是自然的力量，生命的奇迹，也是人类的杰作。但经营这份美丽靠的是艰辛的付出。秋收季节，场院上机器在忙着脱粒，山道在运输沉甸甸的丰收，整个村庄都在喜悦中抖动，深夜合奏起甜美的鼾睡声。

　　土地和家园是乡亲们灵魂的永久住所。站在村头向远处眺望，在沟壑纵横的山沟里，住着许多炊烟牵挂的人家。朴实勤劳的乡亲们，在这熟悉的村庄里生存、生活几十年，留下生命神秘的遗传和互为亲人的缘分。土地与农民生死不离，庄稼一茬茬地播种收割，农民在一茬茬地轮回。有人站起来，有人倒下，墓地已挤满，不小心会碰到谁的院墙和饭桌。站在山顶喊一声爷爷、奶奶，山谷里会响起久久的回声。许久以来，农民的生活来源主要靠土地，在这广袤而干瘦的土地上，农民一辈辈过着日出而作、日落而息的古典生活，他们辛劳地耕种，用那执着与沉重，支撑着城市膨胀的浮华与奢望。

村庄是人类生命的图腾，简陋却更具内涵和质感，原始却自然真实，贫瘠却纯粹安谧，承载和创造着农业文明史。现代工业文明正在更新农耕文明和传统道德的标识，更替田园牧歌的传统生产、生活方式。村庄里的路，有宽，有窄，有牛羊吃草行走的羊肠小路，有拉运庄稼粮食的沙土路，有通向集镇的柏油路，还有许多看不见、摸不着的心路。每天你怎么想、到哪里去、干一件什么事、先迈左脚还是先迈右脚、何时返回……这都是自己的事，尽是安稳富足的平凡生活。

村庄是人生的坐标系，就像卷藏在记忆深处的一幅水墨长卷，一次次被季节摊开，甚至被无数次描摹；就像刻在灵魂深处的经书，一次次被亲情和愿望反复翻阅和咀嚼。一缕风，一朵云，一滴露，都闪动灵光，蕴含淡然的乡愁。心有千结，情有万缕。唯独乡情人人理不清，代代剪不断。宽厚和仁慈的土地，凝结和承载着厚重的历史，即使被踩在脚下，也依然坚韧博爱。这就是土地的秉性和品格。

一个人最幸福、最感人的时刻，就是思故乡、忆村庄和童年的时刻，对于游子来讲，这种想念更真切、更深刻、更难忘。唇齿相依的城乡血肉交融，城市人享受富贵华丽的现代生活，思绪却时常萦绕农村那难以割舍的精神家园。蓦然回首，发现一棵树、一条狗、一眼井、一座破庙，包括挂不上嘴的逸闻趣

地　气

事原来都那么珍贵，青山绿水涵养着刻骨的乡愁，拴系着生命的根脉。

　　乡村情结依然盘扎在我的心坎上，像开春的白杨树蓬勃向上。建筑、服饰、饮食、传统习俗这些与泥土血脉相连、气息相通的乡村文化符号，放射出生命与命运的灵光。静心俯首这朴素原始的村庄，耳际传来报春鸟轻轻的鸣唱，养心暖人，亲切悠长……

扫描二维码
聆听作者的散文
《村庄的灵光》

爬山虎

"爬山虎"，虽是平常植物的名字，却气势逼人，令人敬畏。

春风连续刮了三天，突然发现我们宿舍小区围墙上的爬山虎，就齐刷刷地冒出紫红的嫩芽芽。

看见这爬山虎，我陡然想起万里长城障墙上的爬山虎，那景色让人震撼：密密匝匝的绿叶如瀑布一般，从墙顶直泻到墙脚。城墙多高，那绿就有多高……

爬山虎常攀缘在墙壁或岩石上，广见于我国各地，多野生于山林荒野。它是一种生命力极强的植物，它有随生根和吸盘，因而能牢固地附吸在平直的砖

地　气

墙、水泥墙和石坡上，甚至高山绝峰。无论生长环境如何，都可以凭着对生命的渴望，顽强地存活下来。如今常用于城市园林楼宇的绿化。

爬山虎根系发达，抽发新芽的时候，呈放射状，像扇面那样沿着墙壁散开。细小的卷须汲取土壤中的水分和养料，供养茎、枝、叶。它的每根枝蔓都长有小爪子似的触须，往上生长时就用这些小爪子紧紧抓住光滑的石壁、树干、墙面，无论多贫瘠的土地也能将根须深扎其中。枝和枝、根和根相互攀结，因而风吹不倒、手拽不下。

几年工夫，枝蔓就纵横交错，结成一张绿色的网，盖住了宿舍的围墙，看不到一石一缝。因容易招惹蛇虫蚂蚁等东西，居民宅院里一般不栽爬山虎。就在我凝视这满墙清晨阳光照耀下的爬山虎的时候，一个扎着紫红色蝴蝶结的小女孩，哼着陌生的歌谣，蹦蹦跳跳地从墙脚下的小巷跑过。不远处有一对满头银发的老人，互相搀扶着，在蹒跚漫步。可清晰听见拐杖击地声和孩童爽朗的笑声。

平凡的爬山虎，泼泼辣辣。有人赞美它，无论多么恶劣的地方都能生长。有人鄙视它，说它没有骨气，必须依附于其他的物体。爬山虎总是凝望远方，心无旁骛，自由生长。

春天吹醒了干枯的触须，叶子由嫩红继而嫩黄继而嫩绿，其蔓茎迅速伸延，你推我搡、争先恐后地向上攀登。进入夏季，碧绿的叶子像打了蜡一般，光滑油亮，密密匝匝不留任何空隙，常在风雨中摆摇荡漾。秋风吹过，红艳的叶子骤然脱落，凋零的刹那还发出一声轻轻的叹息，棕黄色的藤条就像瘦骨嶙峋的老汉胸前的肋骨十分醒目地嵌在墙上，紧紧抓住可以依附的物体，固定春天来临时再次登攀的起点。

爬山虎作为观赏植物或绿化植物，不亢不卑的"绿衣使者"，已被大量移植到了城市。房子绿了，栅栏绿了，公园假山绿了，高层建筑绿了，就连电杆、烟囱也绿了……

过了清明即进入夏天。爬山虎新的枝条虽然很柔弱，参差不齐，有粗有细，高高低低，但一律昂着头，执拗地举着绿手掌，颤巍巍地伸展出触须，追逐属于自己的生命高度和风景……

扫描二维码
聆听作者的散文
《爬山虎》

母爱、父爱、手足之情、血脉之亲，

长者对晚辈的疼爱……

亲情是一首轻柔温婉的经典歌谣，

一缕舒心拂面的春风，

是肥沃生命的土壤、

人类永恒的情感。

世态炎凉，冷暖自知。

同宗同祖，血脉相连，

打断骨头连着筋，

这是亲情的力量。

亲人的牵挂，揪心暖肺。

亲人的惦记，肝肠寸断。

第二辑　亲情暖心

赤脚走在田野上

人一生有许多美好记忆，随着岁月流逝和年龄增长，会更加清晰，更加值得留恋和怀念。居城市久了、烦了，偶尔到乡下走走，最让我感动和兴奋的，仍旧是脱下皮鞋，赤脚到田里走一走、跑一跑，寻回那种亲近土地和自然的感觉。

我的故乡在沂蒙山区莒南县的一个小山庄，村庄小得连县里的地图都不舍得标上一个点。但它却具有所有乡村的共同历史和命运，透出乡下人相同的精神与品质。那里有翠绿的树木和茂盛的庄稼，有学大寨时整修得平展的山地和弯曲的沙土路，有袅袅升起的炊烟和粗犷豪放的歌谣，还有我童年美好的记忆和说不清道不明的憧憬与向往……

我深爱这片土地，缘于我的祖辈，尤其是我的爷爷。我爷爷一生坎坷，七八岁时就给地主家放牛，新中国建立后有了自己的土地，便把土地当作了命根子，从不亏待每一寸山地，每一棵庄稼。无论是耕种、管理、收获，都精打细算，妥妥帖帖，用时下的话讲，就是高标准、严要求。每次下地，必须先把鞋脱了。爷爷说，地是通人性的，不能用鞋踏的。如果踏了，地就喘不动气了，庄稼也就不爱长了。爷爷恨不得一天就把他种地的那套理论和实践全传授给我，让我成为左邻右舍称赞的种地好手。我生来就喜欢土地，也立志把地种好，因而也尽心琢磨种地的道道，爷爷关于种地、耙地的经验真还学了不少。

　　爷爷干农活，从来没有丝毫的马虎，最拿手的是耙地和打麦畦子。秋天，收完玉米和地瓜，就要种小麦了。爷爷先把地深深地耕一遍，我背着一个大竹筐，跟在爷爷身后，赤脚踏着刚刚耕出的十分柔软的鲜土，跑步捡拾从地下翻出的地瓜、花生、树根，就连石头、瓦片也要一同捡出来，放在地头上。一块地耕下来，地头上也堆了一大堆捡拾来的东西。山区的地其实是浇不上水的，因为没有什么水源，完全是靠天吃饭，但我家那麦畦必定要耙得很平整。地耙这么平，完全是一种假设。假如天旱了，真来水了，那水既流得不太快，又不流得太慢，水从地这头到地那头了，地正好喝饱了，又节约了水。我爷爷耙地的水平，确实让我佩服。无论地被耕得多么起伏不平，到爷爷手里，总能耙得平整如镜。耙前，爷爷先趴在地头上，进行目测，设计好如何耙地，然后一会到地中央，一会再到其他的地角上瞭望。哪个地方高了低了，或者还有比较个大的坷垃块，都必须重耙一遍，直到满意为止。地耙平了，就开始调地埂。这时，爷爷就赤着脚，从地这头望着地那头的参照物，先用脚划出一条线，然后

地　气

再沿着线用镢头刨起土堆起了地垄。来回刨上两遍，个别的地方再作点调整，那地埂便成了，就像木匠打了墨线一样直。一垄垄的麦畦打好了，远远望去好似金黄的波浪。

秋天的太阳是暖洋洋的，庄稼人的心情也是暖洋洋的。赤脚走在旷野上，吮吸着庄稼的芳香和新鲜泥土的气息，看着远处天边的白云和慢悠悠跋涉的老黄牛，望着田野里异常忙碌的众乡亲和成垛成捆的庄稼，听着爷爷那别有韵味的吆喝声和叫不上名字的鸟鸣声，心中掩藏不住喜悦，心情也异常舒畅。休息时，我爷爷噘着一把山羊胡，吸着那根很长的旱烟袋，微闭着双眼，好似喝了二两二锅头酒，是那么的惬意和陶醉。我有时悄悄走上前，拽拽爷爷的胡须，爷爷笑着打我一巴掌，竟是那么亲切。我高兴极了，干脆躺在地上，或者打上几个滚，与土地亲如一家，柔柔的，暖暖的……

伴随经济的繁荣和生活方式的改变，谁能像守候生命一样守护土地呢？钢筋和水泥正在大口吞噬土地，土地一味地被掠夺，许多农民含泪抛弃了与自己祖辈相依为命的土地。土地是富有灵性和感情的，也是很有性格和脾气的。爱土地，就是爱自己的家园和未来。

我盼望赤脚走在田野上，寻找回亲近土地的感觉。

扫描二维码
聆听作者的散文
《赤脚走在田野上》

祖孙四代求学梦

"吾家世守农桑业，一挂朝衣即力耕；汝但从师劝学问，不须念我叱牛声"。诗人陆游这首诗，充分反映了自古以来我国农民家庭的生存状态和通过读书改变命运、成就梦想的愿望。新中国建立以后特别是改革开放以来，普通百姓受益最大的，一是衣食住行和社会保障状况的改善，二是受教育程度的普遍提高。我家祖孙四代的求学历程，生动记录着国家巨变和我们全家一代代追赶求学梦的历史轨迹。

在新中国建立前那漫长的岁月里，被尊为万世师表的孔子和诸多开明的帝王将相，虽然一贯倡导重视兴办教育，教化民众，但受教育的其实都是那些王孙贵族，最起码也得是富裕绅士。平民百姓没有供应子女上学的经济实力与权利，只能"望学兴叹"。

地　气

　　我家祖辈是沂蒙山区的农民，族谱里从没有上学识字的。我爷爷生不逢时，是喝着旧社会的苦水长大的。当时家里穷得叮当响，虚岁刚七岁，就被迫到邻村的地主家当放牛娃。看着地主家的孩子吃饱饭，就坐在屋里，听私塾先生摇头晃脑地讲什么"人之初，性本善"一类的课文，羡慕得不得了。有一次趴在黑乎乎的窗子上，偷听了几句，竟被老地主劈头盖脸痛骂、狠揍了一顿，脸上和身上留下道道血口子……我爷爷心中暗暗发狠："砸锅卖铁也要上学"，可这个梦想在那个时代是根本不能实现的。新中国建立后，我爷爷参加过村办扫盲班，也让我们手把手教他识字，可惜已错过读书的年龄。我爷爷虽然不识字，可为人厚道、实诚、没有私心，竟在村里当了十多年的仓库保管员，全村出出进进的所有东西，全靠只有自己认识的画图和划杠杠来记录。直到他离开这个世界，也只认识自己的名字和几个简单的数码。但他老人家的苦难经历和他关于好好读书的衷心劝诫，却深深地刻在了我的脑海里。

　　中国人有个传统，长辈自己没有实现的愿望，往往会加倍倾注到下一辈身上。我父亲长到该上学的时候，新中国虽然还没有成立，但我老家沂蒙山区这一带已经是解放区了。喜气洋洋的农民分了地、勉强填饱肚皮以后，首先想到的是让孩子学文化、长见识。政府也鼓励办教育，于是几个村联合办一所小学，大大小小的孩子混编在一个班里。我父亲也是其中幸运的一位，成为我家祖祖辈辈第一个上学的。可谁知天有不测风云，我奶奶突然病逝。我父亲含着眼泪把没有学完的课本掖藏起来，默默帮家里干起了农活，帮着照料我年幼的姑和叔。老师舍不得爱学习的好学生，曾连续几次到我家做我父亲返校的工作，但由于家境所困，最终我父亲再也没有重返那充满笑声、歌声和美好憧憬的校园。即使这样，当时比起斗大的字识不了两箩筐的乡亲们，我父亲是村里名副其实、会打算盘的"秀才"。

到我上学时，已经是上世纪六十年代中期。农民刚刚度过三年自然灾害，铁青的脸上红润了许多。这时大多数村庄都有了学校，多半孩子能进学堂了。我家祖辈上为了给地主看林子养家糊口，一直住在村东的山岭上。我清楚地记得我上学的第一天，父亲一直背着我把我送到村里的学校里，交给了胡须花白的张老师。这其中有多少寄托和祝愿，我当时体味不到，也理解不了，但我从家人那期盼的目光里，感受到了一种信心和力量。上学第一天中午放学后，我小跑着回家，坐在院子里的大槐树底下，扒上一碗饭，就第一个跑回学校。学校条件很差，一个教室四排用土坯垒的土台子，那就是课桌，一排就是一个年级的学生，老师进行"复式"教学，教完了这排再教那排。学校抓得挺紧，有时还坚持上晚自习。可教室房子太破，一到下雨天，屋里就摆上接水的盆子。雨下大了，老师担心教室倒塌，干脆放我们的假。冬天，那土台子凉得刺骨头，外面下大雪，教室里下小雪。学生们衣裳单薄，老师经常停下课，组织孩子们集体跺脚、搓手，拍打身上的雪花，然后再上课。那时农家日子贫寒，孩子们在课堂上用石板写字做练习，那石板可以反复擦、反复用，确实很节约。放学后，我们首先要帮家里拾草、剜菜、放牛、放羊，然后再用五分钱一本的作业本做作业，本子的正面用完了再用反面，或者第一遍用铅笔第二遍用钢笔。虽然这样，伙伴们还是学得很用心、很开心。那时没有师资可言，老师从

地　气

刚毕业的中学生中选，有的竟然小学毕业教初中，许多生字都是念半边，出错别字实属家常便饭。等我上高中时，出了"白卷先生"，爱学习不吃香了，学习好也没用了，图书馆的好多图书也不准看了。不久又"开门办学"，我们那个班的同学，先后参加过拖拉机班、种植班、畜牧班和美术班、新闻班，后来又吃住到我们村，唱着革命歌曲帮着填水库、造大寨田，每天两角钱的生活补助，半天劳动半天学报纸。考试就考例题，并且还开卷，虽然次次考百分，可心里总觉得对不起每周那捆家人舍不得吃的瓜干煎饼。

上世纪七十年代末，中国大地炸响恢复高考制度的惊雷。现在回想起来，这一决策的确是一种胆略，一种挽救和解放，既激活了莘莘学子的读书梦想，又填补了国家"青黄不接"的人才空白，调整了国家发展的速度和方向。从孩子都已上学的"老三届"，到刚刚毕业的中学生，共同做起了大学梦，都希望自己"鲤鱼跳龙门"、"知书达理有出息"。我们这些正巧在"文革"期间读书的学生，学习功底不扎实。没法子，只好翻出高中课本，自己再从头重啃一遍。等到我参加高考时，我的老师、我和我教过的学生，竟然编在了同一个考场。我比较幸运，接到了录取通知书，得以转户口、吃"皇粮"，着实让家人和亲戚朋友高兴了一阵子。毕业走向工作岗位，通过接触贤人才子，终于明白了"学无止境"的深刻道理。不久，国家扩大办学渠道，开始办电大、函大、职大，凡是没有进过正规大学或有学习愿望的人，不管年龄大小，都有了重新学习的机会。因而我也在工作之余，坚持着业余学习，一次次品味起高雅的书香，了却没能上正规大学的渴望。国家成为青年人筑梦、圆梦的能量场和守护神！

改革开放以来，我国城乡面貌发生了翻天覆地的巨变，教育的变化又走在前列。从"人民教育人民办"到"人民教育政府办"，国民教育机会均等、"学有所教"的目标正在变成现实。享受改革开放成果最多的还是孩子们，他们的生活条件和上学环境都大大改善。我儿子上学时，我们全家已搬迁到省城。他从入托到上小学、中学直到大学，教室都是宽敞明亮的楼房，教师也都是科班行家，教学质量大幅提高。独立且个性的年轻一代，益书常为朋，耳畔尽是歌声、笑声和键盘声。我儿子知道珍惜这美好的学习时光，努力为自己和家人争气，早已读完了名牌大学的硕士研究生，又研读博士，在我们家族中书写下最高学历的记录，圆了我家几代人的读书梦。

巴尔扎克说过："人生最美好的主旨和人类生活最幸福的结果，无过于学习了。"如今伴随教育改革发展的坚实脚步，多数读完高中的孩子可以跨进大学校门，圆大学梦啦！我家祖孙四代追求读书梦想的经历，真实反映出新旧中国的天壤之别和新中国成长发展的足迹。回想起来悲喜交集、心绪难平，心生感恩感动与感激……

扫描二维码
聆听作者的散文
《祖孙四代求学梦》

父　爱

　　父亲是个老实巴交、憨厚地道的农民。他年轻的时候，正在解放区的学校读书，因奶奶突然病逝，不得不中途辍学。后因家境所困，最终父亲再也没有重返那充满笑声、歌声和美好憧憬的校园。即使这样，当时比起斗大的字识不了两箩筐的乡亲们，父亲也算是"秀才"啦。后来就在村里当起会计、信贷员，这两件事能始终如一、平淡无奇地干上一辈子，有的只是那种冷静、从容和平淡，那与世无争的品格、与人为善的人生态度。

　　少言寡语的父亲，对我很是疼爱，也很严厉。那年代贫瘠的山地，稀疏的庄稼，远远填不饱肚皮。但家长们勒紧腰带，从牙缝里省出来给我们吃。有时一个锅里，老人竟能做出两种饭菜。日子虽然清苦，但我成长得自由自在。儿时经常骑在父亲的肩头上，是那样的风光和得意。那时的冬天奇冷，山里人衣服单薄，除了筒子棉袄和棉裤，里边没有什么毛衣、衬衣，因而寒冬腊月常常冻得打哆嗦。有时父亲把他那厚棉袄披在我身上，只感到很沉，但很暖和，闻到一种很熟悉、很亲切的汗味。

后来，到县城上学。麦假，我赶回去帮着收小麦。当空的烈日，就像粘在背上一样，割不上几垄小麦，就感到那镰迟钝了，腰也要断了。汗水搅拌上尘土、沙粒，流进被麦芒划破的小血口子里，钻心地痛痒。父亲割八行，我割五行，我拼命地挥舞镰刀往前赶，但仍然被越拉越远，腰痛得难以忍受，只好直直腰，喘口气，手心也被镰把磨出了血泡。我割着割着，竟然觉得越来越省力，很快赶上了父亲。这时，我陡然发现，实际上我只割了三行，那几行父亲早已替我割了。我望着父亲那黝黑的脸庞和累得直不起的腰，话到嘴边又咽了回去。此时此刻，有什么语言能够表达我的感情呢？父辈以这种默默无闻，宁愿自己吃苦，做千万件好事也不吭一声的品行，在我心里垒砌和树立起人生的标杆！

那年冬天，天气格外寒冷。校园里的树木被北风吹得吱吱作响，不时有冰凌和雪块从树上掉下来，让人有一种冷到骨头的感觉。一句熟悉且亲切、沙哑却真切的问话，惊醒了正坐在被窝里读书的我。我一边不自觉地答应着，一边蹭地下床打开了宿舍的门。只见父亲提着一捆煎饼和煮熟的鸡蛋，脸冻得发紫，帽子和棉袄上挂满了雪花，口中呼的热气在胡子上结了一层霜。我赶忙给父亲倒了一杯白开水。父亲双手捂着杯子，望望我，巡视一下我们室内的摆

地　气

设，摸摸我的被子，然后伸手从怀里摸出了散发着体温的五十元钱递给我。父亲是跟着村里那台 12 马力的拖拉机来县城的。现在已经很少见到那种拖拉机了，它是没有顶篷的。在那样寒冷的天气里，迎着飘舞的雪花和凛冽的寒风，在蜿蜒崎岖的山路上奔波了四五个小时，全身肯定冻麻木了，下拖拉机时腿一定站不起来。父亲没跟我说几句话，就要走了。望着父亲迈着蹒跚的步子，爬上那拖拉机消失在寒风中，我的泪水涌上了眼眶。在万物萧条、寒风刺骨的隆冬，那不言不语的父爱，是如此的温暖、如此的真挚、如此的炽热。父亲临走前那回头的目光，透出了世间最真情的嘱托和惦念……

　　记得我第一次拿到工资，先给母亲买了一块布，又给爷爷和父亲买了一塑料桶烈性的瓜干酒。我母亲异常高兴和忙活，专门做了几个好菜，其中有炒鸡蛋和炒芹菜。我给爷爷和父亲各倒上了一杯，那酒香立刻溢满了屋子。父亲端起酒杯，向地下点了几滴，然后细心品了几口，"哦，好，这酒味道纯正。终于喝上孩子买的酒了，来，干！"父亲硬是劝我也干了一杯。我放下杯子，发现父亲的眼圈有些红润，父亲忙说："这酒、这酒还真辣。"我知道，父亲是有些酒量的，度数再高的酒也不会嫌辣，那分明是难以掩藏内心的激动和满足。

　　几十年过去，父母都老了，岁月的风霜染白头发，脸上刻满沧桑，他们风里来雨里去共同支撑起一个家，平安祥和、相濡以沫地享受着晚年生活。这几年母亲身体不太好，为了让我母亲少操心、少劳作，多年来不善家务的父亲也开始做起了拿柴草、烧火、喂鸡、喂狗等家务活。刚强、善良、勤劳、能干的母亲变得好絮叨，沉默少语的父亲总是默默地听着，宽厚地忍让着。

而今，我虽然已经走出那山套，可永远走不出故乡的真情和父母那期待的目光。凌晨，听着窗外淅淅沥沥的雨声，又惦记起家乡的父母。父爱正如沂蒙山的清茶一般，不很清澈却也透明，虽含苦涩却清香，虽淡然却深刻。其实父爱的深沉与厚重就蕴含在平淡如水的现实生活中，只有用心去品味才能感受到，并由此真正地读懂人生。

扫描二维码
聆听作者的散文
《父　爱》

地　气

仰望弯腰驼背的娘

上个世纪九十年代初，我第一次听到《烛光里的妈妈》这首歌时，想起娘腰身变得不再挺拔，禁不住一阵心酸，泪涌眼眶。是啊，时光穿梭，流年飞逝。母亲的腰身已经弯了，背也驼了。娘是沂蒙山区普通地道的农民。在我儿时的记忆里，娘特别能干，什么农活家务活都会做，那腰杆也是直直的。当时我在小伙伴们面前，也觉得很是骄傲和得意。记得我爷爷在世时曾经夸我娘是我们家的有功之臣。我奶奶去世早，当时我的叔和姑才 10 岁左右，是我母亲既当嫂子又当娘，拉扯着他们长大，结婚，出嫁。那个年代队里靠工分分粮，我娘既要照料家，还要到队里干活。为了一家人的生计，精打细算，节衣缩食，还想尽办法，供应我们兄妹几个上学读书，给我们欢快幸福的童年。一天天，一年年，娘比常人吃了更多的苦，流了更多的汗，尽管额头早早地添了白发，可脸上绽放着自信的笑容和真实的满足。渐渐地，我也由仰望娘，到身高超过了娘。

　　娘弯腰驼背，是常年弯腰劳作的结果。这些年，父母年龄越来越大，已说服他们把责任田转包了，只剩下半亩菜园地，一来有点事情可做，也算个锻炼项目，二是能够随时吃上新鲜的蔬菜。当然了无论什么季节，也不会太忙太累、太让我们牵肠挂肚。记得那年中秋节，我照例回家看望娘。本认为母亲日子过得比较悠闲，谁知她却顶着凉飕飕的北风，正在别人刚收过的地里用镢头翻地瓜。地埂上的槐树叶子已经微黄，田野上只有零星的农民在劳作。远远地望见母亲满头白发被风唤起，像一团白云，斜阳从她的背后照过来，把弯曲孤单的黑色剪影叠印在地垄上。那情景让我一阵心痛。娘怕我们生气，笑着说："闲着难受呀。这么好的地瓜埋在地里，白瞎了！"

　　这些年，娘的身体大不如从前，我知道那都是年轻时辛苦、操劳留下的病根。娘几次生病，我们都是尽最大努力治疗。娘心疼儿女的钱，顽强地配合治疗，一次次创造着奇迹。可惜因长期风湿性关节炎，两条腿变了形，弯腰驼背了。

　　人一旦弯腰驼背，更显得老、显得矮，稍一活动就会气喘、气短、气急，甚至不停地咳嗽。多少个节假日，白发稀疏、弯腰驼背的娘，拄着拐杖，站在街口，弯着腰，眯缝着那昏花的老眼，像遍地挑黄豆一样盯着每一个行人，眼巴巴地盼着我们全家归来。每次回家，娘有时提前打上止腿疼的针，即使疾病缠身，也硬撑着忙里忙外，还必须亲自炒菜、做饭。往往刚吃完早饭，就忙着数算和准备午饭了。望着娘操劳的身影和飘动的白发，我愧疚地对娘说："本想回家看您，却净给娘添累了。"娘总是笑着说："高兴，高兴，再累也高兴。"

如今生活好了，爹娘也老了，好东西也不敢多吃了，想起来，心里酸酸的……
离家时，娘总是执意把我们送到大街口，有时还偷偷地抹眼泪。看看爹娘日渐
苍老的身影，我的心沉沉的，顿生几分伤感，不敢回望……

去年冬天，我回家发现，娘已患病数日，又是一声不吭地硬撑着，我和妻
子便毅然决然把她带到济南，当晚就住进了医疗条件最好的省立医院。一向操心
忙碌、弯腰背驼的娘，坐在窄小的病床上，稀稀拉拉的头发越发干枯无光，人也
显得很无奈，很弱势。若有所思地看着儿媳妇端到病床上的饭菜，刚吃了几口，
又很累似地长叹一口气："哎！人老了，真不中用啦！"一会儿，无意中我扭头看
见娘正目光有些呆滞地盯着天花板默然不语。我心头一阵自责，我名义上是在这
里陪护娘，可无法排解娘的无奈，无法打开娘的笑容。病愈后，当我们搀扶着娘
走出医院，娘高兴得像个孩子，立刻安排了一堆事情，那笑容依然那么灿烂。虔
诚地仰望弯腰背驼的娘，周身被感动和幸福浸润，我捧一颗滚烫的心，守护和
孝敬父母，报答养育之恩，用心享受爱的温馨和幸运，努力把这舒缓和甜美的时
光拉长。弯腰驼背的娘刻满一身辛劳和岁月风霜，已倦得不再挺拔，却依然是我
人生的依靠和灵魂的拐杖。每当清静下来，每当回到村口的时候，我的耳畔就会
真真切切地响起娘温馨的呼唤，刻骨铭心，绵绵长长……

扫描二维码
聆听作者的散文
《仰望弯腰驼背的娘》

煤油灯

煤油灯似乎离我们的生活已经很久远了，现在的孩子只有在博物馆或者纪念馆才能见到它的身影。然而，在我的记忆深处，煤油灯那萤火般的光点，却依然跳跃在乡村中那漆黑的夜晚，远逝的岁月也都深藏在那橘黄色的背景之中。

我的家乡就挂在一个山套里，房子无规则地散落着。小山村的白天有刺眼的阳光，傍晚有燃烧的夕阳，夜里有明亮的月光，黑暗处还不时看到跳动的磷火和飞舞的流萤。然而，在我童年的岁月里印象最深的却是那煤油灯的光芒，那总是跳动着昏黄而神秘的颜色，便是我生命中的彩霞。

上个世纪六七十年代，家乡的山村没有电，祖传的照明工具煤油灯是乡村必需的生活用品。家境好一些的用罩子灯，罩子是用玻璃做成的。而多数家庭是用自造的煤油灯。用一个装过西药的小玻璃瓶或者墨水瓶子，找个铁瓶盖或铁片，在中心打一个小圆孔，然后穿上一个用铁皮卷成的小筒，再用纸或布或棉花搓成细捻穿到铁皮卷中，倒上煤油，把盖拧紧，油灯就做成了。煤油也顺着捻子慢慢地吸上来，点灯的时候，是用火柴或火石点着灯芯，灯芯就跳出扁长的火苗，散发出淡淡的煤油味……

煤油灯可以放在很多地方，譬如书桌上、窗台上，也可以挂在墙上、门框上。煤油灯的光线其实很微弱，甚至有些昏暗。因为煤油紧缺且价钱贵，点灯用油非常注意节省。天黑透了，月亮也不亮了，各家才陆续点起煤油灯。为了节约，灯芯露得很小，那豆粒般的光亮，连灯下的人也显得模模糊糊。山村的灯光星星点点，飘飘闪闪。忙碌奔波了一天的庄稼人，望见自家门窗里透出来的煤油灯光，也似乎摆脱了疲倦与辛苦。

在我家里，常常是晚饭以后，院子里光线已经暗了，母亲才点起煤油灯，我便开始在灯下做作业。有时我也利用灯光的影子，将五个手指做出喜鹊张嘴、大雁展翅的形状照在土墙上，哈哈乐上一阵子。母亲总是坐在我身旁，忙活针线活，缝衣裳，纳鞋底，一言不发地陪伴我。母亲那时眼睛好使，尽管在昏黄的油灯下，她却总能把鞋底上的针线排列得比我书写的文字还要整齐。无论是春夏秋冬，二十四节气，母亲一直在忙着纺呀、织呀、纳呀，把辛劳和疲倦印进了额头、眼角，把幸福和喜悦融进了对子女的期待。

　　童年难以忘怀的记忆，都与煤油灯有着直接的联系。在煤油灯下，我懵懵懂懂地学到了知识，体会到了长辈的辛苦，更多的是品尝到了亲情的温暖。在那悠长的岁月里，煤油灯，一次次感动着我，驱散着劳累与寂寞，憧憬着未来和希望。

扫描二维码
聆听作者的散文
《煤油灯》

娘的白发

岁月无情，不知不觉娘老了，满头的黑发悄悄变白，像一团白云盘上头顶。

我知道，娘的缕缕白发是不尽的操劳染白的。我从偏僻的小山村，一步步走进省城。离老家越远，思念愈重；离故乡越久，眷恋愈深。以致在看见满头银发的老人，油然产生一种亲近的情感。

我对娘早年的事情了解很少。娘出生在战乱年代，家境贫寒。嫁给父亲时，家里同样一贫如洗。生我时，娘用唯一的破棉袄包着我，自己只盖着个破草毡子。面对生活的困苦与艰难，娘总是乐观自信，从不怨天怨地。在那个凭工分分口粮的年代，只有父亲是个全劳力。娘除了忙家务，喂猪狗鸡鹅，也得挣工分。记忆中，娘一年四季总有干不完的活，从不歇息，可还是填不饱肚皮。

　　饭吃不饱，就更难添新衣裳了。大人孩子的衣服都是补丁摞补丁，春节，才可能扯上几尺布，做件新褂子、裤子，或纳双布鞋，或把衣裳打个新补丁，洗得干干净净。我不理解娘为什么没有添一缕布丝，更不懂娘的辛苦和心中的愁苦。

　　娘不识字，但她知道识字重要，千方百计供孩子读书。我上小学时，家里的日子过得很紧巴，娘却狠狠心给我买了一盏煤油罩子灯。那时的煤油凭票购买，每家每月1斤。煤油不够，娘经常到商店说情，或想办法借油票。实在没法，就用墨汁瓶或萝卜头造个点豆油、花生油的灯。我读书，娘就忙她的事，或在灯下做针线活。有时，娘会停下手中的活，听我读书，背诵课文，脸上洋溢着一种神奇的幸福。我常在娘的督促下进入梦乡，黎明被叫醒时，娘早已开始了新一天的劳作……

　　娘性格坚强，无论日子多么艰难，从不落泪。却因条件所限，不能满意，而为孩子揪心难过。我到县城上学前，娘不停地张罗着，恨不得让我把家一块儿背走。临走前一天晚上，娘专门做了顿好吃的，请来本家的几位爷爷和叔叔，既为我送行，也算是对街坊邻居的答谢。娘坐在灶边烧水，泪珠不时从脸颊上落下来，我悄悄问："娘，娘你怎么哭了，不愿我走呀？"娘忙用衣襟擦掉泪水，轻声叹息："外出上学都没有几件像样的衣裳，可别让人家笑话。"娘总感觉欠了我什么。

地 气

　　娘的和善有口皆碑。亲戚朋友，街坊邻居，有了难处，娘总会全力帮助。自家的事总是尽力去做，不愿麻烦别人。年纪大了，耕种、收获时，叔叔和堂弟们常帮帮忙。娘总是念念不忘，想法请吃饭，或者送点东西表示感谢。家里来了亲戚朋友，她尽可能做几个菜，烙上几张饼，无论如何不能丢了面子，亏待了客人。娘事事关心别人，唯独不顾自己，好像自己是铁打的一样，生病了也不舍得买药，一声不吭地硬撑着。

　　娘从来不图儿女的回报，只是期望儿女们争气。她常说，娘不图你们当什么官，不图你们的钱财，只盼着你们在外实实在在地做事，大人孩子平平安安。娘把自己的心血，全都奉献给了我和家。每次回家，娘像招待贵客。忙里忙外，问长问短。望着娘操劳的身影和晃动的白发，我心中十分愧疚。离家时，娘总是将我送至门外很远，目光中充满关爱和嘱托，又有几分不舍和期盼。风吹起娘的满头白发，眼里泪水盈盈，我都不忍心回头……

　　夜深了，一缕月光透进屋里。恰如娘那满头的白发。我的惦念都浸进这圣洁宁静的月光里，溜回了至亲至爱的故乡。

扫描二维码
聆听作者的散文
《娘的白发》

陪爹娘游览天安门

母亲节的前一周，我携妻儿陪同年迈的爹娘去了一趟北京，游览了天安门。那两天，天公作美，雾霾散尽，天蓝云淡，温度适宜，看了个清晰痛快。陪老爹老娘逛天安门是件辛苦却又很惬意、幸福的事情。

记得我上小学时，掀开语文课本，第一课，是带着拼音的"毛主席万岁"；第二课，就是带着拼音的"我爱北京天安门"。我爹娘都是老实巴交、勤劳厚道的农民，出生在上世纪30年代抗日战争时期，童年时代就经历了民族的苦难，跟着大人躲避日本鬼子、挨饿。庆幸的是，沂蒙山区很早就是解放区了，记忆中比天大的事情就是毛主席在天安门城楼上宣告新中国成立，农民有了自己的土地，过上了安稳日子。天安门成为百姓翻身的标志、幸福的象征。

地　气

　　原来农村放电影，最先放出来的必定是闪着金光的天安门，大伙羡慕地望着美丽的天安门，感觉天安门那么神圣，又那么遥远。游天安门是多少中国人特别是农民做梦也不敢想的大事情。

　　我爹身子骨硬朗。我娘体弱多病，因长期患风湿性关节炎，两腿变形，走路困难，一辈子没出过远门。如今节假日多了，爹娘岁数越来越大了，就琢磨着让爹娘"圆梦北京"。当我第一次郑重提出来陪爹娘去北京时，不善言辞的爹只是笑笑，算是默许，娘说："我没出过远门，身子骨又不好，去不了呀！去趟北京，那得扔多少钱呀？"

　　当娘得知我们准备用轮椅推着她游北京后，就一直劝我："你推着个瘸腿娘去北京，净让人笑话！"我说："推着您，走得快，既省力、又舒服！谁笑话？人家肯定得羡慕呐！"

　　今年5月，我们终于坐上了去北京的高铁。我安排娘坐在靠窗的坐席，爹挨着娘坐，我坐在最外边，不停地指点解说：

　　　　"您看，这就是黄河，一碗水半碗沙"；
　　　　"已进河北界啦，这里也在开始成片种蔬菜了"；
　　　　"这是天津地，早年叫天津卫，'狗不理包子'和'十八街麻花'，最好吃"；

"您瞅瞅，这就到北京了，这高铁够快的吧！"

来到北京，头等事就是去游览天安门。我们一家老小先趁着阳光柔和，在天安门广场慢节奏地逛了一圈。蓝天白云映衬的天安门城楼，金碧辉煌，更显威严大气。国徽高高悬挂在殿檐间，犹如一轮镶了金边正冉冉升起的红太阳；毛主席画像透着慈祥与伟大，在这暖日阳光里，让我们全家感到从来没有过的亲切与温暖；画像两边的标语，红底白字，大气鲜明，热烈庄重……金水桥畔，值勤的武警战士透着威严与神圣。

我和妻子、儿子明确责任和分工，尽情地陪着说，陪着笑，那么开心舒心，那么坦然。我儿子个高，虔诚地躬腰用轮椅推着奶奶，妻子不时为儿子擦拭额角的汗珠。那场景，在温暖阳光照耀下，温馨暖人。娘高兴地说："以前只是在画上、在电视上看，现在看到真的天安门啦！"我安排大家依次站好，在天安门前拍下了一组全家福。

黄昏时刻，我们又登上了天安门城楼。长安街上川流不息的车辆像飞奔的长龙，那壮观的气势渲染出浑然一体的和谐景象。广场上那造型别致、独具匠心、五颜六色的花坛，在璀璨的霓虹中映出了瑰丽的辉煌！

我一边忙着拍照，一边当导游：那是毛主席纪念堂！那是人民英雄纪念碑！那是人民大会堂！那是国家博物馆！那是华表、金水桥、大前门……老爹老娘瞪大昏花的眼睛，好奇地欣赏着一幅幅美景。娘说："我和你爹都快 80 了，还能登上天安门，做梦也没想到！"父亲接过话茬说："自从有了毛主席，中国人才不挨打，才直起腰杆。"

我的爹娘扛了一辈子锄头，在沂蒙老区那个偏僻的小山村，亲历了中国革命、建设和改革的各个时期，一生辛劳，对党、对毛主席感情深厚，终于在晚年眼噙泪花圆梦天安门。

回到济南，我挑选出一组最好的照片，专门设计制作了一本精美的画册，送给爹娘，努力把那份幸福和快乐聚集和放大。这次游览天安门，成为爹娘一生中最美好、最荣耀的记忆，也圆了我们全家的孝敬之心和感恩梦。

难忘年迈的爹娘那开心、幸福的笑容，像两朵沉醉的秋菊，盛开在青春永驻的天安门前……

扫描二维码
聆听作者的散文
《陪爹娘游览天安门》

回家吃顿娘做的饭

节假日，回老家吃顿娘做的热乎乎的饭，是多少住在城里人的一种梦想，甚至是一种奢望。

每逢节假日，我们一家三口总有共同的愿望：那就是赶快回老家，一家老少团聚，吃几顿合口味的庄户饭，尽情享受其乐融融的家庭幸福，欣赏山乡没受任何污染的至真、至善、至美的自然景色，感悟宁静淡泊、淳朴温厚、慈善平和的心境。现代人在匆忙的生活中遗忘和失散了许多宝贵的东西，但唯一没有改变和遗失的是那份浓浓的乡情与温热的亲情。平常没时间，那就在节假日还愿、如愿吧。

民以食为天，人来到这个世界，只有会吃东西，才能获得生存的权利。人

地　气

赖以生存的，除了水、空气，便是食物了。大多数男士，结婚成家前，二十几年，一直吃着娘做的饭，婚后几十年如一日，吃妻子做的饭。天长日久，这饭有时可能显得单调，但却饱含感情、深藏厚意。我在外工作近 30 年，每次回老家，爹总是早早跑到集市上买回各种各样还沾着泥土、露水的蔬菜、水果等，娘总会做上满满一桌子饭菜，还反复地劝说："外边的饭不如家里的香，多吃点，多吃点！"岁月沧桑，地老天荒。一年年走过来，我和几个妹妹都长大了，爹娘也被岁月催老了。我深深地感到，只要献给爹娘一句温馨的问候，一个甜美的微笑，冷清的院子会立刻温暖起来，平淡的日子会顿感五彩缤纷。

当下，人们常谈论幸福，其实幸福很简单，回家吃顿娘做的饱含母爱、热气腾腾的饭就是一种幸福。这些年，春节放长假，有比较充足的时间回家过年。守着年迈的爹娘，仔细聆听母亲的唠叨，欣赏父亲下地耕作、打理菜园，放心地品尝、慢慢地咀嚼、尽情地回味娘做的饭。在家的日子，娘总会把积攒了一年的好东西纷纷拿出来，变着花样做给我们吃，顿顿都是七个碟子八个碗，像招待远方尊贵的客人。吃饱了，娘还逼着再多吃几口，恨不得把所有好吃的东西都塞进我们的肚子里。娘看着我们吃得打饱嗝或者满头大汗，便会开心地笑了。说实话，我这些年在外工作，也吃过一些山珍海味，有些娘肯定没见过、没听说过，更没吃过。可娘还是执拗地为我做她认为世上最好吃、我应该最爱吃的东西。多少次，我凝望着娘满头的银丝、满脸的坎坷与风霜，泪水相伴着感激与感动在眼眶里打转。随着年龄的增长和生活阅历的增加，我更加牵挂和依赖亲人，更加珍惜与爹娘团聚的日子。

　　娘偶尔进城，我也曾多次动员娘到饭店吃顿饭，可总是被娘推辞了。有一年正月十五，老娘来济南检查身体，我们全家硬是把娘拖到饭店吃了一顿，总共花了 200 元钱，这可把娘心疼坏了，娘很不开心。回家时，还一边走一边念叨，"你这孩子就是不听话，这要是自己做着吃，该吃多少顿呀！"

　　记得那年大年初三，全家大鱼大肉吃腻了，我就自告奋勇要炖萝卜吃。响应最快的是娘。自家过冬的大萝卜又大又脆，我洗净切成块状和排骨混在一起，用小火慢慢炖，出锅前放上些许辣椒、香菜和味精，趁热盛出来，口感确实不错。娘尝了几口，自豪地说："好吃，儿子做的白水煮萝卜也好吃！"言语中透出一种幸福和满足。年幼时体会不到在那贫寒的岁月，娘在烟熏火燎中忙碌着做饭的无奈与辛苦，当自己为人父母之后，对父母的恩情也有了更深刻的感受和体验，多少次劝告、提醒自己一定用心孝敬父母，但连偶尔为爹娘做顿饭这样简单的事都做不到，心中常怀愧意和歉疚。

　　节假日，回家吃顿娘做的饭，是一次幸福而快乐的旅行，是对逝去岁月的追溯和留恋，源自对父母的牵挂和对浓浓亲情的期盼；偶尔为娘做顿饭，那是对父母养育之恩的一种纯朴、实在的报答，还可消除城市生活的烦恼和浮躁，那真是一种幸福、快乐的感觉。

扫描二维码
聆听作者的散文
《回家吃顿娘做的饭》

回家过年

离开沂蒙山区久了，但故乡过年的情景依然历历在目。

那时刚入腊月，年芽就在沂蒙山人的心里萌动了。在外的人，无论路途多遥远，早就开始筹划如何回家，或给家里寄多少钱物；家里的老人、妻儿，更是精心准备，翘首盼望亲人的归来。

到腊月二十三，就算正式迈入年槛了。清晨，家家举行"辞灶"仪式。买上火纸，烧三炷香放一挂鞭炮，送旧灶王爷上天言好事。各家吃完"辞灶"的水饺，就忙活着置办年货。老太太和媳妇们乐呵呵地忙着缝制被褥和棉衣，赶集买布料、做衣服，然后蒸馒头、烙煎饼、做豆腐、造粉条、生豆芽，把地窖里冬藏的大白菜、青萝卜、芋头、红薯掏出来，把用玉米秆或草苫子覆盖在地里的小葱、香菜刨出来，把所有吃的东西都做成成品、半成品。孩子们则恨不得把时钟拨快几圈。这时走村串巷崩爆米花的生意也很火，孩子们从家里舀上半瓢苞米或黄豆，"嘭"的一声，就崩出一提篮，撒进点白糖，与核桃仁和炒熟的花生仁搅拌在一起，又香又脆。

年前这几天，是农家最快活的，也是最疲惫的。男人们特别勤快，争着抢着干重活，赶集上店、杀猪、宰羊、劈柴、担水、扫院子。再说扫屋吧，等瞅个好天气，先把屋里所有的家什搬到院子里，待把屋梁和墙皮上的灰尘、蜘蛛网打扫干净以后，再用扫帚蘸着细黄土的稀泥汤，将墙皮均匀地刷一遍。等到黄泥汤干了，屋里格外干净亮堂。条件好的人家，干脆用白石灰将墙皮粉刷得雪白耀眼。到年根底，猪头、猪蹄、猪肠最抢手，因这些东西可炒可煮，可放上黄豆做成肉冻，是上等的酒肴。上世纪七十年代买这类东西需凭票或托人批条子。现在生活条件好了，家家户户还喜欢这道菜。以前农家有冰箱的少，这些吃的东西收拾好了，就装进竹篮或用绳系起来，挂在堂屋里，既防变质，又显得场面。

在村子里走走，到处是肉鱼的香味、鞭炮的火药味和酒味。这可能就是最有代表性的年味了。亲戚朋友来了，菜容易准备，再说这个时候谁的肚子里都不缺油水，那酒就有讲究了。过去手头不宽裕，每家打一大塑料桶散瓜干酒，那酒纯正、便宜、地道。如今家境好了，那酒不光要买瓶装的，而且还成箱地买，有的还买上几瓶高档的酒。亲戚、朋友来了，酒必须喝尽兴，喝出一个感

地　气

情来。喝到一定程度，就开始生拉硬拽，想出许多劝酒的理由，有时客人没醉，主人自己先喝得一塌糊涂啦。

　　年三十叫"月尽"，白天忙着贴对联和年画，下午姑娘、媳妇们就忙着包水饺，筹备年初一早上这顿"节日大餐"。那水饺，小麦面做皮，白银一般，形状如元宝，所以吃上饺子意味着来年招财进宝，日子红火。当晚要"守岁"，晚辈坐在长辈面前叙长拉短。如今也改革了，等到晚上八点，所有人都停下手中的活，老的、少的、男的、女的都坐在电视机前，一边嗑着瓜子、剥着花生，或吃用糯米炸的食品，一边看中央电视台的春节联欢晚会。好热闹的青壮年找在一起喝酒、打扑克，直闹到天亮。当晚刚到十二点，各家各户的鞭炮就响起来了，一是驱鬼避邪，一是期望早早发家。那鞭炮声此起彼伏，彻夜不绝。年初一早晨，老人起得特早，先是到院里望望天空，看看今年的运气。如果天空晴朗、万里无云，那说明这一年阖家安康，生活顺当。假如有云或起风，便预示着会有磕磕碰碰、不够顺心的事情，先给自己提个醒。烧什么柴火下新年的第一顿水饺是有讲究的，如今许多家庭有了煤气灶，但多数人家还是烧攒下的豆秸或芝麻秸，用它们烧水下的水饺可口，还预示着日子节节高呢。对上年纪的人来讲，这年显得更为重要，把对生活的热爱和对未来的憧憬，一点点都融入了这过年的欢乐、吉祥和祝福之中。仿佛忙碌一年，就是为了过这个年；过好这个年，新一年就有了着落和寄托。有的家庭也因忙乱偶尔传来几句争吵声，但因满脑子是好事和喜事，也顾不上记仇，转眼又和好如初。要是知心朋友，必定好话成堆，酒瓶成堆。大家都在守候这过年的祥和，只图老人乐呵、孩子高兴、家庭和睦、全家幸福平安。

这些年，生活越来越富足，日子也越过越舒心，年味却越来越淡。住在城里的人，过年不用忙活，吃的穿的用的与平时没啥两样。乡下人也开始忙着挣钱，经济富裕的也学着外出旅游了，把过年看得也不如往日重了。许多好的传统习俗被淡忘或丢弃，这也是一种缺憾。

扫描二维码
聆听作者的散文
《回家过年》

地 气

年夜饺子

　　春节到了，中国人有个好传统，在外奔波的游子，无论路途多么遥远，都会在吃年夜饺子前，赶回老家探望爹娘，和家人团圆。从锅里捞出热气腾腾、飘香诱人的饺子，那是全家人最惬意、最温馨、最幸福的时刻。

　　上个世纪六七十年代，百姓生活不富裕，在我的故乡沂蒙山区，各家各户只是逢年过节才舍得吃顿饺子。尤其是年夜饺子，更是辛苦一年的重头戏。年三十这天，媳妇、姑娘们早早忙碌起水饺的事情，锅碗瓢盆叮当响，摘菜、剁馅、和面、擀面皮、包饺子……饺子馅大都用猪肉和大白菜调拌而成，巧取"有"和"财"谐音。有时掺进卤水豆腐，叫"包福"。剁馅的时间长，说明这家富有、包的饺子多。包水饺是个灵巧活，把擀得又薄又圆的面皮放在左掌中，装进馅对折后，用右手的拇指和食指沿半圆形边缘捏制成弯月形，像"元

110

宝"的形状。饺子摆放也有规则。首先不能乱放，一般先在盖顶、簸箕中间摆放几只元宝形饺子，然后一圈一圈地向外摆，放得整整齐齐，看着也顺眼。这些年为不耽误看中央电视台春节联欢晚会这道大餐，各家年夜饺子早就包好了；过去为了"早发"，天不亮就忙着吃饺子、拜年，如今也与时俱进，改到天亮了。

用什么柴火下新年的第一顿水饺也很讲究。我爷爷在世的时候，每年秋天都早早把黄豆桔或芝麻桔晒干，打成整齐的捆儿捆藏好，就等年夜煮水饺，火会越烧越旺，用它们烧水下的水饺可口，还预示着来年日子节节高，有响头。

锅里煮饺子，不能用铁铲乱搅动，最好用木铲顺着一个方向，贴着锅沿铲动，形成圆形，这样饺子不粘连也不会破。记得那次，虽然饺子皮一个也没有煮破，母亲却故意用铁笊篱把饺子弄破了几个，正在我不解其意刚要询问时，母亲口里念叨着："今年又挣了、又挣了。"后来我才理解在那个贫困的年代，那分明是一种美好期待，图个吉利，讨个口彩，增添除夕夜的欢乐气氛。

俗语说"大年三十吃饺子——没有外人。"这是亲人、家人团聚的象征。山村，平时一家人吃饭，座位是按长幼辈分排序的，家庭主妇守在桌子最外边，主要是上菜端饭方便。这种规矩虽有些封建，但显得自然亲切。年夜饭象征团聚、团圆，必须一家人同时上桌吃。这时，长辈们尽享儿孙绕膝的天伦之乐，欣然接受晚辈客套的拜年和祝福，满脸的皱纹开成了金菊花。晚辈们欣悦

地　气

地接受家长训诫，点头致谢养育之恩。吃年夜饺子，是有俗规的。第一碗要敬先祖、供诸神。在院子里或者供桌前，奠完三碗饺子，烧尽三卷火纸，虔诚地祈祷一番，接着点燃辞旧迎新的鞭炮，一阵劈劈啪啪的鞭炮声之后，一家人就可以高高兴兴地动筷子吃大年饺子了。

记得我小时候吃饺子时，一家人都盼着自己碗里的饺子能吃到"秘密"。那饺子里有的包着红糖，有的包着二分、五分的硬币。每当我爷爷吃到糖饺时，总会咧着掉了牙的嘴巴甜美地笑着。有几次我为了吃到硬币，母亲劝我再吃就有了，直吃得我满头大汗，肚子都撑圆了才吃到硬币。母亲在一边开心地偷笑，脸上挂着满足与欣慰。后来才知道，母亲认识每个有秘密的饺子。

我老家沂蒙山区有"起脚的饺子，落脚的面"的风俗和"好吃不如饺子"的口头禅。现在生活条件好了，吃饺子也容易了，但由于做功讲究复杂，仍不愧为美食。商店里也摆满了各种馅、各种样式的水饺，但口感不敢恭维。每次过年回家，临返城前母亲总会自己动手给我们再包顿水饺送行，母亲说，好不容易回家一趟，快趁热吃吧！吃了这饺子，会一路平平安安、日子圆圆满满。水饺里分明盛满了母爱，包裹着长辈对儿女的牵挂，无论我们走多远，也走不出亲人的视线和惦念。

我期盼除夕之夜，回我故乡那个小山村，守着年迈的爹娘，望着小院里高悬的红灯笼和窗外飘舞的雪花，手捧一碗热气腾腾的饺子，有滋有味地品尝丰收的喜悦和生活的和美，享受温暖如春的亲情和幸福的时光。

扫描二维码
聆听作者的散文
《年夜饺子》

家　讯

笔墨书信，曾是我们的先辈传递信息、交流感情的便捷工具，是礼仪与文化的重要部分。阅读一行行文字，心头便涌起几分庄重与愉悦。特别是写给亲人和朋友的信，不带功利，没有掩饰，只有沉甸甸的真情和砸断骨头连着筋的牵挂。

可以想象，在交通不便、信息闭塞、"家书抵万金"的年代，突然收到亲人的信件，该是何等激动与兴奋。手捧信纸，字里行间仿佛跳动的都是亲人的气息和一笔一画的惦记。

记得当年我进城读书离开家乡时，爷爷和父母反复叮嘱："别忘了经常写信回家呀！"每个月读信、写信也成为我最快乐的一件事情。那句平常的"见字如面"，排解了我多少想家的苦闷和对亲人的牵挂。

如今，电脑、电话普及，手机在握，信息化手段早已代替了传统的书信。无论你是在城乡什么地方，甚至出境出国，只需按下几个简单的阿拉伯数字，家乡消息、亲人惦记、人间苦乐忧喜，都会伴着铃声瞬间抵达。在电话里倾听着熟悉的声音，思绪立刻长出翅膀，飞向朝思暮盼的故乡和亲人……

有一次，我生病住院，却以出国为由，一个多月没与父母通电话。后来父母得知真相，从此每次通电话，母亲总会像过堂一样，要求每人必须讲上几句话，哪怕是句简短的问候也行。我知道，其实母亲只是要听听熟悉的声音，亲自获取平安的信号，图个心里踏实罢了。通话次数多了，双方身体和情绪的微妙变化都能感受得到。身体状况不佳，往往一张口就听出来了。父母刚从地里干活回来，那喘气声会粗重，感冒了会咳嗽，即使痊愈了，一时也会留些声调的异样……

父母年龄越来越大，沂蒙老家来电话，我总是既很期盼，又有几分担心。盼着随时随地更多听到来自家乡、来自亲人的消息，担心的是来自家乡和亲戚邻居的坏消息。

这些年，生活条件好了，我和妻子也形成了每周必与父母通电话的习惯。不过父母一般不会在电话里诉说家里和家乡的坏消息，说得最多的，是些菜园

地　气

庄稼、家长里短的琐碎事。亲切的声音时常激活我关于故乡的美好记忆：绿油油的麦浪，火把红的高粱，儿童脸蛋般的红苹果，撑开雪白小伞的蘑菇，踩在脚下或黑或黄的泥土，嗖嗖爬上大树察看鸟蛋的少年，山村的鸡鸣狗叫，山清水秀的景色，乡村的声音、颜色和味道……

　　"天气预报说有雨呀，可要少出门哦"，"最近气温下降，多穿厚衣服呀"，"我又做了油饼、水饺，可惜你吃不上噢"……母亲多少次像对待我小时候一样，嘱咐这惦记那，甚至用好吃的东西来馋我。

　　2012 年 10 月底，我妻子跟随学校的团队去美国考察，当时正巧"桑迪"飓风横扫美国东部。年迈的父母是普通的农民，对美国和世界版图是没有概念的。可那天清晨，父亲急匆匆打来电话，用极少见的命令的口气说："美国刮大风啦，快打电话让你媳妇回国吧，抓紧哦！"当我把这份牵挂传递到美国，妻子在异国他乡被这热心暖肺的惦记和嘱咐感动得落泪。

　　通讯发达了，电话一部，耳听八方，网络信箱，情系万里，再不用"请明月代传情，寄我片纸儿慰离情"。亲人之间的联系，更多是手机短信、微信。年长者由于视力和习惯的原因，依然喜欢打电话、接电话，这样方便，心里踏实。耳背了，孩子们声音就大点。闲暇时，则拿笔给亲人写封家信，心底会涌动昏黄煤油灯下的那份温情记忆，闪动爹娘满头白发堆积的乡愁。

　　从叮嘱"别忘了写信"到嘱咐"别忘了打电话",从家信到家讯,是礼仪之邦的中国人情感交流方式的重要变化。但情感的内核,那柔韧的精神之线并不为此变化。通讯方式的变化,缩短了时空距离,依旧挂心的,是牵肠挂肚的真情与相知相守的美好时光。

扫描二维码
聆听作者的散文
《家　讯》

我的父亲节·母亲节

父亲节和母亲节的初衷，是子女向父亲、母亲表达拳拳孝心和感恩尊敬之情，铭存那份温暖与亲情。

2015 年母亲节前两周，我老母亲骤然病逝，给老母亲上完"五七"坟，就在父亲节前三天，我老父亲也猝然跟随老母亲走了。老家的锅灶不再冒烟，山上添了一座合葬的新坟，亲戚邻居痛心地埋怨：这老两口走得这么急，连一句话也不说，连一声招呼都不打……

我的母亲节和父亲节是在撕心裂肺的悲痛中、在履行养老送终的责任中度过的。短短一个多月，生我养我、疼我爱我的父母，就前脚跟后脚地陡然离去，真是锥心刺骨、肝肠寸断，身心好似被掏空，犹如大病一场。

痛苦的泪水模糊了我的双眼，可父母的音容笑貌和大恩大德却深深刻在我的脑海里，时常一幕幕浮现，清晰如初，活灵活现。那些终生难忘、令我感动的零碎事，那些习以为常、稀松平常的关爱和叮嘱，甚至是很小很小的生活细节，都时常让我潸然泪下。

我的父母都是沂蒙山区厚道善良、勤劳实在的普通农民。出生于上个世纪三十年代，一辈子面朝黄土背朝天，亲历了我国革命、建设和改革的全过程，忍受过战乱、饥饿、疾病和自然灾害的侵袭与伤害，经历和体验了沂蒙革命老区那种踏实、简朴、温暖、缓慢的乡村岁月，见证了一段我国原生态的农耕文明。在他们身上集中体现这一代农村父母的品质和为人处世方式。父母的青春岁月，是在穷日子里熬过来的，一辈子吃了两辈子的苦，用尽一生心血告诉我们一个理儿：人活在世上不易，就靠一股子心劲和心气。我父母的信念就两条：一是想方设法让一家老少吃饱吃好。新中国成立后和农村改革前那段年月，一大家子人总算吃糠咽菜地挺了过来，因而我从小就仰望和佩服爹娘。二是尽管家里不富裕，还是千方百计供应我们兄妹几个念书识字。父母精心呵护着我们幸福健康地成长，在孩子的身上寄托着所有梦想和希望。因而父母不知比别人多吃多少苦、多受多少累、多费多少心血，活得更艰辛、更吃力。只记得母亲每天总是早早起床，择菜、点灶火、熬粥、炒菜、盛饭、刷碗洗碟，唤鸡喂猪喂狗；白天，忙里忙外，翻地、锄草、挑水、担粮、收庄稼、割猪草、捡柴、烙煎饼；晚上不是用簸箕挑粮食、推磨碾粮食，就是一针一线地缝补衣衫。童年的生活是清苦的，可是父母一点一滴的关爱，让我铭记于心，倍感

地　气

温暖。记忆中，父母一生经历了这么几件大事：一是，"那年祸害老百姓的日本鬼子投降，鞭炮声快把耳朵震聋了"；二是，"分田到户的当年，家里的缸和盆都盛满了黄灿灿的小麦"，手攥自家的命运，虽累得腰酸腿疼，可还是高兴得合不拢嘴。再就是，新中国成立 65 周年那年的母亲节，我和妻子、儿子陪他们游览北京，登上了金碧辉煌的天安门城楼，娘乐呵呵地说："以前只是在画儿上、电视上看，亲眼看到真的天安门啦！"脸上绽放出自信且满足的笑容……多少次，我在梦里返回故乡那个偏僻的小山村，依偎在爹娘身旁，重现父母精心呵护下那无忧无虑的童年岁月和美好时光。

　　父母一生坎坷平淡，相濡以沫，恩爱幸福，前半辈子苦，后半辈子累，晚年生活舒心，却又疾病缠身。就在这个山村里，清贫自足，省吃俭用，淡定、称心地生活着。我父母在谈婚论嫁的年龄，都在解放区接受了婚姻自由的进步思想，虽然当时家里一贫如洗，连间像样的草屋都没有，我娘认定"这家人心眼好"，我父亲"为人实在"，"日子穷富都靠过。只要咬紧牙，没有过不去的坎"。记得我爷爷在世时曾夸我娘是我们家的有功之臣。我奶奶英年早逝，我娘就嫁过来了。我的父母帮我爷爷起早贪黑、任劳任怨地抚养我尚且年幼的姑和叔长大成人。那年月沂蒙山区已经是解放区了，虽然没了战争，但百姓日子仍然艰苦，时常被困难压得喘不过气，总算磕磕绊绊地挺过来了。我父母大事小事都商量着办，从来不吵嘴，母亲有时话说重了，可父亲不发火、不冒烟，笑笑了事。父母的脚步一年比一年慢，一步步走向衰老，嘴里经常念叨："这辈子知足，够本！"给母亲上"百日坟"时，新坟上的一根瓜蔓上竟然结出了两个甜瓜，颜色金黄，大小一般，靠在一起，大家目瞪口呆，都不敢相信眼睛。我姑流着眼泪劝我们："你们这些孩子就别再难过了，你看你们爹妈日子过得多滋润。这是在告诉我们，让咱放心呀！"

父母一辈子辛苦地劳作，经历了无数的困难、坎坷和灾难，总是把穷日子过得有滋有味。上个世纪六十年代，家家小麦面粉很少，母亲把土豆煮熟剥皮后和白面揉在一起，蒸出颜色白又有弹性的馒头；没有咸菜，每年秋天都腌缸萝卜辣椒；没钱买衣裳，夜晚就飞针走线地缝补，针无数次刺破手指；逢年过节做点好吃的东西，无论如何让我爷爷尝第一口，我常常在一旁馋得咽口水。用尽心血和汗水，共同撑起一个家，我们在这把大伞的庇护下无忧无虑地长大成人。我们兄妹几个如同父母辛勤培育的庄稼。只不过庄稼只需照料上几个季节，而我们却花费了他们一生的辛劳。长年繁重的耕种和劳作，父母常常会直不起腰，满身酸痛难受。母亲只是一个普通的农村妇女，讲不出高深玄妙的大道理，也干不出惊天动地的大事。但她善良宽容，从容面对生活中的苦难，记得曾教育我："家门口来了要饭的，也要好好待人家。没有难处，谁也不愿拖个要饭棍呀！"面善心软的老爹，菩萨心肠的老娘，慷慨大度，对亲戚朋友、街坊邻居都很关心，有啥难处都力所能及地帮忙，帮不了钱财帮人场，自家的事尽力自己做，不轻易麻烦别人，因而人缘好、口碑好。善就体现在日常一言一行，细微处闪耀着人性的光辉。

父亲性格随和、与世无争、寡言少语；母亲心地善良、灵巧聪慧。父亲往往把对孩子的爱藏在心里，正如茶壶里煮饺子，是不轻易说出口的，曾批评我："你的嘴和我一样，这么笨呀。"我一声不吭，只咧嘴一笑。老父亲喝上酒后，曾开口炫耀过他的所思所为以及他教育的孩子。到后来躺在县医院的病床上，我赶到病房时，连着叫了两声"爸爸"，弥留之际的父亲只是闷闷地"嗯——"了一声，然后用那双布满老茧的手，亲切地抚摸起我的头，眼中充满无奈和留恋，我忍住阵阵心酸，用手抚摸着父亲额头深深的皱纹和满头的白发。我二妹妹后来告诉我："咱老父亲清醒时，曾经后悔地说'我应该听你哥的话，别攒了，把几瓶好酒喝了，现在想喝也喝不动了'。"父亲高大的身躯曾一路为我遮风挡雨，眼角包括整张脸都刻下岁月的长痕。面对父亲的无奈和惋惜，任何语言都苍白无力，心中只有做儿子的责任和坚强，我明白这是今生今世最后的父子道别，自己应该独自承担伤痛，强忍泪水，作出人生最庄严的承诺，让父亲缓慢坦然放心地闭上眼睛，眼角有一滴泪滑下……

　　父母对子女的爱没有惊天动地的壮举，只是深深隐藏、浸透在每一句叮咛，甚至是每一道关注的目光中，默默关心你的成长，悄悄关注你的一切。小时候，让我们吃饱穿暖，勒紧腰带供应我们上学，夏天给做件鸭蛋蓝的衬衣，冬天说啥也得缝床厚实暖和的被褥；对我们没有多少言教，更多是一声不吭地示范。即使生病了也不舍得看医生、吃药，经常一声不吭地硬撑着。父母的品德和言行，影响了我的人生；我工作后，更多是嘱咐这嘱咐那，嘘寒问暖，关注胖了瘦了、饱了饿了……俗话说，家庭关系中最微妙、最难处的是婆媳关系，我妻子和我母亲很投缘，那么亲密和融洽。我母亲把儿媳妇当成亲闺女，甚至胜过疼我的几个妹妹，逢人就夸奖我妻子。当然，我妻子也是掏心掏肺地尊重和疼爱我母亲。母亲对我的几个妹夫，也是如同自己的儿子，有疼有爱，大事小事挂在心上。前几年，父母还硬撑着在我老家老房子前边，给我儿子、他们的孙子盖了几间房子，说是避免他们的孙子、孙媳妇回乡下老家没地方住，其实内心深处那是想把他们子孙孩子们都揽在怀里。唯父母疼爱孩子超过世间任何东西，唯有父母的慈爱之心天地可鉴、世间永存。

我最庆幸的就是，我从没和爹娘顶过嘴，没高声争吵过，父母无论说什么，我始终默默地仔细地倾听，时而还点头回应，即使那话不正确，也让老人把话说完。有人说我过度孝顺，甚至是愚孝。老母亲是因患重度脑血栓去世的，刚患病时医生断言醒不过来了，活过来也肯定是植物人。在我阵阵呼唤后，母亲的眼角竟然冒出少许泪水。我主观判定娘有知觉，能醒过来，肯定还有话要跟我说！我多想再听听娘亲切的话语，哪怕是含混不清的只言片语，唠叨、责骂也行，精心治疗半年下来母亲只清晰地说了一句"回家——"，直到溘然离世！在我们村，人火化后，还可以到山上土葬。父母离世后，我在父老乡亲们的帮助下，买了两口品质一样的香椿木棺材，按村规民俗，每人都有一个简单、节俭的安葬仪式，把父母葬得既有尊严又有脸面。我虔诚地跪在灵堂和坟前，抛洒泪水与伤悲，叩谢爹娘的大恩大德，彻悟人生苦难。

父母的相继离世，使我的情感变得更加脆弱，容易触景生情、多愁善感。有老人在，对家乡、对亲人的牵挂无时无处不在。父母离世了，我真正感悟到

地　气

"子欲养而亲不待"的痛苦与无奈。每逢星期天和节假日，心里空落落的。多少次不知不觉按下与父母无数次通话的老家的座机电话号码，陡然想起爹娘已不在了，只按出自己的一串泪花……天气预报、刮风下雨、气温变化，依然会惦记起老爹老娘。天凉了，又渴望老娘一遍遍地唠叨着让我添衣裳。无数次刚刚捧起书本，突然的电话铃声让我胆战心跳。一次次想起父母的音容笑貌，恍恍惚惚地感到往事一件件，一桩桩，一幕幕鲜活地展现眼前。举手为老人梳一次头、擦一把脸，静心与老人聊一会天、通一次电话，在公园里散散步，坐在父母身旁吃顿饭，真实、真正的幸福和满足就藏在老人无休无止地嘱咐、絮叨和相伴相随的日常生活中。父母总是用常人看来毫不起眼的疼和爱，默默守护着孩子，让孩子沐浴在春日的阳光中，周身是浓浓的芬芳与温暖，直到他们长硬翅膀，走进人生的轮回。月色阑珊，最渴盼的或许就是陪你一路成长的亲人、老人，站在你的身边，永不厌倦地给你讲一辈子也讲不完的故事。把这些美好的记忆、微笑和幸福留下，把对生活、对生命的坦然留下，可以享用终生、温暖一生。2014 年的中秋夜，我们兄妹几家围绕在年迈的父母周围，大家头顶灿烂的星空，借一缕月光喝一盅老父亲珍藏的烈性酒，品尝着老母亲分给的"五仁月饼"，指指点点天上眨动眼睛的星星和眼前飞舞的萤火虫儿。父母充分享受着天伦之乐，大家谈天说地、其乐融融，铺开小山村的人间画卷……

父母离世后，只把老宅子作简单清扫，设施摆布都没有做大的调整。清晨，温煦的阳光把老屋的房顶染成一片熟悉的金黄。老屋的里里外外保留下爹娘曾经的生活状态，感觉院里父母的身影和爱无处不在，处处是往日生活的气息和痕迹，那话语依然回荡在空中，时而让我怦然心动。每走一步，都可弯腰拾起儿时的一段记忆，找到灼心烙肺的温暖。门槛上，父亲抚膝而坐，眯缝着眼抽烟品茶；西屋里，母亲忙着剁菜喂鸡喂狗。我老母亲腿不好，坐时间长了，站立困难。娘多是坐在炭炉子旁炒菜做饭，习惯扶着门框颤颤巍巍地起身，天长日久，门框上留下油手的痕迹。我呆呆地看着这景象，心中五味杂陈，眼泪会不由自主地涌上眼眶。老宅子就空着，桌子上摆放着父母的灵位，供我们祭奠、祭拜、祭酒、祭饭。以往跨进家门，第一声都是远远地放肆地高兴地喊："娘……"，现如今，爹娘已撇下我们去了天国，不再牵挂孩子们胖瘦、饭菜凉热、肚子饥饱了，只留下那几十年攒下来的牵肠挂肚的温情和美好记忆。

上天仁厚待我，命运钟情于我。让我充分享受了厚重深沉、温柔细腻、饱蘸乡土味道的母爱父爱。父母虽然一生平凡、生活平淡，可那养育之恩一生难以报答，那品德和善行让我学习、享用一生。我的父母，因为普通，我更加珍惜和骄傲；因为平凡，我更加敬畏与感激；因为对我关心细微备至，我更加感恩和怀念。父母疼爱我，在世时，担心他们去世后我过分操心，于是早早在山上自己请人做好了坟墓。也许是担心儿女们记他们的祭日会伤脑筋，就选择在母亲节、父亲节前离世。这样，今生今世每当母亲节、父亲节来临，我们就会自然而然地想起父母的忌日，更加想念、怀念我的父母，更加追忆和感激父母的恩情。

地　气

　　短短一个多月，父母就带着对人世间的眷恋和对子女的惦记，前后跟地去了天国。我一直劝自己一定理智，但谁也替代不了爹娘在心中的位置。遇到事情，我就想——假若爹娘健在，会怎么样？该怎么办？感觉爹娘依然在我身边。仿佛躬腰驼背的老母亲，依然一手拄着拐杖，一手打着眼帘，正在街头往村口张望……车走出好远了，我还看见母亲伫立在那里，遥望我离开的方向。秋风吹来，老槐树落下片片黄叶，如同老娘稀疏散乱的白发，我鼻子一酸，禁不住泪盈眼眶！人生路，没有了爹娘的提醒，无论有多少风雨雪霜，都必须自己摸索着走。怀揣阳光、豁达善良，幸福和感动就相伴身旁。

　　眨眼又到了清明节。我凝望着东方，太阳又露出甜美而慈祥的微笑，亲吻着大地万物，抚慰着我的脸庞，一股暖流瞬间涌进我的心窝，驱散心头的阴暗与寒冷，照耀着我铭记父母天高地厚的恩情和永恒的希望。母亲、父亲相继飘然西去的时候，一定是安详而快乐，在袅袅升腾的烟雾中露出了欣慰的微笑。我擦干眼泪，抬头仰望，阳光正抚慰我的头颅，照耀我躬行的脊梁。

　　世间存在无声的心灵感应。父母爱子女、子女爱父母的家庭伦理，是人类共同的心声。父母和子女之间的亲情，最无私、最纯粹、最永恒。子女一辈子，走不出父母的视线，血管里始终流淌着父母的温暖。父母在，大爱鲜活，真爱感天动地，心灵经历过岁月雕磨和痛苦浸泡之后，持续涌动着缱绻的至纯至真的亲情和浓酒般醇烈的母爱、父爱，萌发出无尽的感动、感激与感恩，时常刺痛和抚慰我的心灵。我清醒地知道，无论我怎么眷恋故乡，怎么怀念爹娘，今生今世不会再与爹娘见面啦……

养育之恩比天大。世上唯独父母的爱纯洁无暇，无处不在，是世间最原始、最伟大、最美妙的力量。亲情无价，揣在心底，温暖一生，滋养后人。砸断骨头连着筋的亲情，就默默陪伴呵护在我们左右，务必且行且珍惜……

父亲节·母亲节，是我的感恩节！

扫描二维码
聆听作者的散文
《我的父亲节·母亲节》

舍命保花

我娘生前喜欢花。从我记事，我家院子里就栽着月季、木槿、栀子这些泼泼辣辣的花。

最让我刻骨铭心的花是牡丹。我看见牡丹，就想起娘……

我的父母是沂蒙山区普通的农民。先后住过土坯房、草房和瓦房，无论多累多苦，总是微笑着面对生命中的风和雨，向往和追求生活的亮光。那年春天，娘到济南查体，看到我宿舍院墙上开满鲜红的蔷薇花，娘好生高兴，瞧瞧这簇，又瞅瞅那束，笑着嘱咐我："别忘了，移棵栽在咱老家院子里哦。"我笑着应答。

娘生不逢时，童年时代因战乱与饥饿，没上过一天学，却深知读书重要。新中国成立后，沂蒙山区日子贫困。在那缺吃少穿的岁月，娘从不向困难低头，恨不得一分钱掰成两半花，咬紧牙关供应我和几个妹妹读书。娘内心刚强，时常为孩子的事办得不如意揪心难过，无论日子多难，从不落泪。我深夜醒来，经常听到石磨沉重的转动声和木碓的舂米声，睁开惺忪的眼睛，会望见煤油灯下娘穿针引线、缝补衣帽的疲倦身影……

娘把我们兄妹几位当作命根子，倾尽一生心血养育和呵护。那年月，吃和穿是两件最难、最大的事。就单说吃吧，母亲千方百计琢磨能填饱肚皮的"美味"，水饺、面条、油饼这类高档食物不必说，娘会用榆钱儿和各种野菜烙出香喷喷的菜煎饼，用土豆、南瓜加上些许白面蒸出又暄又软的大馒头。铁锅里炖着豆角白菜，锅边烙一圈锅贴儿，上边还蒸着鸡蛋辣椒。烙完煎饼后，经常把鏊子底下火星四溅的草灰拨开，堆上大小均匀的地瓜，用铁盆扣住，再用草灰培起来，这样地瓜不会烤糊，烤出来还甜软、味道纯正。

我十岁那年，冬天特别冷。学校土坯台子当课桌，教室内外的温度没什么两样。那天娘看见我的右手面红肿，冒出冻疮，仔细查验，我的左脚趾头和脚面也是冻疮，这下可把娘急坏了、疼坏了。娘打听到獾油治冻疮愈合得快、还不留疤痕。于是就托亲戚朋友和街坊邻居想尽一切办法四处寻淘。当从山后的猎户家里弄来那花生油般黄色透明的黏稠状液体，娘如获至宝。当天晚上就把我的手脚用热水泡烫干净，用棉花轻轻把獾油擦在冻疮处，然后把我从头到脚塞进炕头上热乎乎的被窝里。说来也挺奇怪，只抹了几次，冻疮就在钻心的痒痒中治愈了。从此，每年天刚冷，娘就逼我穿上她亲手做的厚棉鞋和新手套，把手脚都包得严严实实，冻疮再也没犯过。

我上高中时，天不亮就要赶去学校跑早操。记得那个冬天特别冷，在被窝里缩紧脖子，还感觉全身被寒风穿透。凌晨，鸡刚叫三遍，娘叫醒了我，端出一碗热气腾腾的面条，透过被风撕碎的窗户纸，我看见外面下了大雪，娘笑着督促我："快趁热喝上，身子暖和就不冷啦！"我伸手接碗时，触摸到娘那粗糙的手掌，我借着昏黄的煤油灯光，仔细看了看娘因皲裂满是血口子贴着胶带的手和虽充满倦意却阳光般温暖的笑容，再闻闻香味扑鼻的面条，顿时泪水涌出眼眶，我怕让娘看见，一扭头正巧泪滴钻进面条汤里。我一边吃面条，一边暗下决心："一定用心读书，为娘争气。"后来我到县城上学，娘不停地张罗着，恨不得让我把家一块儿背走。娘尝遍世间酸甜苦辣，牵挂着我每一个细节，如吃饱吃不饱或者冷不冷、热不热、过马路要小心、啥时回家等，这些事鸡毛蒜皮、很细小，却在嘘寒问暖中让我怦然心动，如一股股暖流冲击我的心房，浇灌我的心灵。娘知道我的粮票不够吃，就想尽办法给我捎煎饼、花生、熟薯片、鸡蛋、虾皮、辣椒酱……

沂蒙山区的父母，一生忙两件大事："盖新屋、娶儿媳。"到我结婚那年，生产队里一个工日不到两角钱，家里依旧穷，积蓄除了集体年终决算微薄的收入，就是娘养猪卖猪的钱。娘劝我爹多："孩子结婚，咱屋盖好了。婚事得场面点，可别让街坊邻居笑话。"娘下狠心，动员我爹拿出全家多年的积蓄 1200 块钱，让我买了一台日本原装的 17 英寸的彩色电视机，可让我村老少爷们开了眼。因婚期定在腊月，娘早早养好了肥猪、青山羊，还养了一群办喜宴用的大公鸡。光用糯米炸的送亲戚邻居的"炸果"，就盛满了家里的盆盆罐罐和所有竹提篮。娘虽然累得直不起腰，还是笑得合不拢嘴，感觉有使不完的劲。

娘说："走进一家门，是上辈子修的福。"娘用真诚和善良把婆媳关系处理成了亲密的母女关系，甚至疼儿媳胜过疼我的妹妹。我儿子出生后，娘最开心了，尽管年龄大了，可对孙子的爱却如同陈年老酒愈发浓烈。那真是"隔辈亲"，偶尔回老家住几天，娘把心拴在她孙子身上，整天笑眯眯，美滋滋，千方百计、变着花样地让他吃、让他喝，尽享天伦之乐。因而，我儿子一放假，就哭着闹着回乡下老家去找爷爷和奶奶。

娘爱花，虽然生活在贫穷的乡下，繁杂的劳动之余，执着地养花、赏花，不厌其烦地浇灌、培土、施肥、移植、剪枝，仿佛侍弄的并不是什么花，而是她心爱的孩子。记得那年开春，娘把牡丹花移栽进院子里，那棵牡丹花真给娘长脸，花开得特别大、特别艳。第二年，那棵牡丹花长得瘦弱，刚要冒花骨朵，就萎缩了；第三年，枝干干瘦，无力舒展。这成为我心中的一个"谜"。

2013 年春我到山东菏泽牡丹园参观，一阵急风吹来，只见牡丹花整朵整朵地坠落，绚丽的花瓣散落一地，那场面让我惊心惋惜，我突然想起关于我家

地　气

那棵牡丹的疑问，于是蹲下来请教满头银发的花农。他放下手中的工具，点上一支烟，沉思一会儿告诉我："开春移栽牡丹会伤根、伤元气。牡丹开花大，又通人性，一旦有了花骨朵，就必定使出所有劲儿、耗尽所有营养，供应花骨朵开成鲜艳的花。春栽的牡丹只要开花就难存活，即使活下来，两三年也缓不过苗，整个花干瘦，开不出花……牡丹是'舍命不舍花'呀！"听到这里，我恍然大悟，心被牡丹平淡无奇的母爱情怀所感动，对牡丹花肃然起敬。我"嗖"地站起来，感觉这牡丹花如同我娘，为了儿女不顾自己的命，泪水立刻盈满了我眼眶。那位大爷愣愣地、莫名其妙地看着我。我终于明白：娘只要看见花朵，闻到花香，即使生活贫寒，心窝里也幸福温暖，洋溢人性的魅力与光芒。面对一生平凡平淡的日子，娘倾尽自己的最大努力，供养孩子们不受任何委屈和伤害，快乐自由地成长。这品格竟和牡丹花一样！

　　2014 年中秋节后，娘患重度脑血栓住院，医生断言醒不过来，即使醒过来也是植物人。经过半年精心治疗护理，娘望着我的眼睛，清晰地喊了一句"回家——"。医生担心回不到家，可娘到家后，又在冥冥之中顽强奇迹般地活了三天。恋家、恋孩子的娘在痛苦地挣扎，我想起娘一生的辛劳，看看娘的痛苦状，心如刀割、肝肠寸断。在合棺前，我看了娘最后一眼，慈眉善目的娘坦然安详地睡着了。那棵娘没顾上打理的君子兰真通人性，叶面肥厚，盎然向上，盛开出两束嫣红的花束，令人惊艳。娘去世后，我姑哭泣着说："你娘一辈子爱花，没白疼这花，这是要陪你娘呀！"硬是拧下一束，献到了娘的坟头上。

春天的山村不缺花，桃花、杏花、枣花、苦菜花遍地都是，娘也养过芍药花、地瓜花、月季花……让我刻骨铭心的就数牡丹。娘是沂蒙山区一位普通平凡的母亲，忙忙碌碌、上敬老、下管小操劳一辈子，岁月撕走青春容颜，劳累压弯腰板，直到满头白发离开人世。骨肉亲情，铭心刻骨。我怀着敬畏、感恩的心情，回忆、品读娘从不向命运服输的刚强、满含微笑的自信和"舍命不舍花"的母爱精神。

转眼又到了牡丹花开的时节，黄鹂鸟栖落在花枝上，晃动脑袋，啾啾地叫着……

"舍命不舍花"的母爱，超越国花牡丹高贵坚定、品卓群芳的天性，穿越浩渺无极的时空与国界，扎根我的心坎上。多少回我望见牡丹花，在心中轻喊一声"娘——"；多少次在道口望见弓腰驼背的大婶大娘，误认成娘，泪水悄悄濡湿衣裳。

想起生活清苦却爱花的娘，周身就顿增直面风雨的力量！

扫描二维码
聆听作者的散文
《舍命保花》

地　气

腊梅花开的声音

"春为一岁首，梅占百花魁"。梅花，是世界著名的观赏花木。她的神、姿、色、态、香，均属上乘，深受中国人喜爱，被喻为"岁寒三友"、"四君子"的重要成员。观赏梅花的风气，始于汉初，到南北朝、隋唐时代，赏梅、咏梅、艺梅之风已相当盛行，宋代咏梅的诗词、书画佳作更是甚多。古人除赞赏梅花的色香外，还特别注重其枝姿形态。龚自珍曰："梅以曲为美，直则无姿；以欹为上，正则无景；以疏为贵，密则无态。"

腊梅又称黄梅或香梅，虽名为"梅"，却非"梅"。因其与梅同时开放，香又相近，且多在腊月开放，故得名。腊梅在花的家族中，是一年中开得最晚的，又是春天到来之前开得最早的。隆冬的冰雪、寒风挡不住她迎春的脚步，三九的坚冰冻结不了她开放的激情，皑皑白雪更增添了几分妩媚，<u>丝丝清</u>

134

香更显几分清雅……古时文人之所以把腊梅赞为玉，是因腊梅花朵珠圆玉润，色泽黄而饱满，犹如暖玉。李清照对梅花更是偏爱，她曾在《漱玉词》咏赞道："玉瘦香浓，檀深雪散，今年恨探梅又晚。"料峭冬日中，腊梅更显浪漫与婉约。

那是个深冬的清晨，冷风习习，空气也像是凝固了似的。突然发现窗外那棵外形苍劲的腊梅，周身虽然没有一片抵挡风寒的叶片，寒风却没有伤及她那娇嫩的花蕊。我望着这棵历经风霜的腊梅，心里陡然升腾出一股激动与兴奋。夜晚，天空的星星闪闪烁烁，我站在银色的月光与清风之中，再一次凝眸腊梅花。腊梅花在寒风中透露出她内心奇妙的光芒，那崇高品格闪动人性的光芒。我轻轻地触摸，分明感觉她的目光温柔且坚定，隐约中听到了梅与人之间难以聆听的热情明快而又铿锵有力的音乐之声、心灵之音。

腊梅是真正的岁寒绝品。深冬腊月，腊梅迎着凛冽的寒风，褐色枝条上粘贴着星星点点米粒大的花苞，像纯洁的少女在抿着嘴，灿烂地笑着，期待舒展那密密的黄花瓣。当第一朵腊梅花绽放，那绽放的声音便迅速传遍整个枝头，整个干枝上的蓓蕾都激动起来，小心翼翼承接着第一朵腊梅所带来的冬日及春日的信息，更细心地承接着信息密码中所蕴含的某种精神和心境。当一缕阳光落在腊梅树上，黄色的梅花顶着寒雪，无遮无掩地昭示腊梅之美。陡然想起王安石的诗句："墙角数枝梅，凌寒独自开。遥知不是雪，为有暗香来。"那鹅黄色的腊梅花，给人以视觉、嗅觉与味觉的冲击，给人以生命的力量和美的

地　气

永恒，给人以温暖的期待和春天的消息。那花瓣看上去晶莹而剔透，像是蜡制的，那是一种高雅而圣洁的美、是一种超凡脱俗的美、是一种震颤灵魂的美。因对梅花的偏爱，一些名人志士隐住乡间，在山林旷野、茅舍前后种几株梅，潜心守梅、护梅、赏梅，追求悠然自得的人生境界。元代王冕爱梅、咏梅、艺梅、画梅成癖，隐居于九里山，植梅千株，其《墨梅》诗名扬天下："我家洗砚池头树，朵朵花开淡墨痕，不用人夸好颜色，只留清气满乾坤。"

季节不等人。腊梅早已幽香袭人，俏立枝头了……腊梅在无叶的干枝上伸展着她的高雅姿态，无绿叶的捧扶，更显不拘一格了。凝望梅花，闻一闻那淡香的气息，做一番心语的交流，那一份傲骨的气息传递过来，心情自然平和了些许，伤痛也就少了些许，就有潇洒面对逆境、困难的人生境界和宽容自然的处事心态。

"雪霁天晴朗，腊梅香处处。"腊梅迎霜傲雪，冲寒而开，香气清而幽，形艳而不俗。冰冷中隐约着一丝冷艳，幽香中清冷着一种高洁，留给人们的不仅是芳香，而且是一种永久的回味和思索，一种崇高品格和忠贞气节，分明是一种清高脱俗的品质。"疏影横斜水清浅，暗香浮动月黄昏。"宋人林逋的词脍炙人口。那腊梅斗雪吐艳，凌寒留香，铁骨冰心，高风亮节的形象，鼓励着处于困境中的人们自强不息，以坚韧不拔的意志迎接春天的到来。

《警世贤文》中"宝剑锋从磨砺出，梅花香自苦寒来"那句充满哲理的诗句，曾激励了多少青年学子顽强拼搏。"俏也不争春，只把春来报。待到山花烂漫时，她在丛中笑。"毛主席《咏梅》的诗篇，热情讴歌了梅花的品格，坚冰不能损其骨，飞雪不能掩其俏，险境不能摧其志，这和陆游笔下"寂寞开无主"、"黄昏独自愁"的梅花形成了鲜明的对照。上个世纪 60 年代，大街小巷红梅赞，家家户户洪湖水。"红岩上红梅开，千里冰霜脚下踩"。一曲《红梅赞》，一朵红梅永不败！先烈们的铮铮铁骨和浩然正气在裂变在凝聚，在与时代碰撞同行。

皎洁的月光下，看腊梅那一朵朵黄色的小花，依然顶着寒夜香着，开着，让人陡然觉得生命原来是可以这样顽强地绚烂，并美丽着。夜深人静，用纯粹、平静的心态，静听腊梅花开的声音，是那么自然、纯朴和神圣。每一个人的心中，都该有一枝腊梅花开着；每一个家庭，都该有留一缕腊梅花香的味道。

腊梅花开的声音其实是心灵深处的声音，是一种心境或者说是一种只可意会不可言传的感觉，是诠释人生沧桑悲壮的乐曲，是铭刻心田的记忆和期盼。每个生命都是一朵花。人就是在漫长的岁月长河中不断开放、凋零的花朵。坚守一份幸福，一份牵挂，一份责任，就有了微笑的根基和营养。自然开放的花朵是最美的，轻松的微笑是人生最灿烂的。珍爱生活，守候爱情，宽厚待人，幸福就会在心灵花瓣上恒久飘香。

地　气

人的一生，其实就是一个花期。只要生命不停止，就有开花的理由和渴望。花开的瞬间，是一首美妙而无言的小诗；花开的声音，是一段激情的旋律，那轻快明朗的人生音符跳动在心灵的键盘之上。

扫描二维码
聆听作者的散文
《腊梅花开的声音》

草戒指

　　狗尾巴草，一种乡野田间随处可见的普通植物，与象征相思的飞燕草、爱情的红玫瑰、真情的康乃馨等花草相比，显得那么微不足道。但她时常伴随我美好的回忆不期而至，难以忘怀……

　　世界是由人和生物构成的，因为有了各色各样的元素才使得我们的生活丰富多彩。普通平常的狗尾巴草，无论路旁、山坡、滩地，甚至连旧墙头、破屋顶，都能生存。它不择水土，只要能扎根的地方，它就可以活下来，柔弱又坚强。高及腰间，矮掩脚踝。碧绿的叶儿修长舒展，娇嫩的茎干笔直饱满。花是淡淡的白色，缀在纤细的草芒上，像悬挂着的扁长的小铃铛，洁白，轻盈。籽就躲在花下，在细芒根部，一粒一粒，拥挤在一起，饱满且结实。茎的顶端擎着袖珍狗尾巴般的穗子，所有的芒都怒张着，像是充了电一般，那穗子就是毛茸茸的一束，斜垂着，在风中摇曳，给淡然的乡野增添了些许野趣的唯美。狗尾巴草就用这穗子结籽和繁衍后代。

没有人留心狗尾巴草是何时萌芽、发绿、结籽，大家都习惯欣赏她的葱茏茂盛，习惯了她在秋风中枯黄，春天里肆无忌惮而又悄然无息地出现在我们视野里。把根扎到寸草不生的沙砾之中，然后奋力地使根往下扎，靠自己的力量顽强地生存、生长。荒野里，独享阳光，喜欢与风儿逗乐；大树下，她上接雨露下吸地气，能屈能伸；知道无人关注，所以不企望追求生命的高度，更重视和珍惜自己身处的地方，即便是骄阳似火，也不怨恨和急躁，慢慢调整心态，坚守信念，快乐成长，所以人们总是看到狗尾巴草精神抖擞，潇洒恣意地展示着生命的旗语。

尤其是阳光淡淡的秋日，狗尾巴草在清风中自由摇曳。那纯洁无暇的草穗，披上几缕金黄的阳光，透明，温顺，柔美，时而被风轻轻吹向一边，像是在集体舞蹈。即使是几穗，有深秋的金黄的树草作为背景，就是一幅美妙的景色，那也是刻在我灵魂深处、抹不掉的金色记忆。

当年我们老家的县城很小，北部是稀疏的民房和新开通的火车站。那是1983年的秋天，火车站周围的山丘上依然长满了五彩缤纷的树木和片片狗尾巴草。当时我正与妻子处于热恋中。那天下午，我们来到山坡前的草地上，望着那片片高矮不同、疏密不一的狗尾巴草，随手拔一根狗尾巴草茎，慢慢在嘴里咀嚼，品味着草香的味道。她惊奇地指着成片的狗尾巴草说："你看那草，多美呀！"只见那片狗尾巴草沐着一层夕阳的余晖，显得平静而执着，朴素而坚韧，显出平时少有的清纯可爱。我们被黄昏中诗意的狗尾巴草深深感染感动了。掐下毛茸茸、软软的穗子，扫在脸上柔顺自如，痒痒的，很是舒服。我悄悄用狗尾巴草为妻子编织了一枚草戒指。那戒指插上几片秋风、洒上几缕阳光，金光闪闪，煞是漂亮。我把她当作贵重的礼物、郑重地把她献给了妻子，表达我的一片真心。

夕阳下的山坡上，坐着两个痴情而真实的身影。

随着年龄增长和家庭条件的改善，先后给妻子买了金戒指、钻石戒指、宝石戒指。岁月蹉跎，一直珍藏在心中的还是那枚无比珍贵的草戒指。有些即使很普通的东西一旦进入生命、进入灵魂就成为了永恒。

狗尾巴草，没有玫瑰的华丽，也没有牡丹的雍容华贵，更没有桂花的扑鼻飘香，不矫揉造作，但她具有朴素自然的品格和顽强不屈的生命力。我们结婚后，妻子从娇弱、高贵的公主变成了传统的贤妻良母，精心经营家庭，孝敬父母，养育儿子。我爷爷在世时曾告诉我，是因前世修好，才娶到这么漂亮孝顺、全家人称心如意的媳妇。我们的诺言像钉子一样嵌入心灵，虽品味了世间风雨、过早地经历了人生寒冬，却依然朴实而善良、真实而幸福地生活着，相敬如宾，恬静安然。

地　气

　　有时候草可以代替真金，有时候纯金却代替不了普通的草。草戒指，在经过岁月的打磨和人生磨难以后，反而越来越珍贵。我时常被那份平凡的记忆而感动，被那份最初的青春约定而激励。

扫描二维码
聆听作者的散文
《草戒指》

栀子花开

栀子花，宁静、素洁、淡雅，幽香无比！

每年都有春暖花开、栀子花香的季节。

栀子花的花蕾呈椭圆形，尖尖的，像是光滑的绿色子弹。傍晚还只是鼓鼓的花苞，次日凌晨，就开成了一朵洁白、芳香扑鼻的花朵，挂着晨曦的露珠，洁白芬芳，圣洁脱俗，优雅，宁静，楚楚动人。

栀子花放在注满清水的瓷碗，能开放一周，满屋香气。从花店买的栀子花，大都价格高，且用了药物，花期也短，香气也逊色。一日，我在济南八里洼小区的商业街上散步，在一个小摊前，只见一位老大爷面前摆着三盆开得正

143

地　气

盛的栀子花。"这是我自家地里的，长得壮实，今早刚刨出来，水灵着呐。搬着吧！放在家里，能开一个多月，今年至少还能开上两茬！"我仔细端详了一番，二话没说，掏钱买了两盆回来。

时值六月天，不几天工夫，盆里的栀子花全开了。一股股脱俗淡雅的幽香溢满房间，让全家人精神清爽愉快。

起初，栀子花在花盆里空间小，长不鲜旺。后来，我就试着栽在小院子里。春天到了，春风来了，栀子花的枝丫慢慢地发出了胎芽。雨季来了，栀子花愈发青翠，在翠绿的叶片中，一枚枚嫩嫩的花蕾冒上枝头，竞相向上伸长，像听话的儿童齐刷刷地举起小手。还是花骨朵的时候，每天去查看。那不如无名指大的花骨朵，绿绿的，滑滑的，一个，两个，三个，四个……有的半张着嘴巴，几乎要闻到香味了。清晨走进院子，发现栀子花的花瓣上还残留着些许露珠，花瓣越发变得剔透。

没几天时间，那绿绿的花骨朵摇身一变，开成了洁白的花朵！那香味从那花蕊散发而来！闭上眼睛，深深嗅一口，感觉那清香沁心、到肺，满脑、满身、满园！有清风吹来，香飘四邻！

眼下，窗前的栀子花又开了，缕缕幽香渗进我的房间，把我的思绪带向遥远的青年时代……

　　那是三十年前的初夏，在学校那片布满青青草皮的操场上，一位穿着洁白裙子的少女，正在背诵英语单词，安静，恬淡，矜持而高贵。恰如一朵洁白的栀子花开在绿树丛中，纯洁得一尘不染，如同蓝天上飘着一缕白云，白得让人目眩，又像月光下的雪，白得执着……那幅绝美的画面，让我暗暗惊叹，深深地刻进脑海。这位少女后来竟然喜欢上了一无所有的我，不久成了我心爱的妻子，家里也如同栽培了一盆四季清香的栀子花。

　　摘一朵自己栽培的带着露珠的栀子花送给妻子，妻子会高兴地别在耳边，让栀子花的芬芳笼罩在发际间，收获一天的好心情。栀子花盛开的时节，妻子每天都会收到一朵带着绿叶和露珠、香气扑鼻的栀子花。闻着栀子花的香气。自然烦心事也就抛之九霄云外啦，相伴的只有开心和快乐。

　　五月的初夏，阳光渐渐变得热烈起来。栀子的叶子由嫩绿转为翠绿，洁白的花朵浮在绿叶之上，亭亭的，幽幽的，似雪花憩在枝头，因而栀子花又被称为"夏雪"、"香雪"。坚毅、宁静、澄明、宽厚，正是栀子花的品格。

　　据李时珍《本草纲目》记载："栀子花美颜，其果实呈金黄色，栀子花开时香气四溢，可以用来熏茶和提取香料。"

　　自古以来牡丹、桃花、水仙被文人墨客视为宠儿，千叹百咏，只有栀子花默默无闻地开呀开，开呀开。有许多花四季不败，可是没有哪种花像栀子花一

145

样这么富有人情味，和我们挨得这么亲近，这么随意。她不娇不媚，马路边、花坛里，就可以不畏凄风、不惧苦雨，蓬蓬勃勃地生长、开花。栀子花是那样的从容安详，那样的与世无争，好像风雨从来就不曾侵袭过，也从未被世俗的风雨侵袭过。

栀子花姿态、色泽、香气透出一尘不染的品格，使人赏心悦目，净化心灵。人生在世，能像栀子花一样，心甘情愿地给世间留下忠贞、高洁、含蓄、深情的芳香吗？

高贵、朴素的栀子花，只有用心养护，才能开放在心灵，一生清香四溢……

扫描二维码
聆听作者的散文
《栀子花开》

萤火虫

那是一个闷热的夏夜，我陪妻子踏着皎洁的月光，在地处济南高新区的宿舍西院里散步，突然发现草丛中有微弱的光在闪烁，若明若暗的。鼓鼓掌，那小小的亮点竟然飞到了我们的身边。是萤火虫？仔细一看，的确是尾巴亮着绿莹莹"小灯笼"的萤火虫！那场景，让我们兴奋不已，至今难以忘怀。

萤火虫是一种能发光的萤科甲虫。它对生活环境非常挑剔，只喜欢植被茂盛，水质干净，空气清新的河边或农田。

在我的记忆里，因有了流萤的装扮，恬静的乡村夏夜平添了几分温馨浪漫。晚饭后，村民喜欢扛着苫子，到生产队摊晒粮食的场院里打地铺，乘凉。男女老少，三三两两地拿着麦秸或竹篾编的凉席，摇着蒲扇，热情地相互打着

地　气

招呼，陆续聚到场院里。有的小孩子性急，来不及吃完饭，手里还握着馒头或煎饼卷就往人群里凑。那时候田野里有狼，狼叫声令人毛骨悚然，大家自动分好地盘，女人带着孩子通常在较靠里的位置，麦秸做的苫子贴着路边紧挨着排开，再铺上毯子，地铺就打好了。小孩子们最兴奋，从这个铺跳到那个铺，又喊又叫，追逐打闹，笑声传得很遥远。

阵阵凉风吹走了夏夜的燥热，天南地北的闲谈消解了一天的劳累。草丛里的昆虫此起彼落地吟唱着，偶尔，有萤火虫挑着灯笼飞过。我喜欢靠在家长身边，听着大人们拉呱、讲故事，看着天上行走的云朵，数着闪烁的星星，不知不觉进入梦乡。

我对萤火虫的美好记忆，是从儿时捕捉萤火虫开始的。盛夏的夜晚，我和小伙伴们经常在小河边的青草地里玩耍，伴随着我们的嬉闹声，萤火虫尾巴一闪一闪的，在空旷黝黑的夜空中舞蹈着。我们边击掌边唱儿歌："萤火虫，萤火虫，找媳妇打灯笼，飞到西飞到东，忽忽悠悠做美梦。"伴随欢声笑语，场院的上空飞来了萤火虫，孩童们像追梦似地在星空下奔跑、追逐，奋力地捕捉。用芭蕉扇扑打，萤火虫会忽上忽下地躲避，落到草丛里，尾部还闪烁着荧光。捉住它，带着草尖上的露水一起装进瓶子里。回想场院里老人讲的故事，说萤火虫是天上美丽的仙女变的，如果它围在你身边、落到你头上，将来就会娶到美丽贤惠的媳妇。于是就将蚊帐放下，旋开瓶盖，放出这些小家伙，让它们用微弱的光芒装扮着这块小天地，照亮我童年那数不清的梦想。随着年龄的增长，我又知道了"车胤囊萤"的故事，这让我在热浪滚滚的暑假依然能坐在昏暗的灯光下，经受虫叮蚊咬的煎熬，如饥似渴地静心读书。

其实，萤火虫无时无刻不在创造大自然的奇观。据说，马来西亚有条"萤火虫河"，大量的萤火虫依附在雪兰莪河两岸的树丛里，在夜色降临的时候，形成极其美丽和罕见的自然景观。还有资料记载，新西兰有个如梦如幻般的"萤火虫洞"，成千上万的萤火虫在岩洞内熠熠生辉，灿若繁星。而日本还举办世上独一无二的萤火虫节，在炎热的夏季黄昏，把笼中的萤火虫放出，任其自由飞翔，让人们与萤火虫一起嬉戏。此时，天上的月光、星光，与飞动的萤光和湖水的波光，交相辉映，扑朔迷离，美不胜收。

只可惜，在我们不断追求物质富有、现代文明的同时，那五光十色的灯光，参差林立的高楼，川流不息的车流，喧嚣嘈杂的噪声，恣意排放的污水，过度喷施的农药……已破坏了恬然、温馨、原生态的自然环境，给萤火虫以致命的打击。

夏夜，当我们听孩子吟诵杜牧"银烛秋光冷画屏，轻罗小扇扑流萤。天阶夜色凉如水，坐看牵牛织女星"的诗句时，却再也找不到萤火虫那惹人喜爱的小精灵的身影了。没有了萤火虫的飘忽闪烁，轻盈曼舞，夏夜显得单调和沉闷，缺少了飘动的浪漫和童趣。孩子们眼睛看到的是高楼大厦，霓虹闪烁，听到的是繁弦急管，汽笛争鸣，哪里还有一方属于他们自己的天地，哪里还能看到湛蓝透彻、萤火飞舞的夜空？缠绕在我们这些长辈心头的不仅是失望和后悔，还有悲悯与忧思。

人与自然和谐，滋养童真梦想。田野、河畔、草丛……曾经留下了许多自然天使倩丽的身影。无论是城市还是乡下的孩子，那一双双纯情明亮的大眼睛，渴望见到那充满天真童趣的萤火虫！

扫描二维码
聆听作者的散文
《萤火虫》

自行车

青年时代的自行车，已经离我们远逝，可那美好的记忆依然鲜活。其实简单平实的生活，更让人留恋和回味。我们这些出生在上个世纪五六十年代的人，对自行车都有着诸多幸福的感觉和美好记忆。

我真正触摸到自行车或者说是第一次学骑自行车，还是在上高一的时候。

那天，在村里开粉笔厂的舅舅骑自行车来我家，前几次我曾偷偷爬上自行车原地蹬一阵子，听着链条"嗞嗞"作响，挺开心的，这天我把自行车偷偷推到南边生产队的场院里，让我叔帮我学骑自行车。我紧紧抓着车把，全神贯注着前方。身体很笨拙，自行车怎么也不听使唤，好像喝醉了酒一样左右摇晃，一会儿手心都出汗了，若不是叔在后面使劲稳握车身，随时都可能摔倒。当我

151

地　气

转过五六圈后，我叔悄悄把扶自行车的手放开了。我自认为我这时已经会骑自行车了，便兴奋地猛蹬几脚，自行车在平坦的场院里奔驰起来。正当兴奋地急转弯时车身突然一倾，自行车摔倒了！经几次练习，总算能独自骑自行车了。自从学会骑车以后，更盼着我舅舅来，借机骑上自行车转悠几圈，过把车瘾。

那个年代，自行车是高档、紧缺商品，也是奢侈品，许多家庭、许多人最大的梦想和荣耀，就是拥有一辆"永久"牌自行车，丝毫不亚于现在拥有宝马轿车。

上世纪八十年代初，自行车还是时尚高档的代步工具。青年男女比赛似的骑自行车上班、做工、逛街。窄窄的乡间道路就像一根长长的琴弦，被车辆、行人合力弹奏着。在乡下无论老少都会骑自行车，就相当于眼下会打手机。

婚后，我有一辆28寸的"永久牌"自行车，妻子有一辆26寸"凤凰牌"坤车，儿子入托后，就把三个轮的童车换成了后面增加了两个小车轮的"阿米尼"牌童车。傍晚，儿子就把他的小车与大人的车用链条锁锁在一起，高兴地用手拍拍小自行车，"别怕，让大车搂着你睡哦"。

儿子入托、上小学都是妻子用自行车接送。妻子下班后，立马骑上自行车，一马当先，冲到学校门口。眼尖的儿子竟然能在如海的自行车流中，迅速沿着熟悉的车铃声，跑到她母亲身边。我在自行车头上安了一个四四方方的车筐，有时回到家，儿子就跑向前，翻翻看看车筐或车后座上有什么好吃、好玩的，不如意了，还噘起嘴巴。对妻子的自行车，我定期花五角钱，让宿舍大门口头发花白的修车老大爷检修车闸，给链条上油，相当于现在的汽车大修和保养。儿子坐我的自行车，从不愿意坐身后，他喜欢坐在大梁上，愿意凝视前方，有时挥动着双手，兴奋得指指点点，可以指挥着走哪条路，穿哪个巷。有几个星期天我把儿子抱到自行车的前梁上，妻子坐在后座上，搂着我的腰或紧紧地抓着我的衣襟，高高兴兴去沂河东岸沙滩上放风筝，到济南南部山区看自然风景，快乐地穿梭于乡间小道，亲吻泥土的芳香。返城时车把上插一束五颜六色的野花，听着儿子“咯咯”的笑声和自行车铃铛的“叮叮”声，一家三口，集中到一辆自行车上，其乐融融。脚下蹬着一家人快乐美好的时光，车上驮满爽朗的笑声，在生活的道路上传得那么久……简单、平淡的日子，全家人神清气爽，时刻被幸福、快乐的感觉包围着。妻子曾经开玩笑说：“等咱有钱了，买辆轿车在前面开道，我们依然骑着自行车兜风！”

改革开放以来，我国城乡发生了天翻地覆的巨变，普通老百姓得到了巨大的实惠和好处，许多“不可能的事儿”鲜活地展现在眼前。老百姓的衣食住行都大大改观，其中交通工具变化很快，“十一五”期间，汽车的家庭普及是始料不及的。自行车，前后两个圆圆的车轮，始终亲密相随，互为支撑和作用，快捷、健康、环保。盘算一下，自行车比豪华轿车更泼辣，比摩托车和电动车更可靠，比地排车更灵活，无噪音，无油耗，在平坦大道上可以奔走如飞，遇到崎岖山道可以连推带扛，累了可以就地停车休息，甚至把自行车一撂，倒到田野里、草地上枕着青草睡觉。两个瘦弱的轮子走千山，过万水，随便走街串巷，尽享高贵与平凡。

如今多数家庭有了私家车，马路变成了停车场，走到哪里堵到哪，首都也被人戏说成"首堵"。当下，骑自行车出行和锻炼，正成为一种生活时尚。慢慢骑着自行车，欣赏着四周美丽的风景，真是人生一大幸事，脸上洋溢着春光……

扫描二维码
聆听作者的散文
《自行车》

爱的礼物

礼物，是情感的载体，是心灵的物语。

每个人一生中都收过送过礼物，每一份礼物都代表一份心愿与祝福。世上真正珍贵的礼物，未必是花大钱购买的珠宝钻石、金银首饰。用心倾情制作的礼物，独具匠心，出乎意料，温暖心灵，才会价值连城。

2014 年初，儿子结婚前，我们夫妇俩给儿子、儿子也给我们都事先准备了珍贵的礼物，还互相保着密，留下一份神秘和期待。那饱蘸真情的礼物，真是刻骨铭心！

儿子结婚前几个月，我和妻子就翻出一本本发黄了的旧相册。妻子是个细心人，儿子每张照片背面，都曾标记着拍摄时的年龄。给儿子精心准备的礼物，是记录儿子成长足迹、名为《童真·青春与梦想》的精美相册，集中了儿子从出生 38 天开始，到结婚前，每岁、每个生日的照片。这沉甸甸、充满真情、用心良苦的像册，真是独一无二的贵重礼物！

弹指岁月，岁月荏苒，儿子茁壮成长，我们日渐变老……

望着一张张照片，一页页翻开近三十年的幸福记忆。儿子刚出生那天夜里，他一夜扑闪着那黑亮的大眼睛，既不哭也不闹，像新生的太阳，新奇地观察着一切，我和妻子竟然也兴奋地陪伴到天亮。

从此，妻子就开始履行母亲的神圣职责，亲历孩子成长的过程。为了奶水充足，拼命喝平日不喜欢的油腻的猪蹄汤；为了全身心照料孩子，放弃了所有业余爱好；为了呵护孩子健康成长，千方百计查阅各种秘方、验方。喂奶、刷奶瓶、冲奶粉、洗脸、擦澡、洗尿布、垫尿布、称体重、量身高……眼盯着儿子一天天长大，担心这个担心那个，真是捧在手里怕碎了、含在嘴里怕化了。当儿子第一次用童声撒娇地唱起"世上只有妈妈好，有妈的孩子像块宝，投进妈妈的怀抱，幸福享不了……"这首儿歌，妻子激动得热泪盈眶，眼睛都哭红了；心甘情愿地教儿子学爬、学坐、站立、走路、说话、穿鞋、套衣服、系纽扣、唱歌、跳舞、玩游戏；再大一点，就是絮絮叨叨地催着起床、穿衣服、刷牙、洗脸、喝水、吃饭、背书包，晚上又是催着写作业、洗脚、关灯、睡觉……倾尽全部时间、精力和心血，以母亲的耐心和毅力，呵护孩子幼小的心灵和童话般的时光，宠爱着他成长。

伟大的母爱，就是如此辛劳与细微，如此琐碎与平凡。

儿子喜欢让妈妈背着，有时赖着不下来。转眼儿子三岁了，秤砣一样沉。那天清晨妻子又背着他树林间散步。儿子竟乖巧地一边给妈妈擦额头上的汗，一边关切地询问："妈妈累了吧？"

妻子纵纵酸痛的腰，笑着说："你个小笨蛋，妈妈背儿子哪有累的。"

儿子眨眨眼，略加思索，笑着说："那等妈妈老了，我天天背着你。"儿子一句话，妻子心里像喝了蜜，顿时脚下生风，疲劳烟消云散。

后来儿子读了大学、研究生，和父母在一起的时间少了。可是父母的牵挂、惦记更多，头痛脑热、吃喝拉撒睡样样叮嘱，事事放不下心。

猎豹守崽，母鸡护雏……世间母爱是相通的。人间母爱更博大、更质朴、最真挚。儿子入托、上小学都是妻子用自行车接送。妻子下班后，立马骑上自行车，一马当先，冲到学校门口。眼尖的儿子竟然能在如海的自行车流中，迅速沿着熟悉的车铃声，跑到她母亲身边。记得断奶时，母子俩被硬性隔离，彼

地　气

此几天不见面。儿子抓耳挠腮地哭着叫妈妈、找妈妈的画面和声音，至今深深刻在我的脑海里。

儿子从入托、上小学、上中学、上大学直到毕业工作，妈妈的心就拴在儿子身上，用辛劳和白发，用爱陪着孩子一天天长大、一步步成长，孩子从没走出母亲的牵挂与视线。

当看着儿子长大成人、走进婚姻的殿堂，妻子脸上既洋溢着幸福的光彩，又有几分淡淡的忧伤。我笑着说："宝贝儿子，是上苍赐给我们的最宝贵的礼物。已在爱的滋养下长大，到了该放飞的时候了！应当高兴。"

儿子录制了一段反映自己心路历程的视频，其中动情说道："我跟妈妈最亲，可曾多次惹妈妈生气，今天我向妈妈表示歉意！请家长放心，我会走好我的人生路……"当收到儿子这份礼物时，妻子特别高兴，开心地笑着，眼角竟然泛着闪闪的泪花。顿时觉得儿子从咿咿呀呀学语、撒娇、调皮，到长大成人，时间是这么短，又这么快。

这份象征着成长、成熟的礼物，洋溢着儿子报答养育之恩的诚心与愿望。

我年近八十岁的父母，也揣上红包赶来参加结婚仪式，满头白发、布满皱纹的脸笑成了一朵灿烂的金菊花。我母亲因长期患风湿性关节炎，两腿变形，走路困难，上下楼梯竟然不让搀扶，大家让出道儿，她充满自信地理一理满头白发，凭自己的努力，一步一步，一阶一阶，一层一层……劲头还特足。目睹这感人的一幕，我的心又痛又酸，又喜又忧。我陡然所悟：这是爱的能量，这是爱的奇迹！

亲情无价，真爱不朽。经过心贴心的呵护和培养，孩子走出父母的怀抱，像破土而出的嫩树苗，洋溢着蓬勃的生命气息和青春活力。因为拥有被爱包围和守护的童年、青年时代，相信孩子会健壮地走向中年，直至更远……

"爱的礼物"，是人间真爱、骨肉亲情的传承与凝聚，最珍贵，最温馨，时常让人感动，让人陶醉，让人模糊视线……

扫描二维码
聆听作者的散文
《爱的礼物》

真情，

是人性中最美的那粒种子，

是心灵深处最美的花朵，

恰如滋润大地的潇潇春雨，

哺育万物的赤热太阳。

人间处处有真情，

真情是生命的元气、心灵向善向上的能量。

只要怀揣一颗知恩、感恩、报恩的心，

就会时刻置身生命的温馨与感动。

人间大爱是真情。

只要心中有爱，

阳光就照耀你的征程。

第三辑　真情在胸

地 气

沂蒙山

沂蒙山，从东海浴盆里横空出世，雄踞齐鲁大地东南方，曾用甘洌乳汁为战争淬火，用独轮车碾碎美式大炮。这是英雄辈出的土地，代代英雄儿女谱写出无数英雄故事与传奇。

沂蒙山是沂山山脉与蒙山山脉的总称，主要分布在今山东省临沂市境内。辖区内较大的山头 800 余座，呈西北至东南向延伸状，宛若展开气势浩荡的画卷。蒙山为山东第二高峰，素称"岱宗之亚"。孔子"登东山而小鲁"，"东山"就是蒙山。"醉眠秋共被，携手日同行"，李白、杜甫同游蒙山留下这千古佳句。沂山、天宝山、文峰山、甲子山、银雀山、马陵山、蒙阴山、苍山、艾山……都以独特的雄奇、胜迹、史事、人物、传奇、物产闻名遐迩。

一方水土养一方人。千百年来，蒙山沂水养育了一代代淳朴坚韧、憨厚实诚、热情乐观、重情重义的沂蒙人。一曲《沂蒙山小调》，风靡齐鲁大地，感动大江南北。无论何时何地，只要听到那悠扬动听的旋律，人们对沂蒙山的敬仰感激之情便油然而生。我为自己是沂蒙山的后代而自豪与荣耀。

临沂历史悠久，文化灿烂，古称琅琊、沂州，北部西部是绵延的群山，东部是逶迤的丘陵，南部是开阔的平原，融北国的粗犷阳刚与南国的柔曼风韵于一体。古老的东夷民族曾生活于此，是中华民族的重要发祥地之一。纳蒙山之灵气，汲沂水之膏泽，人杰地灵，因而"鲁南古城秀，琅琊名士多"。诸葛亮、王羲之、刘勰、颜真卿，短短几百年间，矗立起四座奇异的文化高峰，可谓文韬武略、雄才大功。

这里更是哺育和催生中国革命的摇篮，那英雄史诗和革命故事，让人感动、感叹、感激，敬佩、敬仰、敬畏。

"沂蒙山"这个名称明确响亮地提出来，始于党中央、毛泽东主席对115师东进的电文："要建立沂蒙山抗日根据地。"沂蒙山根据地成为一块全国著名的根据地、抗日杀敌的坚固堡垒，被赞誉为"华东小延安"。八路军、新四军、华东野战军曾在这里浴血拼杀，立下赫赫战功。刘少奇、徐向前、罗荣桓、陈毅、粟裕等老一辈无产阶级革命家都在这里留下战斗足迹。毛泽东主席曾高度评价："山东的棋下活了，全国的棋也就活了。"陈毅元帅深情地感叹："我就是躺在棺

163

材里也忘不了沂蒙山人。他们用小米供养了革命，用小车把革命推过了长江！"

"蒙山高，沂水长，军民心向共产党……续一把蒙山柴炉火更旺，添一瓢沂河水情深意长……"沂蒙山经历了艰苦卓绝的斗争历程，这片贫困闭塞的山地上，善良质朴的沂蒙百姓爱党、爱军队，"最后一碗米做军粮，最后一块布做军装，最后一件棉袄盖在担架上，最后一个儿子送战场"，这种大仁、大义、大爱，属于生于斯长于斯的沂蒙人民，属于组织和发动沂蒙人民的中国共产党，更属于我们这个多灾多难的民族。在抗战最困苦、最艰难的危急时刻，沂蒙人民用生命和热血谱写出《跟着共产党走》这铿锵有力、气势磅礴的歌曲，成为中华人民共和国开国大典的伴奏曲。我曾目睹几位颤巍巍的老战士肃立于无名烈士墓前，携手高唱雄壮的英雄战歌，为逝去的战友虔诚地鞠躬，追溯腥风血雨、生死与共的战争岁月。我肃然起敬，眼前闪动电影《南征北战》《红日》中那气势恢宏、雄浑悲壮的场面。

新中国成立初期，伴随各种电影、戏剧、舞蹈作品，"红嫂"的故事家喻户晓，沂蒙山也名扬四海。这是抗日战争时期发生在沂蒙山真实、催人泪下的故事，红嫂危急时刻用自己的乳汁，救活了一名八路军战士。用乳汁救伤员，集中展现了沂蒙山区数以万计的红嫂充满母爱的大爱情怀，在人们心中耸起崇高而神圣的精神丰碑。"红嫂"和诸葛亮都因战争扬名，时隔千余年，成功的奥秘都是智慧与奉献。

"现在每天早上都吃临沂煎饼"的迟浩田将军，对沂蒙山有着刻骨铭心的眷念之情，数次泪洒沂蒙，他纵情高歌"蒙山高沂水长，好乡亲永不忘"，"沂蒙人民啊，我们的党记住了你们的大功"。

临沂是著名的红色旅游胜地。这些年，山东省在临沂全力打造党的群众路线教育基地。沂南县马牧池村建起红嫂纪念馆，房屋均就地取材用石块垒成，当地叫"干插墙"。这里还保留了一间进去直不起腰的干插墙的"团瓢屋"。这百年石屋牢记着罗荣桓、徐向前等叱咤风云的将军与大字不识的红嫂们拉家常的情景，铭刻着沂蒙人民与子弟兵血浓于水的浓浓亲情。走进每个展馆，看到这一幕幕悲壮的场景，听着那一段段刻骨铭心的故事，感觉灵魂已穿越时空与先辈对话，心灵被英雄的传奇事迹浸润感动着……留下遗愿把骨灰与战友们一起安葬在沂蒙山区的粟裕将军；电影《从奴隶到将军》主人公原型、一心追求真理、在临沂牺牲的罗炳辉将军；同刚出生不到一个月的小女儿惨死日军刺刀下的革命"圣母"陈若克；用乳汁抢救八路军伤员的"沂蒙红嫂"明德英和为照顾八路军后代，4个亲骨肉先后不幸夭折的"沂蒙母亲"王换于；毅然跳进刺骨的河水搭人桥、让部队快速通行的那群年轻沂蒙女性；还有为部队当向导、送弹药、送粮草、烙煎饼、洗军衣、做军鞋、护理伤病员的支前模范群体"沂蒙六姐妹"……英雄人物，犹如历史长河中的耀眼星辰、光芒如初；英雄故事，犹如滔滔的沂河水，虎啸龙吟、如雷贯耳。许多人到沂蒙山就产生"一次沂蒙行，一生沂蒙情"的情感共鸣和心灵震撼，时常热血沸腾，潸然泪下。

地　气

　　社会主义建设和改革开放时期，沂蒙人民在农耕文明的土地上，探寻着新的途径和方向，在工业文明的新挑战里，寻找着新的机遇与突破，描绘着最炫美的时代画卷。有骨气、有血性、有志向的沂蒙人民不向命运屈服，自力更生，艰苦奋斗，战天斗地，改造自然，重塑自我，涌现出新的典型，谱写下新的篇章。"愚公移山，改造中国，厉家寨是一个好例"，1955 年至 1957 年，毛泽东主席三次亲笔批示，肯定推广莒南县厉家寨、王家坊前、高家柳沟三个村的典型经验，指导新中国成立初期的农村、农业工作。

　　当改革开放的春风唤醒沂蒙大地，沂蒙老区城乡面貌发生着翻天覆地的变化。撤地建市的临沂高举科学发展的大旗，充分利用国家扶贫政策，发挥自身优势，开天辟地大变革、大发展，人们无不惊叹，尤其那美轮美奂的临沂城夜景更让人惊奇。许多人对沂蒙山区的印象，大都源于主观类比推测，往往把沂蒙老区与贫穷落后并列起来，带上几丝苍凉和悲壮，甚至对沂蒙山区的发展变化心存疑虑。沂蒙山走向富足，走向文明，不仅创造了新的荣耀与辉煌，更让沂蒙、沂蒙精神名扬四海。中国社会科学院 2011 年发布《中国城市竞争力蓝皮书》，首次对 294 个城市进行了幸福感调查，并评出十大幸福城市，临沂排名全国第二，幸福感指数山东第一。这个调查结果，似乎出乎意料，却又在情理之中，可谓自然而然，当然必然。

　　沂蒙山，在山东地图和中国地图上找不到，因为她不是一座山，也不是一道梁，而是一个人文概念、一个区域概念、一种精气神，是在共和国的历史上、在中国共产党的历史上具有特殊意义的精神符号。四周峭壁而顶平的"岱崮地貌",是沂蒙山区特有的地貌景观,俗称有"72崮",著名的就有孟良崮、南北岱崮、抱犊崮、纪王崮等。每个崮都有一种高傲和昂扬的气节,就像沂蒙百姓一样,深深根植于脚下的土地,无论面对什么样的困难和风雨,总是面向蓝天和太阳,高昂起头颅,挺直脊梁。沂蒙山,是这片区域内大大小小所有山岭和山峰集体的姓名!

沂蒙精神,她是千千万万沂蒙儿女共同的灵魂称谓!她是共产党人党性和沂蒙人民善良人性的完美结晶,彰显着忠诚的本性和奉献的特质。沂蒙精神,产生、发展于沂蒙老区,但她属于山东、属于中华民族;沂蒙精神,孕育和诞生于战争年代,但她不封闭僵化,不断汲取新营养,属于我们这个伟大时代。2013年底,中共中央总书记习近平冒着严寒视察临沂,看望老党员和贫困群众,他动情地说:"山东是革命老区,有着光荣传统,军民水乳交融、生死与共铸就的沂蒙精神,对我们今天抓党的建设仍然具有十分重要的启示作用。"

谒拜沂蒙山,捡拾一颗虔诚感恩的心,顿增无坚不摧的激情与力量!

喊一声我的沂蒙山!我泪流满面,眼前是我牵肠挂肚的父老爹亲娘,信仰的旗帜飘扬在心灵高地上……

扫描二维码
聆听作者的散文
《沂蒙山》

沂蒙石磨

石磨，是山乡历史的见证，那体态和精神依然在沂蒙山深处的山村里旺盛地活着。寻找山村兴衰变迁的历史，体味山村古老而原始的生产生活方式，总少不了沉重的石磨。

做盘上等的石磨，一要选坚硬耐磨的石料；二要由手艺精湛的石匠来做。石匠先到山上劈两大块石坯，大石坯经过铁锤无数次的精细雕琢，摇身变成两扇厚重的圆磨盘坯子，粗糙又不失精细。一年四季，石磨上下紧闭着的嘴唇在诉说乡村的酸甜苦辣，石磨沉重的表情显露乡村的喜怒哀乐……

上个世纪六七十年代，我们村是"农业学大寨"的典型，深冬腊月集中全村人搞会战、整修大寨田。一年到头，一日三餐，几乎全是地瓜和瓜干、玉米，逢年过节才偶尔吃顿小麦面的水饺。当时没有加工机械，生产队里分的口粮全靠石磨来碾压。村子里人多磨少，磨粮食要提前向有磨的邻居打招呼。借到了磨，妇女们抓紧带着孩子抱着磨棍，赶忙或推或拉。用完邻居家的磨，磨眼里要留下少许的粮食，叫"留磨底"。磨瓣像一排排的牙齿，整整齐齐地排列着。凝视那磨瓣，既像一条条盘绕山间的山路，又像一道道刻在父辈额头上的皱纹……

乡村最难熬的是粮食青黄不接的时候。瓜干、苞米没了，就只能靠一些杂粮和蔬菜、野菜充饥。谁家磨响，说明谁家生活过得去。如果哪天哪家没有了石磨响，说明这家断粮了。乡村的每座石磨，都是一部挪不动的沉重历史，记录下情节不重复的辛酸故事。

那年月，家中最累的是母亲。为了不耽误白天到生产队里挣工分，磨粮食大都是利用晚上或者天亮前这段时间。石磨就支在堂屋西窗户外面，有时能借一缕月光，有时只有一盏昏暗的油灯。我小时候，煎饼是我老家最顶事的主食。煎饼是用粗粮做的，高粱、谷子、苞米、地瓜干，只要是粮食，就能做煎饼。石磨除了磨干粮食，还可把刚分的鲜地瓜磨成糊状烙煎饼。各种粮食经过石磨重重地压磨，都变成了粉面或面糊。粮食的面粉压得比较粗糙，须用竹箩箩几遍才能做煎饼、烙饼子。母亲把粮食磨过一遍，就赶紧将磨盘上的粮食收起，放在笸箩里，笸箩上面支上二根光溜溜的木棍，上面架着箩。在昏暗摇曳的煤油灯下，娘用手将箩一推一拉，哐噹哐噹，声音极富节奏和韵致，面粉就顺着细细的箩眼落到笸箩里。箩里剩下的粗糙子再次倒进磨眼继续磨，一遍，二遍，三遍……直到粮食几乎完全粉碎。等粮食磨完了，也箩完了，母亲早已腿疼腰酸，身上、脸上连眉毛上全落上了一层薄薄的面粉，浑身上下都被染白了，显得十分沧桑，让人心痛。

推磨是一项极其简单的重复劳动，是周而复始的机械运动，有力气就行，不需要多少智慧和技巧。这活既累人又枯燥无味，非常单调！我有时也帮母亲打个下手，或者帮助推磨，或者拿个勺子站在一边往磨眼里添粮食。推磨偷不得半点懒，你不用力推，那磨自然也不会动。石磨很沉，一会儿工夫汗水就从额头、肩上流淌下来，滴滴答答地掉到地上。我记得当年，为了熬时间和磨炼耐性，推磨时我以磨嘴为标志在心里默数转的圈数，数五圈闭一会眼。一圈又一圈地推磨，一圈又一圈地数数儿，石磨在疲乏地转动，开始还能数准已经推了多少圈，时间一久就忘了数或者自己数乱了，只迷迷糊糊地往前走，双脚像踏在棉花团上，最后只觉得天旋地转，胃里往外冒酸水……

无论是早春或是深冬，无论是晴空万里还是雨雪交加，只要想起石磨转动的岁月，总感到普通的石磨承载了太多的苦难与酸涩，可那单调里包藏着一种亲切的温柔，滋生出无比的亲切和无限的怀念，依旧在一圈圈地转动着鲜活而清晰的记忆。我无法计算母亲一生在这狭窄的圆形的磨道里绕了多少圈，转过了多少天多少年！可我知道是那沉重的石磨，磨走了母亲青春的容颜和满头黑发，磨出了母亲满脸的皱纹和周身的病痛。

　　自上世纪七十年代开始，电磨、粉碎机、煎饼机等机器慢慢取代了原始的石磨。天长日久，石磨被闲置、被冷落，渐渐退出了山乡舞台。唯独母亲推磨的身影，却深深刻在我的脑海里。

　　走进沂蒙山深处的小山村，偶尔还能看见石磨，仿佛历史老人在这里停下了匆忙的脚步，纯朴的山民没有被外界的浮躁与喧嚣所纷扰，石磨依然推着原汁原味的生活状态和纯天然、无添加、无污染的生活。人生的路也像这弯曲单调的磨道，只要咬紧牙关，都会一步一步把烦恼、苦闷和疲倦抛在身后、扔在脑后，就会品尝到生活的细腻和人生的清香。

扫描二维码
聆听作者的散文
《沂蒙石磨》

地 气

沂蒙地瓜

　　那是初冬的夜晚，我和夫人在济南高新区的大街上散步，当走到北街口，正冻得浑身打战、犹豫彷徨时，从远处飘来一缕缕的芳香，带着丝丝的香甜。穿过人行道的拐角，在小吃店的旁边，就更加真切地传来，让人心里直痒痒，顿时精神一振。然后顺着芳香就听见摊主嘶哑的叫卖声："地瓜来，烤地瓜，甜甜的烤地瓜……"走向前，呈现在眼前的是黄澄澄的烤地瓜，软绵绵的，丝丝缕缕的香气直面扑来。于是急速地走到暖暖的烤炉前，精心挑上几个，立即掏钱称上热腾腾的烤地瓜，像是在他乡遇见故交、听到乡音，感觉把一种亲切的幸福感攥在手里，心里踏实坦荡了许多，把烤地瓜捧在手心剥完皮趁热吃几口，只感到这烤地瓜特别地香甜，一股暖流迅速传遍全身……

　　要说天下最好吃的地瓜，沂蒙山区的地瓜更胜一筹，这大概与我的故乡是沂蒙山区，一种对故乡的独特感情体验和偏爱吧。科学地讲，应与那里的丘陵土壤和山区气候有直接关系。

地瓜长得泼辣，生命力强，对气候、温度也没有过高的要求，不需太多的水分和养料。再说我的家乡沂蒙山区山多地少，土地贫瘠，大都没有水浇条件，种小麦、玉米、高粱产量低，只好种泼辣实在的地瓜。地瓜管理起来省心省工，在平原沃土里茁壮成长，在贫瘠的山冈上也能顽强扎根。地薄一点不要紧，天旱一点也不要紧。只要施足底肥，平常也不用再追肥。地瓜更喜欢瘠薄的土壤，把枝蔓展开，吸收八方营养，集中供养地瓜长大。如果赶上丰沛的雨水，它定会给人一个丰硕的收成。一般亩产三四千斤，有的还上万斤。

我记事的时候，准备繁殖地瓜的"种地瓜"，冬天大都存放在地窖里，后来种的面积小了，"种地瓜"就迁移到热炕头上。清明过后，就找一块朝阳避风的沙土地，调出畦子，将"种地瓜"平摆上，上面均匀地覆盖上一层细沙，然后盖上草苫子，洒上水。等到地瓜芽长到一拃多长的时候，就把准备种地瓜的土地上，撒上土杂粪和草木灰，用铁犁扶起垄，将地瓜苗截成一根根插到地垄上，浇上水就生根发芽，然后生叶吐蔓。等到地瓜蔓长下地瓜沟，接近一米的时候，用手或者木棒将地瓜秧翻起，把沟里杂草除掉，晒晒地面，这样地瓜长得快。夏秋季节，走进田野，就走进了地瓜的世界，到处爬满了地瓜郁郁葱葱的秧蔓，土地被遮盖得严严实实。

地　气

　　当年种的地瓜大都是"胜利百号"、"济薯1号"，可能是品种的缘故，那秧子又细又长，叶子也瘦小，在叶子的茎与地瓜秧的交叉处常冒出一些花骨朵，花开的时候很像牵牛花，或淡红色，或紫红色，很好看。农家活中，种地瓜其实是很费事的，刨地瓜也很费事，一墩墩地刨出来，把地瓜一个个地摘下来，摘完了再一筐筐地归堆，然后又一个个地切成瓜干，切完了再晒，晒干了再拾起来。一个地瓜，从刨出来到被晒成瓜干不知要翻弄多少遍。

　　俗话说："三春不如一秋忙。"忙就忙在地瓜的收干晒湿上。上世纪七十年代初，还没有实行大包干，当年生产队分地瓜就很规矩。必须等全队全部分完后，各家各户才能拾掇自家的地瓜，主要怕有人借分地瓜之机浑水摸鱼偷队里的地瓜。如果天气好，又有新地茬子，可就地锄了晒下。如果天气不好，或者没有合适的地茬子晒，就得运回家或者运到别的岭地里。所以每次赶到往家推地瓜或锄地瓜的时候，都是黑天了。有时晚饭顾不上吃，干到很晚，直到月明星稀，寒露凝落衣裳。

　　深秋的夜晚，天气早就凉了，许多人穿上了毛衣，有的披上了厚棉袄，一盏盏黯淡的小马灯闪烁在空旷的田野里。一盏小马灯就是一户人家，一家人紧紧围着刚分来的地瓜，有的锄，有的撒，恨不能一下子干完早回家。当年农家都备有"地瓜锄"，后来又发明了手摇的地瓜锄，一种把地瓜削成薄片的工具。男劳力把成堆的地瓜哗哗地削出来，媳妇和孩子们用提篮把新锄的瓜干在地上撒开。挎着挎着，胳膊就累了酸了麻了。干着干着，大片空地就变成了白花花的瓜干的海洋。马灯太暗，根本照不过来，与其说是照着，还不如说是摸着，只见切地瓜的人，熟练地轮换着双手，一片片的鲜地瓜干依次落在地上，负责撒的人再一片片地晒出去。

把地瓜就地晒出去不容易，推到家里再晒出去更不容易。天气不好的时候，必须耐心等待。天气好的时候，当天夜里就得铡出来，第二天凌晨再运到村外边去晒。我家屋后有条小河，河岸有一大片空旷的沙滩，这是晒地瓜干最理想的地方。每当秋季，必须早去占块合适的地方。大人把切好的鲜地瓜干运到河沙滩上均匀地撒开。撒的时候都是大把大把地撒，许多瓜干就压着摞，撒的时候你可以尽情地挥洒，然后还有一道工序，就是要把地瓜干一个个地拨弄开，平铺着，不能重叠，摊晒瓜干时两眼要盯着地面，直累得腰酸背疼。大人糊弄孩子说，小孩子没有腰，其实这个活最累腰了。

那些年天气确实比现在冷。生产队干活拖拉，效率低，几十亩地瓜过了霜降还刨不完。早晨拨弄摊晒的地瓜干的时候，瓜干上面是一片白霜，把手冻得通红。有时候还刮起西北风，更让人冻得浑身乱打战。没什么御寒衣服穿，上身只穿个大棉袄，下身穿着单薄的裤子。顺手捡几根未干透的地瓜秧拧成绳子，把棉袄系得紧紧的，顿时感觉暖和了许多。有时把手缩在棉袄袖子里，拿着一根树棍，细心地把地瓜干一个个地拨弄开，一方面冻不着手，一方面又解除长时间蹲在地上的劳累，一举多得，实属偷懒的好办法。

地　气

　　那时候老天喜欢夜晚下雨。秋收季节，累了一天的人，头贴上枕头就睡，不一会就进入了甜蜜的梦乡。突然，一个响雷把人们惊醒，一道道的闪电，透过窗户把农家屋子照得透亮。"坏了！赶紧起床去拾瓜干去！"各家各户谁也不敢怠慢，父母把我们叫醒，然后仓促推着独轮车，拿着提篮、麻袋去捡瓜干。黝黑的夜晚，你可以听得见远远近近都是忙碌的人，催促声、问候声、呵斥声此起彼伏。只见路上，地里，河滩上，到处都是晃晃悠悠的小马灯，都是抢收地瓜干的人。大家借着闪电的光芒，两只手拼命地抢，拼命地划拉。抢着抢着，憋足半天劲的老天爷，先是撒几把大雨点子，接着"哗"地倒下一场雨来。雷带着电，电裹着雷，风助着威，雨借着势，那才是风雨交加，电闪雷鸣！瞬间田野里像炸了营，大家纷纷推起车子、挑起挑子往家跑。当看着被抢捡起来的成袋的干瓜干，抹一把脸上的雨水，会感觉到一种幸福和满足。

　　赶回家，那抢回来的地瓜干已经和人一样，成了落汤鸡。晒瓜干被雨淋不是什么稀罕事，淋湿了再晒干就是了，只是晒出来的瓜干色泽不好、不好吃，带股苦涩味。晒地瓜干就怕遇上连阴天。当年烂地瓜干是常事。可恶的老天下起雨来就没有个头，有时候刚睁个眼，还没等干地皮，又下起来了。倒腾上几天，人累坏了，地瓜干也开始腐烂变质了。大家眼睁睁地看着白花花的瓜干慢慢地变黑、烂去，心疼得连饭都咽不下去！

　　为了晒出好瓜干、好缴公粮，曾经用铁丝逐一把雪白的地瓜片串起来，再均匀地挂在树与树之间，这种晒法透光透风，不怕下雨，好收获，晒出来的地瓜干也干净漂亮，雪白雪白的，可谓一尘不染。每年收到家的瓜干，大多数不是好瓜干。好的都缴了公粮，剩下的大都是有点发霉或者边边角角的小瓜干、瓜干皮，这是各家主打的粮食。

地瓜收获了，家家户户都能吃上饱饭了。农民变换着花样吃地瓜，煮地瓜、蒸地瓜、烧地瓜，地瓜煎饼、地瓜饼子、地瓜叶饭团子，用地瓜面擀面条、蒸窝头，用地瓜干煮稀饭，就连地瓜秧和地瓜叶也可以加工食用。在那个年代的人们吃腻了地瓜，或者说真是吃伤了。

为了不吃地瓜，乡下的年轻人千方百计去当兵、当工人、考大学。然而，不管你干什么，不管在什么地方闯荡，难以割舍的还是地瓜，地瓜在心中留下了许许多多酸甜与苦辣的记忆和痕迹，永远难以抹除。据说，我有一位小老乡，当年拼命当上了兵，到部队吃第一顿饭时，他对着手中的又白又暄的大馒头说："我就是为你来当兵的！"连长说他动机不纯，当天就被开回老家、继续吃地瓜去了。如今许多进城工作的人，依然一听说地瓜就反胃，就吐酸水。

那时绝大多数从农村到城里上中学的孩子，生活艰苦，开饭时吃的都是从家里带来的地瓜煎饼，就着咸菜，喝的是白开水。有的同学家庭生活困难，地瓜煎饼也常常吃不饱。

随着时间的推移和山区人民生活水平的提高，地瓜逐步淡出人们的餐桌，摇身一变、身价倍增更是近几年的事儿。吃够纯粮、细粮的我们，还怀念那吃地瓜、瓜干的年代。地瓜种的少了，价格自然就上涨。再就是人们往往都有种怀旧心态，长时间不吃有时免不了想它，于是现如今的烤地瓜竟成了馈赠老人孩子的珍馐佳品。目前地瓜价格比小麦、大米还要贵，可乡下人却也不愿种地瓜了。许多农家种一点施土杂肥的自家吃，或者送亲戚、朋友尝个新鲜。

地瓜的地位和名声虽然日渐提高，但它品质没变。山珍海味的豪宴上有它的一席之地，它却不骄傲；普通人用来果腹充饥，它也从不自卑。它不嫌贫爱富，不厚此薄彼，在默默的奉献中，自尊自爱、不卑不亢，就像耿直实在、朴实无华的沂蒙山人。

扫描二维码
聆听作者的散文
《沂蒙地瓜》

沂蒙煎饼

煎饼，是山东人代表性食品，更是沂蒙山人的主食，也是久负盛名的地方土特产、天下美食。

英雄的沂蒙山不光盛产战斗英雄和抗日故事，也盛产煎饼。煎饼养育了祖祖辈辈的沂蒙人。沂蒙的先辈们从支前抗战，到闯关东、下江南，可谓怀揣着煎饼卷闯天下。那又薄又圆、色泽和口感各异的煎饼是沂蒙山人的主打食品，令许多外地、外国人大饱眼福和口福。

煎饼有着悠久的历史，它曾与陕北的小米一样，养育过人民军队，养育过中国革命。1946年秋，陈毅将军率新四军从苏北移师山东，许多南方战士不习惯也不会吃煎饼，在一次军人大会上，陈毅将军还自编顺口溜，讲解如何吃

地　气

煎饼："吃煎饼，卷大葱，张大嘴，口一咬，手一松，吃个煎饼也就几分钟。"

煎饼用小麦、玉米、高粱、地瓜干等粮食打成糊状直接在烧热的圆形铁鏊子上烙制而成，故名煎饼。烙好的煎饼，折叠成卷，随时可以食用。晾个半干，折叠起来，可存放上半月二十天都不会变质。出门携带方便，因此称之为"干粮"。

由于原料各异，煎饼又可分成麦子煎饼、玉米煎饼、小米煎饼、高粱煎饼、地瓜煎饼等。就其制作工艺而言，有刮、滚、摊等手法，口味有酸、甜、原味等。色泽有黑、白、黄、紫红、金黄等。

煎饼像忠实的仆人，随时待命侍候饥饿的主人。赶集上店，出远门，用包袱包上几个煎饼扎在腰间，累了、饿了，随时随地可以饱餐一顿，甚至都可以边走路边吃。刚实行家庭联产承包责任制的时候，农户的积极性空前高涨，谁也不舍得耽误时间，早饭后顺手拎摞瓜干煎饼，捎点咸菜，从菜园里拔上几棵葱，提一壶白开水，中午全家就在田间地头围坐在一起，望着碧绿的庄稼和翻飞的雀鸟、悠闲的白云，伴着泥土和庄稼的芬芳，品尝美味的煎饼，盼望沉甸甸的丰收景象。那是那个时代一道标志性的田园风景线。

我出生、成长在沂蒙山区，是吃地瓜干煎饼长大的。俗话说"煎饼好吃磨难推。"我记事时，烙煎饼用的糊子都是用原始的石磨磨成的。几百斤重的大石磨，插上磨棍，踩着磨道周而复始地绕圈。黎明时分，鸡窝里那趾高气扬的大公鸡的喔喔啼叫，母亲推磨的忙碌声，把我一次次从甜梦中敲醒。黑暗中，时而还传来母亲怕打扰家人休息而压低嗓门的说话声。那年月，对于山区的妇女和孩子们来说，推磨是最苦、最累、最愁的差事。磨这种原始石器，人们借助磨棍推动它呜隆呜隆地滚过磨道，上下两扇磨盘就像两片厚嘴唇，憋足了劲却说不出话。弓腰推磨的姿势，那是庄稼人最经典的劳动姿势，匍匐着身子，背扛蓝天，脚踏大地！磨道被规则的脚步踏平，被甩碎的汗珠洗亮。

那个年代，村里基本家家有盘石磨。我们家人口多，我们这辈我又排行老大，因而帮母亲推磨也是常有的事。每次推完磨后，母亲便支起鏊子烙煎饼。支下大鏊子后，母亲先烧一会儿火，用油褡子把鏊子擦干净，用右手把煎饼糊子握成球状，从鏊子周边、沿逆时针方向、由外向里滚动，待面糊沾满鏊子再用煎饼尺子补漏刮平，待煎饼四周开始翘起，母亲便迅速熟练地揭下来，香喷喷、颜色金黄的煎饼就诞生了。煎饼糊子在热鏊子上一滚几圈下来，温度已经五六十度，一般人的手就烫得受不了了。不借助其他工具，直接用手摊煎饼，摊煎饼的速度快、质量好，当年村里不少姑娘媳妇来学习过，但真正把这个绝活学到手的却不多。煎饼趁着热乎劲儿吃，味道和口感最好。

沉甸甸的煎饼凝聚着父母的心血和汗水，也饱含父母的希冀和嘱托。夏天雨水多、潮湿，时间一长，煎饼就长霉。时间再长一点，煎饼容易长一些黑黑绿绿的斑点，但是学生们谁都舍不得扔，放在太阳底下晒晒，抖抖，照吃不误。同学们常常在宿舍门口的树木之间扯上绳子或铁丝，把煎饼挂在上面晾晒或者风干。你看，那白色的是小麦面煎饼，黄色的是玉米面煎饼，红褐色的是高粱面煎饼，又黄又薄的是地瓜面煎饼，那分明像联合国在举行升国旗仪式。高中三年，我不知道自己来来回回背了多少趟煎饼，也不知道那条山路被我和伙伴们走了多少个来回。

记得孩提时，吃瓜干煎饼，一般是卷自家腌的咸萝卜条儿，最"腐败"的是卷油条。把一根油条劈开，能卷两个煎饼。啃一口煎饼把油条往后抽一抽，等煎饼吃完了，油条还剩一大截。

"煎饼卷大葱"道出了典型的山东吃法。煎饼是一种大众食品，吃法很多，完全随个人的喜好和心愿。最好吃的是新下鏊子的，可以在里面卷上切成段的大葱、抹上豆瓣酱，如果时间长了、干了，可以再蒸一下，也可以直接掰成小块，用开水泡着吃，甚至可以在火炉子、电炉子上烤着吃，烤成金黄色，又香又脆。刚刚下鏊的煎饼，带着一股柴草、山草的烟味，闻起来，非常亲切，咬起来，很是柔软筋道。煎饼的吃法从无定规，煎饼卷大葱，煎饼卷小豆腐，几乎所有的蔬菜和调味品都可一卷了之。各卷其爱，口味各异，百吃不厌。

记得那年清明节，母亲头一天就告诉我和妹妹："听话，我明天给你们摊菜煎饼吃。"第二天清晨，我和几个妹妹像一群雏燕，高兴地围坐在鏊子旁，眼睛直巴巴地盯着鏊子。母亲分配给我们的菜煎饼香喷喷、甜丝丝，味道真是美极了。娘看看我们贪婪地吃菜煎饼，擦擦额头的汗珠开心地笑了。

大约自上世纪九十年代，已经过上富裕日子、吃腻白面馒头的人们，口味又回归了。有着悠久传统的煎饼又起死回生，沂蒙山区又兴起了纯麦煎饼，几年工夫竟然发展成了食品产业。

煎饼，在农户家里，是一沓一沓地存放；在市场上，论斤、论捆、论箱买卖；而在宾馆的餐桌上大都是按片买。据说改革开放初期，一些到沂蒙山区参观考察的南方人士，看到端上餐桌的整齐的煎饼，有人误认为是新兴的"餐巾纸"。有的拿起来就擦脸，有的见满桌人拿起来样式酷似牛皮纸的"餐巾纸"津津有味地吃着，百思不得其解。

仔细观察，沂蒙山人的脸膛大都是方型，这恐怕与长期吃煎饼有关系。沂蒙山区的地瓜干煎饼微甜且富有韧性，在牙齿咀嚼煎饼的时候，面部所有的肌肉都会被调动起来。天长日久吃煎饼，就把脸型改变了。食用煎饼需要较长时间的咀嚼，既可以磨砺牙齿，促进面部神经运动，又可生津健胃，促进食欲，还益于保持视觉、听觉、嗅觉神经的健康，延缓衰老，可谓地道的保健食品。

我印象当中，瓜干、小麦煎饼配新做的卤水豆腐，才是地道的美食搭配。因而，每年春节回家，母亲总是等我们全家回来才做过年豆腐。一盆鲜豆脑，一摞新煎饼，一顿山乡美餐，直吃得满头大汗。时间长了岳父母也知道了我的

地　气

爱好，每逢节假日回家，总得安排买捆新煎饼、吃顿豆腐或豆腐脑。

2011年"五一"节回老家，返城前，父母问我们："给你们捎点什么？"我们和妻子异口同声地回答："煎饼。"母亲笑着说："早准备好了，还是手烙、纯麦的。"我妻子虽然从小在城里吃着馒头长大，但自从结婚后便爱屋及乌，也格外喜欢吃煎饼了。两边的老人知道我和妻子爱吃煎饼，来济南或者有人来济南，总是千方百计捎煎饼，甚至超过其他贵重东西。有时为了买到新鲜的煎饼，还专门托熟人到煎饼加工厂去购买。为有滋有味地吃煎饼，我便在自家小院里栽香葱。小葱长得太慢，干脆去市场买来可以食用的大葱，直接排栽在院子里，这样便可以随吃随拔，青叶白根，确实新鲜。手握父母刚捎来还散着麦香的煎饼，卷上自家小院里拔来的香葱，别有一番滋味在心头。

我在外工作三十多年，一天三餐总想吃沂蒙煎饼。现如今的煎饼，有小麦的，也有小米的，有机器烙的，有手工烙的，不管啥样的，都比不上老家的纯麦煎饼。煎饼虽然好储藏，但存放时间一长，还是容易长霉变质。天长日久，终于发现了一个窍门，那就是把煎饼用塑料袋包好，直接放到冰柜里冰起来。这样煎饼保存的时间就可以随心所欲，只要吃之前，提前半小时拿出来一晾，口感和新煎饼没有两样。

"民以食为天"。一个地域一种生活习惯和风情民俗，包括吃也是一种文化。天长日久，这种文化就蕴含着生活的幸福与甜美，也就打上了刻骨铭心的记忆和感情烙印，就会渐渐溶入你的血液和灵魂，不变色、不褪色、不变味。

　　沂蒙煎饼朴实无华，泼泼辣辣，能卷能伸，包容大度。我尤其喜欢和留恋那最普通、最原始的石磨煎饼，梦里那睡意朦胧、嗡嗡作响的石磨声，依然那样踏实、清晰和甜蜜……

扫描二维码
聆听作者的散文
《沂蒙煎饼》

地 气

沂蒙布鞋

世上鞋的品种、样式、颜色应有尽有，令人眼花缭乱，但让我久久难以忘怀的，还是童年、青年时代的布鞋。

上个世纪六七十年代，故乡大人、孩子穿的都是布鞋。衣服旧得实在没法穿了，就把补丁一层层拆开，把有用的地方剪成一块块的碎布料。家家都有针线笸箩，里边装满了剪裁缝补衣裳剩下的布片或布条，我们这里叫"铺衬"。那铺衬五颜六色，薄厚不一，颜色不一，新旧不一。铺衬积攒多了，就选个太阳毒的日子，把面板或木锅盖或木饭桌支在院子里，用铁锅调出热气蒸腾的糨糊，把新一些的布料和旧一些的布料错开，将厚一些的和薄一些的摊均匀，将碎布条一块块、一层层粘起来，在太阳底下晒上几个小时，就成了硬邦邦的"阙子"。如果赶上阴雨天，就拿到热炕上或火炉上或热锅里烘烤，那阙子

186

成色也不差。做鞋前，先找村里的巧媳妇，按脚大小，照着棉鞋或单鞋样式，先在纸上剪出鞋样子，然后把这纸鞋样缝在阙子上，刷刷几下就剪出鞋底、鞋帮，然后就可以做鞋了。

那时乡下孩子很少有鞋穿，谁能穿上娘做的新布鞋，准会挺胸阔步，炫耀一番。我娘一生勤劳，做一手好针线活。春天，为我做一双或圆口或方口的布鞋；冬天，为我缝一双黑粗布甚至黑条绒的厚棉鞋。看娘做鞋，是我童年记忆里最为鲜亮的风景。纳鞋底是既细致又累人的活儿。娘总要用一块布包着鞋底纳，想方设法不把鞋两侧的白布弄脏。夜深人静时，娘坐着小方凳，弯腰弓背，一手攥住鞋底，一手用力拽针线，指掌间力气用得大、用得均匀，纳出的鞋底平整结实，耐穿。那动作，轻松自如，透出一种娴熟、优雅之美。那针线密密匝匝，稀疏得当，松紧适中，大小一致，煞是好看。纳鞋底的时间长了，手指会酸痛，眼睛会发花。有时娘手指麻木了，一不小心就会扎着手指。看到娘滴血的手指，我很心疼，便安慰娘道："等我长大了，挣钱买鞋穿，你就不用吃这苦了。"娘微笑着说："等你长大了，有媳妇做鞋了，我就省心了。"望着鞋上密密匝匝的小针脚和娘那疲倦的眼睛，我激动不已。多少次我听着油灯芯热爆的噼里啪啦声，那熟悉的麻线抽动的嗤嗤声，渐渐进入温柔缥缈的梦乡。

娘做的布鞋伴我度过了艰苦的学习生涯。娘经常笑着说："孩子咱可要听话、争气，咱不和人家比吃比穿，咱得跟人家比学习。识字多了，才有出息，才不愁没鞋穿。"后来，我准备进县城读书了。连续几个夜晚，灯光摇曳，娘把纳鞋底的绳扯得很紧，牢牢地、细细地把所有关爱都纳进了鞋底。入校时我拿出自己的布鞋，将鞋面贴在脸上，那软软的绒毛仿佛娘的抚摸，似乎又看到了娘那期待的目光。我们这些年龄不大就离家的孩子，记忆中娘的一喜一怒、一举一动都成了美好的回忆。

如今城市人穿布鞋已逐渐成为时尚。穿惯皮鞋的都市人，开始与布鞋有了缘分。无论身在何处，有一双布鞋，一双包含亲人惦记和祝福的布鞋，就学会了感恩，尽管踩着纵横交错的路，有黑暗、有泥泞、有坎坷、有暴雨，可人生的路不会错、不会斜，心中总是洒满春风、阳光、幸福和欢乐。

扫描二维码
聆听作者的散文
《沂蒙布鞋》

沂蒙鞋垫

俗话说：寒从脚底起。寒冬腊月，脚容易被遗忘和冷落，靠跺脚也难以驱除寒气。只要鞋底垫一双又厚又软的沂蒙割绒鞋垫，一股暖流就由脚底暖遍全身……

在我老家沂蒙山区，姑娘媳妇有纳鞋垫的传统。千针万线纳成的精美鞋垫，每一针都倾注了感情，鞋垫本身也成了传递感情的物件。我记忆中，田间地头、夏日的午后，在地沿上、大树下、磨盘跟、商店旁，姑娘媳妇们三五成群坐在一起，一边说说笑笑拉家常，一边飞针引线纳布鞋、绣鞋垫。手法是那样娴熟，神态是那样悠闲自然。那是那个年代山村独有的别有韵味的一道风景。

地　气

　　长期以来，由于受农耕文明的影响，相对封闭和传统的沂蒙山区，姑娘和媳妇们形成了纳鞋垫的传统，这也成了消磨时间的最好途径和载体。姑娘们长大了，看上了如意郎君，会悄悄给对方塞一双亲手纳制、已被身体焐热的鞋垫。

　　鞋垫，从选料、绣制、到割绒，每一道工序都很讲究。冬天，天寒地冻，农活少了，是姑娘们纳鞋垫最好的季节。大家或聚群在一起，每人手里拿一只鞋垫，飞针走线；或独守闺房，把所有的情思都一针一线纳进鞋垫里。特要好的姐妹们，会关在一间屋里，一边窃窃私语着秘密、交流逸闻趣事，一边切磋纳鞋垫的心得和技巧。

　　绣花鞋垫，是沂蒙山区的一种手工绣品，是现代机械不能代替、也无法代替的，应当列入非物质文化遗产名录。做一双上等绣花鞋垫儿，需要数道工序。首先要糊出鞋垫衬，衬是用旧布加糨糊做出的硬邦邦"阁子"，按脚的大小剪出鞋垫样，外面包上白布熨烫平整，然后用复写纸在白布上描出字迹和牡丹、鸳鸯等花草和鸟的图案。接着，再用细细的彩线一针针有规则地绣，使花鸟变得鲜活、生动起来，煞是美观好看；或是在鞋垫样上画出格格，再在格里绣上"百年好合""天长地久""一生平安"这类既简约又吉利祝福的词语。一到农闲，村里的大媳妇小姑娘就坐在一堆，边绣着各种花样不一、五彩缤纷的花鞋垫，边聊着天，互相夸奖着、攀比着谁绣的鞋垫好看，谁绣的鞋垫多。也有在一起打趣，绣得又好又多的，一定会找个好女婿、好婆家。一针一线寄托着她们对爱情的向往，一针一线绣出她们纯洁的心愿，每个图案都是饱蘸她们的情感，每种颜色都装扮她们的梦想。姑娘出嫁前，必须为自己准备一份厚嫁妆，譬如鞋垫儿、门帘儿、枕套儿、墙围儿、围裙儿……新中国建立前后，沂蒙山的姑娘一旦到了出嫁年龄，就要待在家里专门做上半年甚至一年的针线活儿，其作品在结婚时集中展现，让亲戚朋友欣赏，也让婆家和亲戚邻居夸奖。

俗话说："男人街前走，带着女人手。"姑娘出嫁做了媳妇，就得会打扮男人，穿的衣服、鞋，戴的帽子，都有讲究。在众多的穿戴产品中，鞋垫虽不展示在外面，却最能展现女人的手艺。

在抗日战争和解放战争的艰苦岁月里，沂蒙山区的妇女制作的支前割花鞋垫，伴随革命战士翻山越岭、南征北战，立下了赫赫战功。仅解放战争时期，沂蒙妇女就为子弟兵做军鞋、纳鞋垫上千万双。闻名遐迩的"沂蒙红嫂"在支前中为前线战士制作了大量鞋垫和手工布鞋；在对越自卫反击战中，千千万万的沂蒙青年妇女向战斗在前线的人民解放军寄去了成千上万的割绒鞋垫，有许多沂蒙姑娘借着美丽的鞋垫和前线的年轻子弟兵喜结良缘。如今在和平时期，随着社会的发展进步，很多手工制品都渐渐退出了历史舞台，而沂蒙鞋垫不仅以它特有的舒适、耐用、精美等特点，特别是作为姑娘送给情郎的私人礼品，依然备受现代人、城市人的青睐。随着时代的步伐和人们生活品位的提高，这些做工精美的割花鞋垫还被当作手工艺品推向了国际市场，备受外国友人的喜爱，被视为礼品和艺术品。

地 气

　　纯正的割花鞋垫必须从头到尾全是手工，要使用上乘的纯棉的布料和绣花线，一双鞋垫就要纳制 10 天时间。俗话说"好样天下走，扒样扒不到手"，好的鞋垫的花样不怕被别人抄袭，好的手艺是天赋谁也模仿不来。同样的花样、材料，因为每个人的水平、力度不同，纳制出来的鞋垫也不相同，甚至质量和耐穿程度也相差甚远。所以割花技术是不怕别人模仿的，村里做刺绣鞋垫的高手，割花时总会有一群姑娘媳妇围观学艺。

　　我上高中时，每年冬天，母亲除了给我准备棉衣，还有棉鞋和棉鞋垫。星期天回家，母亲总是让我脱下棉鞋。母亲拿过鞋，抽出臭气熏天的鞋垫，放到炕头烘干或放在窗台上晒干，有时甚至放在蜂窝煤炉子沿上烤干……母亲的鞋垫，年年月月、每时每刻温暖着我们的脚，让我在人生路上一步步走过少年、青年与成年，充分享受了母爱的体贴与温暖。

　　如今无论城乡，人们的生活越过越好，连吃穿也都讲究了，大人小孩都是穿皮鞋，鞋垫也基本是机器做的成品。鞋垫，在市场上到处可见，三五块钱一双，就是绒毛鞋垫也不过十块钱。农家妇女尤其农村姑娘再也不绣鞋垫了。一来大多数都出外打工了，再也不会有三五成群的扎堆做鞋垫的场面了；二来也嫌麻烦，姑娘们都娇惯得不干也不会干这种针线活了。现代生活节奏快，也让人们心浮气躁，也难静心坐下来绣鞋垫。机器做的鞋垫用料难保证，不透气，不吸汗，不耐穿，还容易散发异味。据报道，如今沂蒙山区的一些村庄，在精准扶贫的过程中，组织妇女们在家中炕头上剪窗花、纳鞋垫、绣门帘、绣枕套，由于花样精美，色彩鲜明，自然古朴，美观大方，市场上很抢手，靠传统的手工艺巧挣"文化钱"。许多人把鞋垫作为贵重礼品馈赠国际友人，还有人收购去挣外汇。

薄薄的沂蒙鞋垫，垫高了人生高度，增加了生活厚度，提升了情感温度，扩大了沂蒙知名度。鞋垫，千丝万缕纳进绵绵的希望与嘱托，有板有眼、密密匝匝的针脚饱含绵绵亲情。

鞋垫就像藏在脚底的一道护身符，时刻保佑着亲人的平安与健康。

扫描二维码
聆听作者的散文
《沂蒙鞋垫》

地　气

沂蒙窗花

窗花是纸，不是花；贴在窗户上，开在心窝里。

无论多么偏远的乡村，只要有一扇窗户，开一朵窗花，岁月深处就透进阳光与温暖。

我的故乡是沂蒙山区东部莒南县的一个偏僻的小山村。从建村起就厉、李两姓，历史背景简单，文化底蕴不深。自我记事起，村里没有多少人识字，只知道从山西那棵大槐树下启程，见这里有一山泉便定驻下来，谈不上有什么文化；除战争年代因家庭、家族恩怨外出的，在外工作的人很少。要说寻找乡愁记忆，我思起想去，贴在窗户上的剪纸"窗花"，该算是一种特殊的文化符号吧。

如今，在沂蒙山区偏僻山村里，偶尔还能看到这种用大红纸剪的窗花或倒贴的"福"字。

故乡的窗花，相伴我童年时期多少个明媚的清晨和星光点点的夜晚，难以忘怀……多少个冬天，童年就是数着窗格、看着多彩窗花度过的。

沂蒙山区的房子大都是石头垒的，有砖砌的，也有土坯的。只在朝阳的南面开窗子，窗子不大，只要光线或空气进入室内就行。条件好的人家那窗棂一般都制作成木格状，条件差点的窗户用木条做成格子形状，窗棂成为一方小天地。在玻璃窗还没有进入农家的年代，各家各户的窗户都是贴上报纸或者白纸，封闭起来。春夏秋三季，大多数人家窗子是空的，只用纸把窗子的下半截糊起来，既能遮挡生活的隐私，又能透进新鲜空气。到了冬天家家户户用纸把整个窗子都糊起来。寒风一吹，纸就瑟瑟战栗，发出蚊蝇般鸣叫的声音。久而久之，纸会被山风扯开小口子，口子会越扯越大，进而窗户纸被风撕得褴褛不堪。

早些年山套里、山村里风大，再加上窗台和窗棂上会积雪，太阳一出来雪就融化，贴在窗户上的纸就容易被濡湿，随时会从窗子的木格上剥离，红纸剪的窗花被雪水一湿，就把窗户纸染得杂乱无序了，被阳光一照，室内的地面上会叠印出窗棂的阴影。

地　气

　　冬天，地里没了农活，这时婆婆、媳妇和少女们最忙碌、最愿意干的事情，就是三五成群地围坐在一张土炕上，纳鞋垫或者摊开五颜六色的纸张，手持一把小剪刀，互相商量着、观摩着剪窗花或鞋垫。她们把窗花看得很神圣。谁剪得好，大家都观赏和夸奖；如果剪得差，脸上无光，别人会说手不灵巧。有的媒婆说媒，怀里还揣着姑娘剪的窗花，到男方家，把窗花一亮，忒有说服力了。农村人把剪窗花与缝衣服、干家务直接联系起来。剪出好窗花，肯定能缝出好衣裳；缝出好衣裳，才能过出好日子。

　　窗花这么重要，村里媳妇、姑娘会剪，集市上也可买卖。原来乡下集市上有卖窗花的摊子。一般摆张大桌子，上面放着一沓沓、一摞摞的窗花。看那窗花，有耕种、纺织、牧羊、养鸡的场景，有人物、山水、飞鸟、游鱼、珍禽、猛兽，有盛开的花朵和饱满的硕果，每一幅都色彩缤纷，栩栩如生，那丰收的喜悦、耕作的欢快、自然的单纯、团聚的祥和，似乎进入人间仙境。经过多家比对和讨价还价，人们大都买到自己中意的窗花高高兴兴地回家。挑个天气好的日子，把窗户上已经黄旧的报纸扯下来，用笤帚扫尽窗棂上的尘土，重新糊上一层新的白纸，然后贴上集市上买来的窗花，这一年的日子就亮亮堂堂，红红火火，顺心顺意了。

　　多年来，农民追求的是五谷丰登、丰衣足食，只要有鱼有肉、有米有面就能过年，按说贴不贴窗花照样能过年。可家家户户都要贴上几对窗花。乡下过年时，尽管人们杀猪宰羊，穿新换旧，但最艺术、最奢侈的就是贴窗花啦。一张张红纸被人们剪成财神、灶王、圣佛等人物肖像和花鸟虫鱼等各种吉祥祈福类的图案，至于每朵窗花包含什么动人故事，农家对明年生活有什么祈求，都藏在这一帧帧窗花里，看不透，读不明。其实贴窗花是祖传的带有山乡文化基因的欣赏习惯和审美趣味，透出对春节这个重大节日的尊重和礼遇。最直接的想法就是驱灾消难，降临富贵。春节前后，北方的冬天是无花的季节，花草树木都冬眠了，而家家户户鲜艳的窗花，加上姑娘、孩子们的花衣裳，山村真是鲜花盛开、春色满园。一幅幅窗花，栩栩如生，活灵活现，再配上各种颜色，越发争奇斗妍了。

中国农耕文化兴旺的奥秘，就是满足了人们衣、食、住、行等最基本的生存需求。祖祖辈辈的庄稼人对土地爱得死去活来，爱着自己亲手种的每棵庄稼和庄稼地里的每粒阳光、每滴露珠，一直唱着《在希望的田野上》，追逐着丰衣足食的梦想。"耕读传家"更是代代中国人、中国文人的生活理想和最理想的家庭生活方式。默默无闻的父老乡亲们像牛一样辛勤耕耘，养成了勤劳朴实憨厚的性格，养成日出而作、日落而息的韧性。女性更是克俭克勤，操持家务，下厨做饭，毫无怨言。在"忙吃干，闲吃稀，不忙不闲半干半稀"的年代，群众恨不得数着米粒下锅，扳着手指过日子。吃饱喝足、丰衣足食，满足日益增长的物质需求之后，开始更高层次的追求，文明作为生活理念、生活方式，渐渐成了一种时髦时尚。每年腊八节过后，家家忙着扫家舍，剪窗花，写春联，蒸馍头，购年货……清晰听见"年"的脚步声。红彤彤的对联和窗花，欢响的鞭炮，大红的灯笼，渲染着迎新年的喜悦。

地　气

　　我家最早在村东岭上为地主看地，房子简陋；后来搬进村里，因条件所限，房子盖得不是很好。那老房子低矮，给我最直接的感觉是沉重，太多的沧桑沉寂在房屋院落的旮旮旯旯。白天，扒在窗台上，透过窗花，望着院落里的那棵梧桐树和那清幽的树影。晚上我躺在炕上，双手拢在脑后，看皎洁的月光穿过木格窗棂照射到炕上，窗子的剪纸变成了黑影铺在地上。我们家窗棂是木制方格，每逢过年也都贴窗花。母亲就坐在炕头缝补衣裳、剪窗花。记得我老母亲就说："窗花不撑肚皮，不当棉衣，是个念想，映照着红火的好日子。"母亲坐在煤油灯下，除了剪窗花，就是拽着针线纳鞋底，有时也会停下手中的活，听我读书，背诵课文，脸上洋溢着一种神奇的幸福。母亲不识字，我的作业她根本看不懂，但知道老师在作业本上划"√"是对的意思，每当看到那成排的对号，好像我给家里干了惊天动地的事情，露出满面的笑容。窗花映照下的母亲陪学的画面凝重温情，我知道娘是祈盼我经过自己的努力走出这老屋，走出双脚插在农地里贫穷苦熬的生活。母亲的愿望不动声色，简单朴素，炽烈而纯净。多少个月光皎洁的夜晚，我躺在土炕上暖暖的被窝里，看一缕缕月光透过窗棂照在窗花上。盛开的腊梅，跳龙门的鲤鱼……好像都活灵活现，我渐渐进入甜蜜的梦乡。

　　我记得我结婚时，我父母把筹备婚礼作为一生中最大的事。因为日子定在寒冬腊月，我母亲早早养肥了猪、牛，养足办喜宴用的鸡。光用糯米炸的送亲戚邻居的炸果就盛满了家里的盆盆罐罐和所有提篮。剪窗花更是凝聚家人喜悦心情和美好祝愿的重头戏。记得我母亲叫上我擅长剪纸的二姑，盘腿坐在炕头上，铺开一张大红纸，对折了又对折，手握剪刀，微眯着双眼，仔细地揣摩。调匀呼吸以后，开始哼起不知名的歌谣，剪刀一路蜿蜒曲折，随着碎纸屑不断落地，再把红纸打开时，一幅漂亮的红双喜字就剪出来了，接着又剪出大红公鸡，取"双喜临门"和"大吉大利"之意。怎么贴这红双喜也挺讲究。母亲先把往年已经泛黄的窗户纸和窗花一点点撕掉，然后用鞋刷子细心刷掉窗户格子上的尘土，再用湿抹布把窗棂格擦得一尘不染，然后在擦拭一新的窗户贴上洁白的纸，屋子顿时亮堂起来。接着用小火熬的黏黏的糨糊把红双喜贴在窗户正中央，站在远处端详半天，直到脸上露出满意的笑容。

如今，我们村绝大多数人家都已住上宽敞的大瓦房，窗户换成了明亮的玻璃窗，可乡亲们过年继续贴窗花等剪纸。"乡愁"越来越成为一个时尚词，其实乡愁大都源于对农耕文明生产生活方式的美好记忆，是站在故乡之外对往日故乡的回忆与思念，是一种文化积淀与传承，是一种生命体验与认知。

历史文化其实就鲜活光亮地活在乡村的各个领域和角落。在我们这样一个历史悠久的国度里，即使是再偏远闭塞的乡下，无论是地名还是村庄、村院、房屋建筑、门牌号码，山名、河名，一条小街、一个小胡同，甚至千百年来固有的一些生产方式、生活习惯、民俗文化传统，包括已渐渐淡出人们记忆的饮食和手工艺，往往都融入了文化的因子，浓缩了历史文化的精华。生我养我的那个小山村，就那个再普通不过的小山村，遍地也是文化记忆、文化遗产呀。

地　气

　　窗户是农户也是山村一双明亮的眼睛。凭窗而立，透过窗棂，细数窗外那幽亮的星辰，山乡崇尚文化和文明的故事与记忆汹涌而来，地上是一片跌碎的月光，那是跳动的音乐曲谱。当我们用心寻找这些历史的、文明的碎片，足以让你感到晨钟暮鼓般的恢宏与旷远，让你对这十分熟悉却又普通的小山村，顿增一份由衷的崇敬与膜拜。

　　农民一剪刀一剪刀剪窗花，慢慢把苦日子剪掉，剪出幸福美满的好日子和开放在心中的芬芳与美丽，四季不凋零。

　　今夜，我站在济南这座大城市的灯火阑珊处，怀想起贴在童年窗户上的窗花，岁月的刀闪耀着美善的光芒，在一缕缕刻剜乡愁之疤，密匝匝的记忆被编织拧结成文化根脉，我心头分明盖着一枚农耕文化的文明印戳。

扫描二维码
聆听作者的散文
《沂蒙窗花》

蒙山特产

蒙山水有三大特点：清、纯、凉，是天然的矿泉水。有人说，那水是蒙山的特产，可以健身，可以治病，要多神就多神！

我们常常羡慕文人墨客们踏青赏春、吟诗作赋的风度和儒雅，也曾吟咏"踏春归来马蹄香"、"处处闻啼鸟"的绝妙佳句，幻想着有一天择个吉日，也到偏僻山乡潇洒一回。2006 年初秋的清晨，我陪北京的客人到蒙山山套里的一个叫不上名字的地方散步。这里山清水秀，连绵的群山青翠欲滴。阵阵潺潺水流之声从远处传来，我们禁不住拨开灌木寻找，突然一条弯弯曲曲的山溪呈现眼前。河岸逶迤，岸边长满苹柳、菠萝、荆条和杂草。溪水清澈见底，个头或大或小、颜色或深或浅的石头，白嘴黑脊梁、游动敏捷的小鱼，依稀可见。大家不顾水温已经变凉，便脱去鞋袜踏进这溪流，感觉凉飕飕，心里却乐悠悠。我们无拘无束地放松自己，毫无顾忌地对着四面的山峦大喊、大叫、大笑，把那份率真、自然、快乐挥洒在山间。

"沂蒙特产！沂蒙特产！……"一阵清脆的叫卖声自远而近飘来。我抬头一看，竟是一位扎着朝天小辫、脸庞红里透紫、年龄约十二三岁的小姑娘。她站在河岸上，挎着一只很大的竹提篮，脸上挂着憨厚的微笑，时而用衣袖擦着脸上的汗珠。那双黑黑的会说话的大眼睛，分明透着一股山溪般的灵气，明亮、清澈、无瑕。"叔叔、阿姨，请你们买点沂蒙特产吧！纯天然，又新鲜，质量好。我决不会骗你们！"

我们围过去，只见她的竹篮子真是万宝囊，盛满了山灵芝、何首乌等中药材和山核桃、大红枣。这些年，到蒙山旅游的人越来越多，开发也越来越深透，这样的天然药材必定在深山野林里才能找到，不知要到多么险要的地方才能挖到。我友好地问她：丫头，这么小的年纪就开始做买卖，为什么不念书？小姑娘忧伤地低下头，搓了搓脚，一会又抬起头，突然问我："大叔，您定是从临沂城来的？"我没有点破我们来自济南，只是默默点了点头。小姑娘的双眼直盯着我，羞答答地问我："大叔，大城市好吗？"我点了点头，又摇了摇头，但心里猜测着或许每个山里的孩子都向往城里的繁华、漂亮和多姿多彩。正如钱钟书先生《围城》里的一句话："城里的人想出去，而城外的人想进来。"小姑娘又低下了头，似乎很不满意我的回答。我想安慰她："丫头，你想去大城市吗……""想！当然想了！"没等我说完，她就抢过了话茬，双眼放射着渴望的光芒，"大叔，我想去大城市，我要挣好多好多的钱，满满的几箱子，很沉很沉的几箱子！有了钱，我就能给爷爷治好风湿病，能给俺爹买头最有劲的老黄牛，能给俺娘买件最漂亮的衣服，能给俺在县城读书的哥哥寄上足足的生活费和零花钱！我还要从一年级开始上学，一直念到大学！"小姑娘满脸洋溢着幸福和憧憬，可眼眶里分明闪动着晶莹的泪花……

　　刚才，我们一行几个人还有好奇，甚至调侃的心情。听了小姑娘这一番话，脸上的笑容被同情、忧伤掠走了。面对孩子的坦诚和这普通的向往，我感到十分惭愧。这小姑娘虽然出生在山区贫困家庭，小小年纪就承担起家庭责任，就盼望给家人带来幸福，目光中那份执着、自信令人吃惊，令人敬佩。我掏出一百元钱买了一块何首乌。小姑娘执意不肯，说啥这何首乌不值这么多钱。同伴们也掏钱买这买那，小姑娘分明看出来大家都多给了钱，泪水从眼眶里滑了下来，"你们都是好人，我长大了一定报答你们，一定报答你们"。突然她抓过篮子里的"沂蒙特产"，一把一把地往我们的手中、背包里塞，不停地塞……最后，她实在没地方塞了，就傻傻地站在那，笑了，突然又哭了，用带着泥土的手背抹着泪，不知所措。那一刻，我们记住了小姑娘的微笑与泪水，同样也记住了这份在现代都市中难以存留的纯朴与自然！

　　归途时，夕阳西下，大地被涂成血红色，炊烟已从村庄上空袅袅升起。大家悄然无声，只有司机在喋喋不休地告诉我们，像这种家境的小姑娘，在沂蒙山深处还有一些……

地　气

　　我眼前时闪动着那位纯朴与自然、不懂掩饰、不藏一点心事、天真无邪的小姑娘的身影，特别是那双透着大山灵气和神韵的明亮、清澈的黑黑的大眼睛。这才是地道的"蒙山特产"。

扫描二维码
聆听作者的散文
《蒙山特产》

乡下"土鸡"

就几年的工夫,乡下"土鸡"在城市里地位越来越高,在城市人眼里和嘴里越来越吃香。"土鸡"也叫"笨鸡",这个名称也就这些年刚时兴起来,主要区别于养鸡场圈养的鸡,专指在山沟岭旁自由放养,吃五谷杂粮、菜叶草籽和各种虫子长大的鸡。

2012 年的春节格外寒冷,但我们一家三口还是回乡下老家过的春节,返城前母亲无论如何让我们带回两只山鸡,岳母也是想方设法让我们带回来两只山鸡,冰箱立即被填满了。我们带回了山鸡,更带回了亲情与母爱。我们享受着冰天雪地里烈酒般甘醇的温暖,喝着营养丰富的心灵鸡汤,品味春天幸福的时光。

地　气

　　记得小时候，我们那个小村，家家户户都养着鸡，少的三五只，多的一大群。清晨天刚蒙蒙亮，公鸡就伸着脖子高喊不停，啼鸣声声唤醒了沉睡的村庄。男劳力赶着牛下坡上山开始劳作，女主人打开鸡窝，公鸡母鸡们拥挤着跑出家院，一头钻进门前的庄稼地里或者树林里，连扒带刨去啄虫子吃。绒毛柔顺的小雏鸡经过三个月的放养，就长到斤多重。记得当时农村的日子紧巴巴的，像油盐酱醋和火柴、煤油等日常生活用品，大都靠鸡蛋换。因而下蛋的母鸡是"家庭银行"，是家庭宝贝，地位也特别高。万一家里来了特别尊贵的客人，偶尔也舍得宰杀只公鸡或者老母鸡。如果宰杀的是老母鸡，放上佐料用铁锅一煮，上面会漂浮着一层黄色的油花，左邻右舍都会闻到这香味，被这香味馋得流口水。谁家杀鸡了，村里的孩子们闻讯而来，远远地围在屋前观看，有的蹲在地上、双手托着下巴，有的袖着手、目不转睛，有的把指头含在嘴里、用牙咬着……

　　我儿子小时候，备受我母亲的宠爱。每年开春都养上几十只小雏鸡，经过精心饲养，等到秋天都长到斤多重。每年秋假我妻子带儿子回老家，大都早晨宰一只，中午既当菜又当饭，儿子啃完鸡，腮上、鼻子上、手上都沾得油光闪亮，我曾戳着儿子的脑门开玩笑说："你不亚于当年国民党进村扫荡呀！"

　　过去，"土鸡"在农村集市上卖不了几个钱。那时农家日子都穷，手头都紧张，谁也没有闲钱买鸡吃。"土鸡"走俏吃香，也就是自从改革开放、生活富裕以后，当时热情也没有现在这么浓。自从有了现代化养鸡场，鸡吃了含有激素的饲料之后，蛋鸡提高了产蛋率，肉食鸡一个月能长三四斤。土鸡长得慢，一年工夫才能长大，而"肉食鸡"只需三个月。但用饲料催肥的鸡，炖熟之后，香味很淡，口感也差，吃进嘴里像嚼木头渣。人们在吃腻了又大又肥的肉食鸡之后，开始关注饮食质量和营养，便开始寻觅乡下散养的"土鸡"。大小餐馆根据客人胃口，纷纷打出"山鸡"、"土鸡"的招牌。

生活在城里，想吃纯正的"土鸡"是不那么容易的。价格贵不说，等到服务员端上锅来，用筷子夹一块放进嘴里，一嚼，总感觉不是那么回事。因为小时候"土鸡"的香味给我的印象太深了。

为了改善土鸡的品质，现在也时兴散养。聪明的乡下人也调活了创新思维，发明了许多好词汇，如把土种鸡说成是"走地鸡"，或者说成是"柴鸡"，还有更妙的，叫做"绿草鸡"。在那绿色原野上，一片碧绿的草皮之上，一群鸡自由自在地觅食，多么富有诗意呀。

2006年中秋节，我和妻子、儿子从老家返城，路过泰山山套里的一家小饭馆，感觉环境比较干净，就坐了下来。"准备吃点什么？""我们吃点继续赶路！"老板见状，笑着说："在山里吃饭，炖只纯正的山鸡吧，今早刚宰的。"我们一家人相视应允。只见厨师把山鸡用河水冲洗干净，放进铁锅，扔进几个干辣椒、几片姜、葱头和山草药。炖好后，锅盖一揭，整个屋子飘溢着浓浓的鸡香味，那么鲜、那么香。

地　气

　　炖山鸡上来了。每人盛了一碗。我端起碗，轻轻吹吹浮油，喝了一口，那味道真鲜，还真有小时候喝过的那种鸡汤的味道。这汤好喝，味正。于是动员妻子、儿子抓紧喝汤、吃肉。

　　我们问老板："你这鸡是哪里来的？"

　　老板说："是我自个儿在山上放养的。"

　　"喂的什么饲料呀？"

　　"放心吃吧，这鸡不喂饲料，就在山上放养。是吃草籽、蚂蚱，喝矿泉水吃大的。早晨放出去，晚上回来，一个个都吃撑得鼓鼓的"。

　　"那你这养鸡的成本就低了。"

　　老板越说越兴奋，"那可不，连鸡娃都不花钱，是俺自家的老母鸡孵的……"

　　如今走进城市的农贸市场、超市和社区的小商店，总会看到什么柴鸡蛋、草鸡蛋、乌鸡蛋……五花八门的土鸡蛋。有精装的，有简装的，有纸盒装的，也有竹篮装的，可谓包装精美、琳琅满目。虽然价格不便宜，但还是得到顾客关注，纷纷购买。

乡土、乡人、乡事，点点滴滴都值得回味。品尝乡下土鸡，就品尝到"人间烟火味"和"乡土味"，尽享生活醇厚的芳香。

扫描二维码
聆听作者的散文
《乡下"土鸡"》

赊小鸡

　　乡下人说话算数，落地砸个坑。我的故乡沂蒙山区，更是人实诚，民风好。在我童年的记忆中，最有趣、最典型的就是"赊小鸡"的故事了。

　　上世纪六七十年代，刚开春，树刚冒芽儿，村头就响起"赊小鸡来——赊小鸡"的吆喝声。所谓"赊小鸡"，就是农家春天买小雏鸡、秋后还账的办法。卖雏鸡的商贩挑着两个大笊筐，或用自行车驮个大笊筐，颤悠颤悠的，翻山越岭、走村串巷，从村这头吆喝到村那头，哪村哪家什么日子赊了多少鸡崽，他一一记在小本子上，秋后他再捎着那个皱巴巴的小本子来收钱，谁家如果实在没钱，也可拿鸡蛋来顶账。当时我就琢磨，假如赊鸡的人不认账怎么办？那小本子弄丢了可咋办？

　　商贩一落担，最先围拢过来的是我们这些蹦蹦跳跳的孩子。孩子们调皮地学着卖力吆喝，"赊小鸡唠——赊小鸡呦——"！婶子大娘们赶过来了，商贩赶忙招呼说："婶子大娘，这头茬鸡便宜卖。母鸡两毛，公鸡一毛五。"大家问明赊法，便围着箩筐像一群小鸡一样叽叽喳喳地挑选。箩筐里满满的鸡崽，鹅黄色、绒绒球似的，张着黄黄的小嘴，发出"叽叽"细弱嘈杂的叫声。小雏鸡一边鸣叫着，一边拼命往边上挤，煞是可爱。伸手触摸，柔软舒服，心里暖洋洋的。

　　我娘挑雏鸡，我大都跟着当勤务，主要是挎着竹提篮盛小鸡。只见上了年纪的老奶奶眯缝着眼挑小鸡，一边挑还一边讨着赊鸡的价钱。娘先在大箩筐边观察，看哪几只叫得欢。然后伸手在箩筐里挑，把挺精神的几只，拿出来放在脚前的地上，让它们跑、让它们叫。那些不活泼的，顺手又送回箩筐里，再换出几只。有一只特别调皮，放在地下就往远处跑，娘笑嘻嘻把它捉回来。嘴里嘟囔着："我让你跑！"，"我让你跑！"一把抓起来，放进自家的提篮里。

　　挑出品质好的雏鸡，然后再辨公母。那个生活困难的年代，各家各户养鸡主要是下蛋，以便换取针线、火柴、食盐等生活的必需品，因而小公鸡并不吃香。轻轻拿起"叽叽"叫的小鸡，仔细端详它的爪子、屁股和鸡冠子，十有八九能认准公母，实在没看准，收款时可以再作说明。没顾上回家拿工具的，就直接用簸箕、竹筐或者褂子的前襟兜着。挑选够数后，主动让赊小鸡的过数、记账。

地　气

　　新赊的小鸡，刚出壳没几天，不敢散养，一般放在肚口大而深的竹提篮或者圆口簸箕里养着，底下还要铺上干净柔软的布。定时喂些泡过的新小米，有时还拌上些又嫩又碎的白菜叶，用布罩起来挂在屋梁上或者挂在院子里，主要是怕小鸡跳出来跌伤，还怕被猫、黄鼠狼吃了，等小鸡长出翅膀、有了自我保护意识，能听懂呼唤声时才能撒开。

　　各家各户的小鸡，大都会兴旺发达、长大成鸡，但有的被黄鼠狼叼走了，有的被猫吃了，有的拉肚子拉死了；有的人家只剩下两三只，还有的甚至"全军覆没"。秋后都会按当初谈好的价格十分爽快地把钱交给赊小鸡的商贩，没有赖账的。当然赊小鸡的也会区别不同情况，给予适当优惠、照顾。

　　我曾经问娘有人赖账怎么办？娘说，不会的，咱村没这样的人。真要是赖账，会被人戳脊梁骨，唾沫星子也会把他淹死，孩子们在村里就抬不起头来。记得有一年我娘挑了二十只雏鸡，可没养了三天就死了四五只，秋天商贩来收款时，按规矩可以扣除死去的几只，可娘竟然全额付了钱，我忍不住问："小鸡死了也收钱？"商贩睁大眼睛问我娘。娘瞪我一眼："别听孩子瞎说。"事后，娘告诉我，人家赊小鸡的挺不容易，咱不让人家吃亏。

　　我儿子五六岁的时候，每年开春来了赊小鸡的，他总会赖在笋筐边上用小手抚摸着那些可爱的毛茸茸的小鸡仔，久久不肯离去，非要自己也养几只。我娘每年都专门挑上二十只小公鸡。专选小公鸡，精心喂养到暑假，每只都长到一斤左右，儿子放暑假回家，娘每天宰一只，犒劳她那馋孙子。娘说：吃小公鸡，孩子长得结实。前不久，我们全家陪父母逛天安门，儿子用轮椅推着他奶奶，累得满头是汗。目睹此景，我夫人感慨道："那小公鸡真是没白吃。他奶奶没白疼呀！"。

半个世纪匆匆而过。"赊小鸡"的行当虽然消失，可回想起那充满诚心善心的淳朴民风，依然温暖心窝。

扫描二维码
聆听作者的散文
《赊小鸡》

麻　雀

身材娇小、爱跳爱唱的麻雀，一直跟随人类迁徙居住，是与人类最亲近的鸟。

每天清晨，窗外鸟语花香，桂花、玉兰树上就有灵巧的麻雀，叽叽喳喳地叫个不停，在草坪上一蹦一跳地觅食。往远处看，成群结队的麻雀散落在高压电线上，像一行五线谱，或跳跃飞翔，或打闹嬉戏。那情那景，悄然把我带回童年和少年时代。

麻雀头圆，翅小尾短，嘴巴圆锥形，小脑袋摇来晃去，善于跳跃，特精明机灵，看到人会立刻一跃而起，在空中划出精美的弧线，然后又落叶般落地，可谓一哄而起，一哄而散。生性活泼，成天叽叽喳喳，无论在地下在树上，时常互相梳理羽毛、呢喃，叽叽喳喳唱个不停，甚至笑作一团。在乡下，空旷的田野上、草垛旁、场院里、老土屋屋檐下，总有家雀扑扑棱棱的身影和唧唧啾啾的鸣啼。幼麻雀的叫声纤弱稚嫩，老麻雀的叫声清亮略带厚重，大小麻雀的叫声重叠交织在一起，分明是多重奏或多声部的大合唱。

麻雀喜欢在收割的庄稼地和打谷场、麦场边上偷嘴。我依然记得少年时期许多掏雀、罩雀、打雀、玩雀的趣事。上世纪六七十年代，农村大都是低矮的草房、瓦屋。麻雀晚上就住在屋檐下、墙缝里，尤其土坯墙的缝隙最适合做窝。伸手一探，很容易发现成窝的雀蛋或热乎柔软、全身粉红透明、还没长羽毛的雏雀。房前屋后时常能看到麻雀出窝，老麻雀在教小麻雀们学习觅食和飞翔。我也曾经在漆黑的夜晚拿着手电筒踩着凳子或者梯子掏过麻雀窝。麻雀的眼睛怕光，晚上用手电筒一照，她就一动不动地被你抓。深冬大雪后，便在小院里逮麻雀，玩法与鲁迅先生小时候差不多。用一截木棒支撑起箩筛，箩筛下面撒上谷物，然后握着拴在木棒底端的细绳，躲在虚掩的木门后等待着。机灵的麻雀不会轻易飞到箩筛底下，吞一粒，四处张望一番，但最后经不住谷物的诱惑，会有一群麻雀一边观察一边跑进筛子底下啄食。突然拉动绳子，就把贪食的麻雀扣在箩筛里。蹲在箩筛旁，透过筛眼看见几只麻雀伸直脖子，拼命张着小黄嘴，羽毛都炸开了，惊恐万分地扑棱翅膀，发出凄婉哀伤的鸣叫，此时真不忍心伤害她，便掀起箩筛还她自由。

麻雀是鸟类中一介"平民"，也是生物链中的一个链条。在那个物资匮乏

地　气

的年代，山村树多草多，各种鸟也多，什么喜鹊、斑鸠、鹌鹑、布谷鸟、啄木鸟、白头翁、猫头鹰等。唯独弱小的麻雀因与人争食，被视作"阶级敌鸟"。我依稀记得驱赶麻雀的壮观场面，房顶上，田野间，小河边，院里院外，到处都是高声呐喊的人群，或敲打锣鼓铁盆，或燃放鞭炮，或挥动彩旗，甚至爬上房顶歇斯底里地吆喝，强迫麻雀拼命飞翔。很多麻雀又惊又累，飞着飞着，突然坠地身亡。这是人类历史上绝无仅有的对麻雀的大屠杀。麻雀最终被"平反"，摘了"四害"帽子，但数量陡然减少，差点种族灭绝。

人类认识到麻雀是益鸟经历了一个过程。麻雀栖息于居民区和田野附近，又名家雀，喜欢在庄稼和树木的枝条间跳来跳去，以吃草籽、虫子等为生。夏天是繁殖的季节，育雏更是以食虫为主，维护了生态平衡。庄稼人为防麻雀偷嘴，会在田间和晒场边插上稻草人和旗幡。麻雀还能预告天气。清晨麻雀鸣唱表示天气转晴，越晴叫得越欢。多日阴雨后，麻雀鸣叫，雨就要停了。麻雀羽翼上呈黑斑纹，老人们警告孩子：麻雀不能吃，吃了脸上会长雀斑。美国和澳大利亚为灭庄稼、果树害虫，就曾从国外引进过麻雀。就连格林童话和屠格涅夫、老舍散文中也都飞翔着麻雀的身影。试问，如果人类连小小麻雀都保护、挽救不了，何谈保护好凤凰和大熊猫！

这些年，我国城乡面貌变化大，生态、生存环境改善，麻雀们纷纷迁进城市，尝试着与高楼、与城里人亲近。上下班路上，经常看见麻雀在悠闲地唱歌觅食。有趣的是麻雀似乎知道人们不会伤害它，走近时，她那小眼睛滴溜溜转，歪着头观察，似乎在逗你玩儿。

　　麻雀是人类的朋友，相信人，依恋人。在我们的家园，在我们身边，叽叽喳喳地叫着幸福吉祥，唱着人与麻雀的自由平等，唱出人与自然的和谐共荣。

扫描二维码
聆听作者的散文
《麻　雀》

进城的大树

春秋季节，在城乡道路甚至是高速公路上，时常能看到重型卡车拖着被截除茂密枝干的大树，被草绳子五花大绑，用吊车粗暴地移栽在城市的院落、街旁。面对这种景象，我心绪复杂，甚至还心疼和不解。

那是一个夏天的下午，济南市区狂风肆虐，暴雨倾盆，钢筋水泥的城市在挺直腰杆经受考验。透过雨幕，我看见几棵被移栽进城市的大树，虽然已扎根在坚固的混凝土中，却被急风暴雨吹得东倒西歪甚至连根拔起，横卧在街头，挡住了雨中匆匆行走的汽车，留下一片急促的鸣笛声。是啊，有生命的树木喜欢跟泥土紧紧抱团、相生相依，高傲的城市和坚硬牢固的钢筋水泥，为什么保护不了刚进城的树木？

站在城市的街头，看着很多被移植进城的高大的树。仔细端详，其实她不是完整的树，为了便于运送，庞大的树冠早已被锯掉。急功近利的城市，自己快速成长，却等不及一棵棵树在它的怀抱里一年年地长大；自己身体越来越肥胖，却不愿给树木以自由生长的空间。于是，城市哪里需要绿荫了，乡村的树便会以高价被粗暴地辗转腾挪，那些树已在乡下的某个村口、某个田畔、某个河沿或者某个山沟里静静地生活了很多年，她们已经跟那里的山、那里的水、那里的人甚至那里的风雨成了朋友，而此刻她们被带到城市时，城市允许她带来的唯一行囊，就是与她的命根子紧紧拥抱在一起的那块泥疙瘩。

豪华的城市认为，大树一夜迁进城市，随身还携带着一疙瘩泥土，就该在城里生长得滋润，更不该"水土不服"，可是，陌生的城市并不知道她们却会思乡，会想念乡下的山水，她们站在城市的街头或者公园，木然地发呆，看着陌生的面孔心情郁闷。有些还生病，只好在她身上一袋袋地挂营养、打点滴，有的拒绝在城市里抽枝发芽，渐渐枯萎……

置身高楼林立的城市，车辆和行人匆匆如织，形形色色的广告让人眼花缭乱，望着窗外一棵棵一闪而过的树倍感生动和亲切。走在上班下班、出差办事的路上，高大挺拔的杨树、枝叶婆娑的柳树、干枝虬曲的柿树，甚至是石榴、家槐……所有树木仿佛都来自家乡房前屋后、沟边路旁的树，都是我质朴厚道的乡亲。

地　气

　　我国地域辽阔、地形复杂，祖祖辈辈有种树栽树的好传统，"前人栽树，后人乘凉"，"去年东坡拾瓦砾，自种黄桑三百尺"。古代许多地方森林茂密，尤其是新中国成立后，开展了大规模的植树造林活动，许多光秃秃的荒山野岭披上了绿装。我们这个年龄段的人，都是亲历者和见证者。阳春三月，孩子们跟着老师，蹦蹦跳跳地唱着歌，或挥镐举锹，或拎桶浇水，参加到植树的行列，比着树苗茁壮成长。让人痛心的是，迅速膨胀的城市，花大价钱，肆无忌惮地把乡村的大树移植进城市。一些地方乱砍滥伐、毁林开荒，连刚栽的树也被砍头，有的甚至连根拔走，森林和树木越来越少。可喜的是，这些年人们开始重视环境保护，城里把花草树木修剪得整整齐齐，城乡自然生态大为改观。

　　据说某单位院里从乡下买栽了一棵几百年的老银杏树。树倒是活得滋润，焕发了朝气，但村民的魂也被迁进城里。每年清明节村里都派村民代表来看望大树。村民们每每仰望着这棵华盖蔽天的"活化石"，眼含热泪，虔诚地叩拜烧纸，把从村里带来的土撒在树干旁，把背来的水浇在树根上，轻声念叨着："银杏树，你长得好，我们放心啦。明年开春再来看你哦！"显然像是供奉全村人的老祖宗。

　　十年树木，百年树人。大树长期扎根在乡村松软深厚的土层里，昨天还在乡下，今天就怀揣乡愁站到城里，左望右瞅，内心顿生孤独。穹顶之下，大地之上，进城的大树心里明白：乡下肯定回不去了，必须安心地扎根吐叶，顽强地活着。你瞧，归来的鸟群已躲进稠密的树冠啄食着时光，青翠茂密的树叶正不知疲倦地为蓝天和白云鼓掌，努力为城市和城市人增添绿荫与年轮。

　　眼下，城市和乡村都在栽树，美化环境，涵养生态，真是一树、一景、一故事。我们身边的树木，也是我们家庭的一员，只要用心守护、呵护，必定收获绿色家园和蓬勃希望！

扫描二维码
聆听作者的散文
《进城的大树》

221

地 气

家有半分菜园

近期搬家，我特意选住一楼，最重要的原因是楼前有块空地。经过数次翻刨、数次填沙改造，成了一块平整的土地，精心丈量下来，竟有半分地。

乍暖还寒，春天刚露头，人们还没脱去厚棉衣，路边的树木刚萌出小小的芽、正在酝酿着吐绿，小菜园就春意盎然了，过冬的大蒜、菠菜、香菜，已挨挨挤挤地萌绿放叶了。

小小的菜园，成了我和夫人的一方乐土。清晨起床和下午下班回家，径直走到小菜园，总能发现一份欣喜：譬如辣椒枝上又探出了几朵小白花，已干枯的小花下面露出了尖尖的小辣椒；昨日还青青的西红柿今天泛出了淡淡的粉红色；顶着小花的黄瓜一天天变得粗壮……欣喜中，我情不自禁地拿起水勺给它们浇水，把菜旁边新长出来的小草轻轻拔去……春夏季节，很多的早晚时间我都会在小园里忙碌，像在精心照顾孩子。浇水、施肥、起垄、除草、掐尖、打杈、压蔓、上架……虽然忙碌，可心情愉快，很充实、很自在。

种菜看起来很简单，真要亲手种就不那么容易了。它需要懂点气象、水文、土壤、化学、植物等知识，也要讲究科学。首先要考虑气候和季节，园子里这批菜刚收摘，那批菜又栽上了，见缝插针，成垄成畦的煞是可爱。自有了这菜园子，每天茶余饭后，我便到园子里或浇浇水，或松松土，或捉捉虫，隔三差五还施施肥。每天清晨起来，即使没什么可干的，我也要到菜地里走走，看勤劳的蜜蜂嗡嗡地飞在花间采蜜，听不知名的昆虫清幽的鸣声。新鲜的泥土气息，素淡的蔬菜清香，一阵阵地扑面而来，沁人心脾。一切都使人感受到一种真正的田园乐趣，那的确是一种美的享受，真有点"采菊东篱下，悠然见南山"的禅味。自从有了这小菜园，年迈的父母偶尔来到城里，在菜地里帮着松松土、拔拔草，介绍各种蔬菜应该怎么种、怎么管理，充分展示他们精湛的种菜技术，在城市、在子孙面前找回自信，让我也仿佛回到了孩童时代。全家人收获了更多的亲情与期待。

一家人在闲暇之余能够亲身体验农家生活。青山绿水间有一片属于自己的田园，做一回农夫，自己动手品尝成功的乐趣，感悟劳动的辛苦，自己种的菜也吃得放心。吃菜有味，种菜更有味，看着它一天天长大，心里很舒服。在菜园里漫步，看着苗儿一天天长大，看阳光和月光洒在菜园，一切都使人感到满

地　气

足和幸福，品味到一种真正的田园乐趣。

　　种菜园，其实是在种自己，种一种心情，种自己与土地亲近的缘由。俯首间，闻一缕淡淡的菜香，顿觉累积的疲惫和些许不顺心甚至连挫折都荡然无存，融入这惬意自在的生活和空灵豁达的境界中。

扫描二维码
聆听作者的散文
《家有半分菜园》

天烛峰的松

数次游览神奇的泰安，终于清晰地见到天烛峰上那棵迎客松！

只见利剑般直插蓝天的天烛峰，四周全是悬崖峭壁。远远望去一侧的石缝中却盘根错节地长着一棵树干粗壮遒劲的古松，枝臂长长地探向蓝天和白云，那便是迎客松了！

那真是一幅绝美的景色，令人仰慕和震撼。

此时一阵狂风吹来，望望身边的悬崖深渊，大家都禁不住打了一个趔趄，只见脚下几粒松籽和几片枯叶，被风捡起来吹出去，弹跳几下，便飞身跳下悬崖，有的随即紧紧抓住了石壁。我再抬头仰望天烛峰上的古松，耳畔仿佛听到

225

地　气

"我盼拥有一捧土"的呼喊。

这神奇壮观的迎客松，它也曾是一粒普通的小小的松籽，是疯狂的风婆婆还是飞鸟，把她不经意地送进了天烛峰的岩缝。那里没有土，没有水，没有任何生存的可能。她却珍惜生命，顽强地生存下来了。一年又一年，伴随季节变换的脚步，历经多少天光地火、多少狂风虐雨、多少严寒酷暑，用比生命更厚重的激情浇灌自信的嫩芽，用比岩石更坚硬的毅力拓展生命之路，天长日久，细细的青筋暴突的根须爬满了山壁，紧紧地抠住石缝，供养着生命的火焰。她用自己的自信和坚强最终成就了一片属于自己的天地，成为凌然于天烛峰的一大景观。

生命的奇迹，让游人一次次感动，一次次肃然起敬！

大千世界，成千上万种植物，平等地享受着阳光雨露，吮吸着富足的水肥，生机盎然地吐芽长叶、开花结果，构成了生机盎然、色彩斑斓的世界。然而有些生命的命运却迥然不同。那无形无影、无定性、无方向、无目标的风儿，把那些无人采摘的种子送到了广袤的田野或险山峻岭，给予这类种子不同的故土家园和命运落点。有许多种子像天烛峰上的迎客松一样呼唤："给我一捧土，我要展示生命的奇迹和信念的力量。"

有人说生命是脆弱的，其实就因为生命的脆弱才彰显出生命的顽强；有人说，生命有时是卑微的，其实卑微的生命里多半蕴含着一种难以言明的尊贵。

我们经常在一片瓦砾或碎石堆里看到这样一种坚强：那些经历了严冬的种子，它们虽然没有伸展筋骨的空间，因为珍惜极少的土壤和水分，他们却伴随春天匆匆的脚步和季节的呼喊，冲出各种困境，顽强地探出头颅，茁壮地成长，最终滋长出一片绿意。

无论是立足于瓦砾中的花草，还是植根于悬崖的松柏，它们顽强的生命启迪我们：没有自身的坚强，难以成就属于自己的一片天地。假若一切生命都留恋平整的黑色沃土，那么，世界上就不会有这么多广袤的绿洲和无垠的森林；假若一切生命都不在困苦中鼓起挑战的勇气和寻觅生存的权力，人类版图上必定会出现更多荒芜，所有奔跑的动物和飞翔的鸟禽也将无处栖身。

各类种子在层林尽染的深秋季节，无论个头大小、外形丑俊，都必须离开母亲庇护的小天地，甚至没有机会表达自己的愿望和心声，就开始了飘泊的旅程，有的被风吹得满世界飞翔，有的被任人摆布地埋进土里。许多种子脱离了母体，挣脱了一同成长的伙伴，孤单地躲藏在一个小角落里，有的刚扎出细嫩的根须，就被寒冰冻住了，有的还四处飘荡着没有着落，就被寒雪或飞沙覆盖了。尽管寒冷冻僵身体，阵阵寒气侵蚀心灵，但种子牢记父辈的叮嘱，恪守着一个信念：我虽然卑微、弱小，是一粒孤单的种子，没有肥沃的土壤和优越的条件，可我是春天的使者，"只要生命的基因存在，我就要吐芽，就要开花！""只要活着，我就要成长！"始终坚信：我只要咬紧牙关钻出泥土，就有属于自己的天空和阳光，就有自己发展的空间。

地　气

　　大自然或者人生，大都是不可逆的一次性选择。沙子与金子，只是一字之差，往往也是一步之遥。公平的岁月更是不再生，不重复。好多时候，错过一时，就会错过一生。留下的只有惆怅、惋惜，甚至是后悔。

　　每个人一生下来就自然拥有生命，总认为这习以为常，感悟不到这是父母的赐予、大自然的恩泽，真正认识生命、理解生命、珍爱生命，却是一个沉重而深邃的话题。大都在经历了磨难、风险或者生死别离的痛苦之后，才逐渐读懂生命的价值和意义。

　　我一直在想象，天烛峰上的迎客松是如何历经风雪，扎根发芽，坚守着，抗争着，开拓着自己的家园，一天天、一步步地长大。

　　拥有一捧土，是纯正的种子就会开拓出属于自己的一片新天地。

　　艰难与困苦，是铺垫成功的基石；逆境与挫折，有时会让你拥有意想不到的美丽和独特姿势。无论自然界还是人类，都是如此。

　　天烛峰上的迎客松，再一次验证这条神圣法则！

扫描二维码
聆听作者的散文
《天烛峰的松》

攥一把芳香的泥土

土生万物。所有庄稼、花草、树木都在泥土里生长，都是大地的孝子贤孙。

开春时节，乍暖还寒，绿色开始缠绕村庄，山润水软，百草生香，山坡上的桃花、梨花含苞待放。我和妻子借假日返回地处沂蒙山区东部的老家，守着年迈的父母共享天伦，攥一把山乡的泥土，品味家乡泥土的芳香……

故乡三面环山，土地不贫瘠也不肥沃，依然保留着传统农耕文明的习俗和风貌。阳光煦暖，空气清爽。站到村头巷尾，听那熟知的乡音土语，闻那亲切熟悉的土腥味、牛粪味、灶烟味、饭香味，忆起童年的往事、趣事、开心事，就像听到母亲呼唤自己的乳名，立刻心花怒放。置身故乡的田间地头，格外兴

地　气

奋踏实。泥土的故乡，扎满我生命的根须，是我心灵皈依和朝拜的圣地。

春天的山村就像处于变声期的孩童，日渐丰满，悄然漂亮，四处散发泥土的清香。早饭后跨进父母精心打理的菜园，只见韭菜、大蒜、小葱、白菜、生菜都已青枝绿叶，你挤我，我挨你，长得亲密兴旺。夜晚与爹娘拉上半宿呱，像品尝味道醇正的陈酿，甘美香甜，余味悠长；盖着母亲提前晾晒过的被子，只觉得厚厚的、暖暖的，有一股阳光的味道一直暖到心底，滋养着宁静、甜美、温馨的香梦。

难忘童年时代，我放学后扔下书包就去沟底剜菜、割草、放羊。麦苗浇过返青水，麦苗间弥漫着清香的雾气，伴随各种野花的淡香，沁人心脾。夏季，田间、沟底、河沿上的野草紧紧抓住大地，长得墨绿、苗壮、坚韧，那是上等的牲畜饲料。弯腰割草、拔草，手掌心常常划出道道血口子，手上的绿草汁几天洗不掉。麦收时节，田野里、公路上，到处弥漫着麦香和爽朗的笑声。有时劳作时，不小心伤及皮肉，不用消炎药，就地找块土坷垃，用手掌搓成细土面撒上去疗伤，三五天就能恢复如初。

我深爱土地，缘于我的祖辈，尤其是我的爷爷。我爷爷一生坎坷，七八岁时就给地主家放牛，新中国成立后有了自己的土地，便把土地当作命根子，无论是耕种、管理、收获，都精掐细算，妥妥帖帖。每次下地，必须先把鞋脱了，直接光着脚板。爷爷说，地是通人性的，可不能用鞋踏。如果踏了，地就喘不动气了，庄稼也就不爱长了。因而全家人把土地当作恩人、亲人，春夏秋冬，义无反顾地爱惜、保护着土地。

父亲好像能感觉到土地的体温和脉动。那责任田总得深翻整平、刨垄调畦，体味土地苏醒的喧哗与冲动。那年播种前，父亲走到地中央，深深刨了几镢头，轻轻跪下右腿，将十指插入鲜润的泥土中，用力攥一把，看一看土地的墒情，放到鼻子前闻一闻，口里念叨着："这泥土，多香呀！这土，多肥呀，肯长庄稼，种啥都成！"，然后把泥土捏出心中渴望的形状，再虔诚地一丝丝地散落在地里。那是父亲一生重复了许多次的庄重礼仪和独特享受。人勤地不懒。那普通的土坷垃，在串串汗珠的浸润下，长出沉甸甸的丰收谣曲；那小麦、地瓜、苞米开放的花朵，点缀着全家人幸福的鼾声；那把弯弯的镰刀，在父母布满老茧的手里，飞快地收割生活的希望。

记得童年时我和小伙伴们一起玩捏泥巴、塑泥哨、摔跤等游戏，每项游戏都离不开泥土，伙伴们都壮得像小牛犊，很少生病，大人们说这是因为吃了土、接了地气。我们还疯狂地洗过"黄土澡"，醉倒在泥土里。山地上的土壤是砂土质的，干净，爽气。大家沐浴着温煦的阳光，手里抓满温软的浮土，让土从指缝里慢慢漏下来，看细土面在头皮上、脖子上、肩膀上、胳膊上水一样流淌，挂在密密的汗毛上。有时还把手掌伸开，迅速按上身边平整的浮土。那浮土又绵又轻，烟尘般从手掌下溅起来，水一样从手指下漾开，散落到脸上头上身上。泥水、汗水、泪水和口水交织在一起，一会儿工夫，个个除了眼睛外，都成了"泥娃娃"。然后跳到池塘或河溪中冲洗干净，周身光滑，留下泥土淡淡的香味。那是多么惬意和幸福的童年！

对游子来讲，身体和心灵都是泥土塑的。因为根扎在泥土中，血液流淌在那片土地上，心里始终装着乡村的碾磨、土坯房、庄稼地和亲人，于是就有了根深蒂固的乡情和刻骨铭心的故园情结。虽然曾被感动的人和事、景和物永远不会复原，但时常会在记忆的底片上清晰地显现出来、鲜活起来。脱去鞋子走在柔软、潮湿而又平坦的田野里，一股地气从脚底板一下传遍全身，大口呼吸乡村那伴有泥土味的新鲜空气，真是美不可言！

年复一年，土地一声不吭地奉献。只要用犁深翻，依然露出一层层新土，土地会越来越肥沃。万物生长于泥土，又回归于泥土。故乡的土地上，有我的祖辈辛勤耕耘的足痕和艰辛生活的哀叹，记载着一代代人的苦乐、荣辱与辉煌，孕育着一代又一代新生命，常有婴儿清脆的啼哭划破黎明的山乡……

生命与泥土相偎相依。城市人是被泥土里长出的庄稼、蔬菜营养着长大的，但不喜欢泥土，会反感泥土和风相互缠绵、嬉闹的情景。虽然泥土烧制的砖块垒高了城市的眼光和高度，但城里人还天天嚷嚷缺钙、补钙的时尚话题。化肥、农药的普及和污水的流淌，留给肥沃的田野声声叹息和呻吟，也削弱了故乡泥土的香纯度，让人焦虑、心痛！我尽管脱除粗布衣衫，换上西服、皮鞋，成为城市的一员，但是一棵移栽进城市的庄稼，依旧坚守泥土品格，留恋泥土芳香。

初夏时节，赤脚走在故乡的土地上，用力攥一把山乡温热的泥土，攥一把泥土的芳香，泥土那奇妙独特的芳香入鼻、入心、入骨。心灵注满泥土香，凝聚人生底气，周身气血通畅，顿增昂扬向上的力量。

扫描二维码
聆听作者的散文
《攥一把芳香的泥土》

风雨荷塘

　　那是一个夏季的黎明。雨丝很密，很细，很匀，很柔，轻轻地吻着我的脸，我的手，脆生生，甜润润，凉爽爽的……

　　我踏着寂静弯曲的石径，不知不觉来到雨幕笼罩的荷塘。远远望去，绿柳丛里躲藏着一幢新房，白墙、红瓦、尖顶，犹如安徒生童话里的风景。白屋，绿浪，粉荷，黄篱……组合得格外协调、自然而柔和。近处，一片片圆圆的荷叶，撑起或深蓝或草绿或嫩黄的伞盖，细雨落上去，如蚕食桑叶，若石击深潭……每一柄荷叶都像一把神奇的乐器，弹奏悠远清脆而让人沉醉的音响。滴翠的荷叶，落上雨丝若打了蜡一般，油光闪亮，迎光处澈明，背光处微暗，错错落落地遮住了整个荷塘。一滴滴雨丝刚栖落荷叶尖，瞬间又收缩为小水珠，潺潺滑下叶中央，密密匝匝的，一会儿凝成晶莹的大水珠，滚动着，磨蹭着，嬉闹着。调皮的风把叶子弄翻，水珠或跳上另一片叶子，或一个跟头跌进荷塘里。

荷花更是光亮亮鲜嫩嫩的，高高矮矮，肥肥瘦瘦，浓浓淡淡，或停或动，或尖或圆，或半开或怒放……有的牙雕般晶莹，有的白玉般剔透，有的玛瑙般绯红。雨中的神态更是各异，如成群的仙女在洗浴，或抿嘴羞涩，或笑脸半藏，或聚首细语……恰如一幅幅巧夺天工的水粉画，一首首意境朦胧的抒情诗。一阵阵微风吹过，田田的荷叶推推搡搡，把清香一缕缕驮到对岸。绿茸茸的空气飘飘逸逸，空灵灵，甜丝丝的。

雨与风，光与影，声与色，互相交错，彼此交融，在细密的波纹上流溢，流溢……

我的脚步惊飞了一只被雨淋湿了翅膀的小鸟，几滴水珠溅在了我的衣衫上。树丛中，荷叶间，几只不知名的鸟虫在轻轻地叫着，不知在觅友交谈，还是在寻找食物？一切生命在这神秘的荷塘，在这绵绵的雨雾里，萌发出一种难以言尽的渴求，或是期希。我心净如镜，任雨丝洗濯我的衣衫和我的视野，任荷风吹拂我的记忆和我的思绪。不知不觉，我敬仰起荷花来啦，雨中的荷花你遮我、我护你，你搀我、我抚你，抓住季节吐叶展蕾，忙活自己的事；虽然屡遭风雨，仍相亲相爱，交臂挽手，盘根结节，紧紧抓住脚下这深深的淤泥，展露同一家族令人销魂的形体。

235

地　气

我仿佛也成了一株荷，在大自然里重塑自己……

扫描二维码
聆听作者的散文
《风雨荷塘》

乡间秋雨

　　刚才还晴空万里，转眼云雾越来越浓，像飘动的玉带缭绕在山腰间。真盼这场秋雨早点到来，缓解家乡日渐严重的旱情，冲掉庄稼人周身的劳倦，播撒下老天爷对山民的体谅和关爱，对这片山地的倾心与眷顾。

　　顷刻，乌云漫过山头，像一块黑布飘飞而至，罩住所有田地和房舍。风越来越急，天地一片昏暗，空气也凉下来了。

　　秋雨没有夏雨来得那么急。起初感觉有些雨丝细细密密、轻轻柔柔地飘下，像轻轻低语的热恋情人，轻轻地诉说着什么秘密。慢慢地变成点点滴滴，悄悄地树叶、花草和路面都湿润了。秋雨温柔缠绵，如丝如缕，若酒若醇……袅娜依依的柳枝挂着晶莹的雨滴，拂过来又拂过去，像群荡秋千的山妮子；粗

地　气

壮的杨树伸着绿色的手掌，承接着潇潇秋雨，保持男子汉的风格，静默不语；柔弱的小草叶片泛黄，在雨中低着头、瑟缩着，像做错了事的孩子。风和雨像一对孪生姐妹，拂动滋润你的头发，柔软、顺滑，让人格外舒服。

潺潺秋雨，阑珊秋雨已伴随凋零的花瓣和树叶渗入了深深的泥土中。细密的雨点儿敲打着瓦片，散出一层薄薄的烟雾，檐上的雨滴滑下来，晶莹地散落在石阶上，跳动的影子清晰地映入眼帘。一种寒气从远到近、从头到脚升起，不禁打了个激灵，周身倦怠悄悄远离，让人格外清醒。秋雨没有云雾舒卷的曼妙，没有清水芙蓉的清高，没有雨打芭蕉的幽雅，也没有和风拂柳的韵致。但在这蒙蒙秋雨中，可以期待秋收的喜悦。我不慌不忙，坦荡地迎接着这场秋雨，呼吸着清新的空气，时而仰起头感觉一下秋雨的清凉，任雨从头到脚把自己淋湿……

在乡间等秋雨，听秋雨，看秋雨，最好是在老式的旧房子。那青石砌到顶的墙，堂屋正面朝南，院子里是黄黄的沙土和葱郁的花草树木，檐下潮湿的地方和屋后墙角长满低矮、走上去很滑的青苔。那木格的窗子，贴着泛黄的墙纸，那红色剪纸上公鸡、荷花活灵活现，被溅上来的雨水浸润后更显得朦胧而清晰。偶尔打开窗户，任那斜风细雨亲吻我的脸庞，然后轻轻地滑落我的衣襟。一阵秋风吹过，听见窗外那落叶坠地的声音，与秋雨一起合奏起一曲美妙的交响曲。推开门，阵阵凉气扑进屋里，时而有黄黄的树叶被吹进屋里，捡起来拂去水迹，轻吻一下，又扔出门外，一丝悲凉留存心中。这个时候只要闭上眼睛静静地听，属于秋的一切就会点点滴滴地进入灵魂！秋季的雨夜一个人凭窗用心去聆听那秋风秋雨的呢喃！快乐的时候，欢笑着敞开自己的心房，把所有属于秋的感怀、秋的快乐、秋的风姿、秋的收获全部揽入怀中，伤心的时候分不清哪是泪水，哪是雨滴！

"少年听雨歌楼上，红烛昏罗帐。壮年听雨客舟中，江阔云低，断雁叫西风。"随着年龄的增长，人们对雨的感受也有所不同。喜欢秋，喜欢秋季里那层薄薄的雾气、喜欢深秋霜染的红叶、喜欢秋天里的风声过耳……更喜欢不期而遇的阵阵秋雨，一种淡然，一种豁达，会从秋雨中飘然而至。在享受秋雨时，感悟着生命的脆弱与短暂，旅途的坎坷与挫折，人生的丰富与浪漫。

扫描二维码
聆听作者的散文
《乡间秋雨》

赶年集

"孩子孩子你别馋，过了腊八就是年。"唱儿歌，赶年集，迎新年，是我美好的童年记忆。

如今，商业发达，商品超市遍布城乡。青年人更喜欢网上购物，鼠标一点，商品到家，潇洒又方便。可我依然留恋和怀念年少时赶年集的那种兴奋与快乐。

我故乡在沂蒙山区东部，山多岭多，交通不便。农村都是五天一集，集市像块磁铁，把方圆十几里的人们聚拢在一起，自由买卖和享受属于乡村独有的商品和喜悦。我们大山公社驻地逢五、逢十是集。一入腊月，地里没活了，年味就渐渐浓起来，丰收的喜悦挂在乡亲们脸上，见了面格外客气、嘘长问短。

年底时，崎岖的山路上人群熙来攘往，馒头、油条、猪肉、粉条等大包小包的年货在涌动。小孩子跟在大人的后面，蹦蹦跳跳地赶集、串亲戚。

春节快到了，不管贫富都要赶年集置办年货。人们会把一年省吃俭用节省下来的钱，花到最后一个年集上。日子紧巴，也得让全家老少高兴起来。在穷乡僻壤，赶年集，是孩子们迎新年的头等大事，多数孩子兜无分文，就是看热闹。腊月三十最后一个年集，头天夜里又下了一场雪，我和伙伴们还是执意相约赶年集。临行前，母亲给我套了件又厚又沉的大棉袄，父亲从兜里掏出两张五角的新钱，顺手给了我一张，我高兴得几乎跳起来。这时在一旁微笑着的母亲，用眼狠狠瞪了我父亲一眼，父亲心领神会，又把手里那五角钱塞给了我，然后拍拍我的头说："去吧，看放鞭炮，隔远点哦。"我痛快地答应，拉起小伙伴就一溜烟地跑了。

跑出村口，只见赶集的人很多。雪后的山路被手推车、自行车和脚印踏成一条黑色弯曲的长丝带，清晰而漫长。甩年货、购年货的都着急，牲畜的叫声、车轮声、笑声、歌声、叫喊声，此起彼伏，相映成趣。只记得公社供销社商店的外街用红漆刷着"发展经济，保障供给"八个大红字，工整厚重，格外显眼。集市，就在公社驻地村西侧宽阔的河滩上，河里结了冰，地上是薄薄的雪，摊位沿道路两侧展开，依次摆满小树林，商品琳琅满目，人们摩肩接踵、熙熙攘攘，非常热闹。集市分若干区域：吃，穿，用，乐；干货、鲜货、鸡鱼肉蛋葱姜蒜，柴米油盐酱醋茶，各就各位，井井有条，热闹

地　气

繁华。

鞭炮市场最热闹。手工制作的鞭炮品种繁多，编排为磨盘状的鞭、圆柱形的雷子、二踢脚，还有窜天鼠、连环炮、花旋风……男孩眼馋，就缠着大人买。卖鞭炮的为吸引顾客，干脆比赛似地噼噼啪啪地试放起来，突然试放的鞭炮意外地把鞭炮摊点燃了，很快殃及了临近的摊位，鞭炮被炸得四处乱窜，工具都被烧焦，声音震耳欲聋，摊主心疼得跺脚流泪，孩子们惊吓之后，默默庆幸自己赶巧观了景。我走遍了所有鞭炮摊，仔细分辨着品质和价格，盘算比较着买那种。过够了眼瘾，花三角七分钱买了一盘年夜放的鞭，还买了三个一角钱一个、红纸缠腰的大雷子。小伙伴们抢过来握在手里欣赏一番，眼里净是羡慕。买上全家人过年的响声，就甭提多高兴了。

集市的不同区域聚集着不同的人群，叫卖声、讨价还价声此起彼伏，脸上都是欢天喜地的劲儿。割肉包年夜饺子是大人的事。肉摊前，人们挑肥拣瘦。买了肉大都要挂在提篮外边，炫耀一番，见了面也就有了话题。时近中午，年集达到了高潮。河滩上用竹席临时撑起的棚屋，一个挨一个，大勺小勺叮当响，各色小吃应有尽有，香味扑鼻……

赶年集有规矩：女孩买花，男孩恋炮，婆婆买鞋，老头购帽。割肉、买菜、买鞭炮，再购对联和年画。男孩子只关心鞭炮和牛肉锅、烧饼摊。女孩子只关心红绒花、红头绳和花布。我母亲不舍得花钱，从来不赶集，过年自己什么新东西也不添。下午快散集的时候，我找到绒花摊。红绒花是一种纯手工制品，花蕊、花瓣、花叶活灵活现，粗大的麦草捆上插满密密麻麻的绒花，在风中颤动，疲倦地招引着客户。

"大爷，我买六朵绒花，三根红头绳！"我底气十足地说。

"不还价，两毛！"卖花的大爷顺手帮我插在一截高粱秸上，像是开满绒花的树枝。

望着远处手拿风车纸花的女孩，心中盘算着如何把绒花分给妹妹和操劳忙碌的母亲。这新年礼物虽小，但很珍贵，包含温暖的年味和对亲人美好的祝福。我抚摸着棉袄兜里的鞭炮，举着插着绒花的那截高粱秸，蹦蹦跳跳地回家。等望着老家屋顶的那缕炊烟，才想起没吃午饭、肚子咕咕地叫了。正在拽着针线纳过年棉鞋的母亲，从锅里给我端来预留着的热乎乎的饭，用力搓搓我被冻红了耳朵和手，还心疼地埋怨我回来晚了、饿坏了……

年集是一幅凝聚着热烈繁荣与向往憧憬的乡俗年画，又是生活变化、社会进步的缩影。

不知不觉年集已远离我们，百姓富足阔气了，年味却越来越淡啦。我心中依然涌动对年集的美好记忆和对团聚的渴望。听着劈里啪啦的鞭炮声，我仿佛

地　气

回到少年时代，身穿新棉衣，手捧父母的呵护与微笑，跑进新年每一缕阳光里……

扫描二维码
聆听作者的散文
《赶年集》

十字路

我老家山东省莒南县的县城驻地，就叫"十字路"。当地无论男女老少都知道："到了十字路，那就到县城啦。"当年我在农村求学时，把到县城读书作为人生第一个梦想和目标。据县志记载：十字路之称始于宋、金时代，因由此东至安东卫、西至临沂、北至莒县城、南至江苏省青口镇，各为110华里，纵横两条大路在此相交，呈"十"字形而得名。"十字路"这个地名，喻义四通八达。

"十"，十字架是古罗马帝国时代一种极其残酷的刑具。据《圣经》记载，基督教的创始人耶稣就是被钉死在十字架上的。耶稣为拯救世人罪孽而死，因而称之为救世主。"十"，还是红十字会的标志。红十字会系瑞士银行家亨利成立。因此，红十字会将他5月8日的生日定为"世界红十字日"。它是救护

地　气

病伤军人、平民、难民的一种国际性志愿救济团体。

红"十"字，拯救的是人的肉体；"十"字架，拯救的是人的灵魂。

2014年6月2日，正值端午节假期，久旱的沂蒙大地沉醉在潇潇春雨之中。早饭后，我请岳父带我去一趟"十字路"旧址，寻找那块曾经刻有"十字路"字迹的石碑，那可是重要而权威的标志。它就在县城的西侧，沿途正摆满水果、蔬菜的摊点。

等来到中心点位置时，只见路上的行人，有农民、工人、个体户和老人、孩子，熙熙攘攘，匆匆忙忙。几位商人正撑着伞，东瞅瞅西望望，吆喝着招揽生意，有的自由自在地哼着小曲，有的交谈着什么逸闻趣事。当我客气地问一位七十岁左右的张大爷和其他几位居民："请问这地方原来那块刻着'十字路'字样的石碑哪里去了？"他们都纷纷摇头，有的说："原来确实见过，但不知去向了！"

我仔细观察人们走到这十字路口时的感觉与表情。由于天在下雨，过往的路人，或举雨伞，或赤膊，大都脚步匆匆，像流星一样从身边划过，脸上多数带着茫然或者焦急，难道每个人都心存难以逾越的困惑和向往？无论什么缘由，人们都在为人生、为生活而经过这个十字路口。大家有意和无意之间来到这个路口，面对着、面临着路径的选择。认定了一条路，其实就意味着放弃另一条或者几条的可能。

那还是上世纪八十年代初，我在莒南县城工作的时候。从十字路口的这头走到那头，尤其是一个人站在十字路口的时候，感觉陌生的面孔渐渐熟悉，许多朋友就在十字路口相遇相识，且嘘寒问暖。走过白天和黑夜，走过幸福与快乐，走过忧郁与哀伤，一直走到彼此亲切且又陌生冷漠。夏季，一片片被狂风撕碎的泡桐树叶，铺在我们天真的青春记忆的大门口，心中涌动人生的多彩与单调、迷惑与执着。经过连绵雨幕、雪天的无奈迷茫，仰望着湛蓝的天空和恣意的白云，不禁神往地想象起未来和希望……

挥手之间，30多年过去，岁月的风霜早已刻满我的额头，我又站在这个当年的十字路口，依然被乍暖还寒的空气紧紧包围着。只是当年马路两旁的泡桐树大都被砍伐，剩下的几棵也是老气横秋，透出几分沧桑和悲凉：我回到这个原点，在静心等待什么呢？我庆幸当年理智的选择，无论职业、婚姻，还是对亲情的守护、对朋友的珍重。当然也为一些事情、一些人而遗憾。

人的每一天都是新起点，每天都站在有形无形的十字路口。多少人望着前方层层浓雾不敢落脚，深感明天依然迷茫……

生命是一次漂泊不定的旅行。人生不如意十有八九。漫步人生路上，我们会真实地感受到生命的不如意、不完美。有的人智商高但没有超众的职业，有

地　气

的人貌美却得不到幸福婚姻，有的人拥有金钱却失去了亲情，有的人拥有荣誉却无权享受，有的人实现了梦想却丢失了健康。人生的路并不都是直的，会有很多弯道，有时风景常在命运的拐角处。既然如此，人生也是一个遗憾的过程，不是所有事情都能如愿以偿，稍不经意的一次回眸，满眼往事中最记忆犹新的，也许就是曾经些许的憾事，甚至是后悔的事。但无论如何，不要忘却了风雨兼程的旅途，整理好行装，请大步向前走。朝着一个目标走的时候，就要横下心，不必过多关注终点。有时在弯道处，可能离目标并不远。有些事情只要过眼、穿心，就是真真切切的一笔人生财富。

人生路且行且珍惜，生活与生命需要面对无数次的坎坷。每个人在出发上路时，道路是清晰的，方向也是明确的。真正的考验，是在漫长的路途中，在疲惫艰难时。许多人受不了前行的苦与累，抱怨，犹豫，怀疑，甚至放弃。有些路很远，走下去会很累，可是不走又后悔。与众不同的成功者，都是在布满荆棘的道路上不言败，有毅力和定力的人。经过困难、艰辛和血泪淬火的生命，才有高度、厚度和亮度。人生的幸与不幸、顺与不顺、值与不值，关键是怎么看。人生是否幸福快乐，主要取决于自己对生活、对命运的态度。快乐是自己的事情，遥控器握在自己手中，可以盯住心灵深处的"快乐频道"，一直看下去。

行走在人生的单行线上时，当你看清自己的路是多么的迂回曲折，你才会明白人生并不是只有一条路，而是有无数条，平坦的康庄大道，曲折的羊肠小路，甚至岔道，都是可以通往目的地的路线。就算在没有路的情况下，你也可以硬生生地踩出条路来。正如鲁迅先生所说：希望是本无所谓有，无所谓无的。这正如地上的路，其实地上本没有路，走的人多了，也便成了路。人的一生，个人定位很重要，定力更重要。选准了方向，就需要耐得住寂寞，百折不回。其实，人贡献社会的方式也多种多样，无论你是科学家，还是环卫工人，只要你在自己擅长的领域做出了成绩、成就，也就是对社会有用，内心就会平静、平衡。最遗憾的是，很多人都明白这个道理，却依然跟风、凑热闹，到头来只能发出遗憾的感慨。许多人以优雅的姿态和成功的业绩，在现代社会孤军奋战，东拼西杀，心灵却越来越孤寂、苦涩与失落，期望远处闪耀一丝亮光，温暖内心，倾吐苦闷。醒酒后一看，这地方竟然是生他养他的故乡，那个简陋贫寒的小山村。

生命是上帝的恩赐，岁月是我们无悔的选择！人随着年龄的增长，所扮演的社会和家庭角色也愈来愈多。其中有些角色可能自己不喜欢、不擅长，甚至不习惯，但又必须砸掉牙往肚里咽，满怀热忱地坚持走下去。走过了之后才渐渐明白：生活其实是一种很美的过程，努力让自己变得随和、坦荡、宽容，努力学会珍惜、学会忘记、学会争取、学会放弃……或许生命如同四季，经历春的萌动，夏的炙热，秋的沉重，冬的严酷，才趋于丰富与完美；或许生活就如潺潺流动的河水，即使是过险滩、跳悬崖，也还是唱响着一首欢快的歌……

恩格斯指出："人们创造历史的活动，如同无数力的平行四边形形成的一种总的合力。"社会上一些人向左，一些人向右，社会最终的演变方向必定是所有人的合力，一切都是不以个人的意志为转移的。许多人不知道自己处在了十字路口，别人怎样自己就怎么样随波逐流，连自己选择的权利都不知不觉放弃了。

任何个人、团队和民族所选择的发展道路和前进方向，都必须在苦难之后，经过沉淀反思，由自省走向自觉，由自强走向自信的。

一路走来的，童年、少年、青年、中年、晚年，总有一串痛苦而美好的记忆和抹不去的生死攸关的情感，在隐秘的记忆深处，时而模糊，时而清晰。有的温暖如春，催人奋进；有的刻骨铭心，热泪沾襟……

人生就是"十字路"，是四通八达的交通路线图。但是无论前后左右，每条路都是一条单行钱，或直或曲，有上坡、有下坡，有柏油的、有沙土的，没有回头路。行人众多，不允许等待，来不及犹豫。无论哪个路口，只要义无反顾地选择以后，就必须怀揣希望，咬紧牙关大步前行，去逐步接近或者抵达人生的光明顶点。

走过了就没有机会回头，就算回头也不是当年的路！

扫描二维码
聆听作者的散文
《十字路》

乡情、亲情、爱情、友情、真情，

把这些情融合在一起，

汇聚成雄浑厚重、

深邃博大的家国情。

家国情是心怀天下的宽仁情操，

是嫉恶如仇的傲骨临风，

是精忠报国的英雄气概，

是热泪沾巾的壮美柔情。

家和国同宗同源同命，

合着祖国跳动的脉搏，

携手共圆远方的梦。

第四辑　家国情深

地　气

故　乡

多年来，我一直渴望以《故乡》为题写篇东西，但迟迟没敢落笔。因为这个题目外延太大、内涵太深、负载太重。

历朝历代，关于故乡的绘画、歌曲、电影、戏剧等不胜枚举。离乡，怀乡，望乡，归乡，乡愁，乡恋，乡梦……让多少焦渴的心灵享受到绵延甘醇的温暖与感动，热泪盈眶，浸湿衣襟。

乡音清晰而遥远，幽深而辽阔，清纯而圣洁，可谓千古绝唱，轻轻吟唱在人类文明的血脉和游子心窝里。站在故乡，凝望故乡，感受故乡，身躯与灵魂默默融入故乡的山山水水，草草木木，风声雨声。心灵的琴弦被拨动，灼热的情感展开灵敏而执着的翅膀，犹如决堤的洪水冲出记忆的栅栏，双脚溅飞尘土，泪水盈满双眼。

村落、家庭、个人史册

经查阅字典，"故"包括了时间与空间两种维度，当作为词语的修饰成分，则侧重于经历，如故国、故交、故乡、故地、故居等。在"户籍"的意义上，故乡的指向很明确，不是"祖籍"，就是"出生地"。故乡，是一个饱含深情的词语，一个令人魂牵梦萦的地方。通俗点讲，故乡是我们的祖先出生、恋爱、劳动和葬身的地方，或者是一个人童年和青少年时期居住过的地方。故乡不仅仅是个地域和时间、空间的概念，而且有着容颜和记忆的影像，有着生命年轮和亲历事件的记忆垒砌，需要时光和岁月作为依据，需要视觉、听觉、嗅觉、感觉的真实凭证，需要大量真情故事和生活细节支撑……

敬畏土地是人类从远古就开始形成的神秘而古老的情感，它源于摆脱饥馑和险恶自然环境的渴望，最终成为图腾与信仰，这也是欧洲游牧民族膜拜古希腊大地之神的原因所在。我们这个在农业文明浸润中长大的民族，祖祖辈辈崇拜、敬畏"土地神"。对于绝大多数中国人来讲，说起故乡，眼前闪现的是：家乡的山水，土地，风物，人情，什么古街、老屋、家具、炊烟、父母、兄妹、老友、往事、趣闻……难以忘却的是幸福、痛苦、懊恼、充实、空虚、神秘和无奈；一粒种，一块地，一段河，一棵树，一朵花，一杯茶，一缕烟，一顿饭，一句话，甚至一个眼神，一个手势，都会让游子铭记在心，咀嚼一生，

地　气

时而潜然伤感。也就是这些，让天下游子在异国他乡遇到与记忆中相近、相似、相重叠的人物、景象，便立刻掀动沉睡的记忆，油然而生思乡情绪，甚至揭开已愈合的心灵伤口，追忆起守护自己童年、见证自己青春的故乡，从而把故乡情结、故土情愫攀结得更加牢固。

从人类开始用文字记录书写历史开始，故乡就从生产原始、生活简朴和持续创造的荣耀中走出来。没出过远门，没有远离故乡的人，包括远离故乡但情感比较愚钝的人，对故乡这个词会感觉麻木和漠然。故乡这个词，只对走出故乡的游子有意义。那一盏盏昏黄的煤油灯，点亮了多少个无知和蒙昧的夜晚；那一架架吱吱呀呀的老纺车，摇来了多少个对生活热辣辣的渴盼和向往；那一条条弯曲而又泥泞的山村小道，承载了多少白昼不分的艰辛与奔波；那一声声真诚而清晰的惦念与问候，温暖了多少风雨飘摇、孤独无助的时刻……

普通而简陋的村庄更具内涵和质感，古老与年轻同在，贫穷和富裕共存，愚昧与文明交锋，美好与丑陋同台，神灵与凡人对话，但石头、泥土、庄稼、蔬菜、农具和柴草、房舍都是真实的，睁眼可视，触手可及。每个山寨、村庄，都记载着每个家庭、每个民族英雄而壮美的史册……故乡给予人们最美好的一代代传承的品格——诚实、勤劳、善良、宽容，尊严、仁爱、快乐、幸福。

怀念和追忆自己的祖先和自己的成长史、奋斗史，必定爱自己脚下这片土地，这片记载成长故事和拼搏历史的土地。故乡的山山水水、风风雨雨、事事物物、草草木木，完整无缺地记载着故乡的社会变化、人事变迁和情感履历。

融入血液与灵魂的 DNA

古诗云"举头望明月，低头思故乡""故乡今夜思千里，霜鬓明朝又一年"。我自豪地说，我的故乡在革命老区沂蒙山。那是从大海浴盆里横空出世的沂蒙山，那是纵数八百里横数八百里的沂蒙山，那是用甘洌乳汁为战争淬火的沂蒙山，那是用独轮车碾碎美式大炮的沂蒙山，那是英雄的土地、英雄辈出的土地，产生了诸多英雄儿女、英雄传说和英雄史诗。

准确具体地说我的故乡在沂蒙山区东北部一个相对偏僻的小山村。我在故乡土一把，泥一把，汗一把，水一把，磕磕绊绊地长大。因此，我对故乡有着说不尽、道不完的深厚感情。虽然到城里工作已经三十多个春秋，可故乡的一切依然鲜活，时常历历在目，魂牵梦绕。最令我念念不忘的是童年那段无忧无虑的欢乐时光。春天，桃花、杏花、梨花、刺槐花和各色的野花竞相开放，将沟沟坡坡、岭岭峰峰装扮得花枝招展、姹紫嫣红，我们挎着竹提蓝、柳条筐，拿把剜菜刀，跑到田间地头挖山野菜，喂猪、喂牛羊，有时坐在河滩上望白云、盯春燕、吹柳哨；夏天，我们跳进河溪、水库，打水仗、游泳、捉鱼虾；秋天，我们天天欣赏那版画般的田野、庄稼地，一片金黄，一片火红，一片碧绿，有时还偷偷烧生产队的地瓜、花生吃；冬天，我们可以恣意地在雪地里堆

地　气

雪人，滚雪球，打雪仗……虽然手脸冻得通红，仍然乐此不疲。

　　在这块山地上，我们赤身裸体地滚爬摸打，村头巷尾还残留着我们粗劣、放肆的呼喊声、打闹声。我们离开故乡的时候，没有带走一把土、一件农具，只是揣着一摞记忆的相册、账本。当真正想缩短自己与村庄的距离时，其实村庄已经离我们越来越远了。村庄的风物，村里人的风俗习惯和那些显得落后的处事方式，时常让我们寡言少语、缄口难言。故乡既让我们亲近，又让我们陌生。所有宝贵的东西，都埋藏和囤积在灵魂深处。

　　一个人假若没有故乡，就像庄稼、树木失去了汲取水分和养料的根须，难以根深叶茂、茁壮成长。正如泰戈尔所言："无论黄昏把树的影子拉得多长，它总是和根连在一起。"不管你走多远，故乡就是你胸前的徽章，是连接你与母亲生命的脐带，是深刻在你身上的独特胎记。经历了城市的喧嚣和浮躁，心灵渐渐回归和归位的时候，只有乡村才是最好的心灵栖息地。故土情结，给人依靠和温暖，她是纯正的流淌在你血液和灵魂中的 DNA。

　　城市与乡村、文明与自然、高贵与卑下、龌龊与崇高、失去与获得的分割和对立，会在年复一年的变迁和改变中找到一种微妙的平衡，虽然记忆中的故乡越发的模糊甚至似是而非，但在回忆与真实之间应该能找到一种调和或折中，那或许应该是一种穿透岁月风尘的暗箭，从被城市文明遗忘的历史边缘呼啸着擦过时代的肩头。无论你的人生道路上遇到什么坎，遭到什么劫，唯一不会把你抛弃的，那就是故乡；唯一能够宽容接纳你的，还是故乡。你可以慢慢地欣赏，欣赏村庄的恬淡与安然，欣赏阳光的温暖与热烈，欣赏土地的宁静与泰然，欣赏山峦的庄重与沉稳，欣赏河水的天成与舒缓，欣赏生活的悠闲与自然……

每个人心里，都有一片土地，都有一个知冷知热的故乡。逢年过节，触景生情，随时随地想着她、念着她。可以说，骨头上刻着她，心无时不咬着她。

幸福与荣耀期望与她共享，懊丧与失意也渴望她的庇护和宽容。

人生终极归宿

走在人生旅途中、身心交瘁疲惫的人，最难割难舍、最容易频繁想起的故乡，那个曾经生死相依的村庄。我国历代王朝更替，都会有大批难民成群结队，整个家族，整个村子，甚至是整个地区的大量外迁。在中国近代史上，无论是闯关东，走西口，还是下南洋，我坚信每个人在背起行囊远行的时候，总要擦干眼角的泪花，拼命记住故乡的一草一木，因为那是记忆的原点、灵魂的窝穴。很多人有一个愿望，常常会念叨，"等我退休了就回老家"，听听乡音、叙叙乡情、品品乡味。有多少人等来等去，最后回家的只是一个冰冷的准备入土为安的骨灰盒，留下终生遗憾。

地　气

　　每个人的精神世界中的故乡，都是一个无可替代的坐标系，是每个人打量和评价这个世界的出发点。不管走多远，无论经历多少荣辱兴衰，故乡都静静地藏在心中，沉默无言，像一个饱经风霜、沉稳成熟的老人，关键时刻会给主意或滋生一丝温暖的灯光。

　　我的故乡沂蒙山区，那是一片贫瘠而肥沃的土地，是一片古老而英雄的土地。这片土地沉积着民族太多的苦难，记录了革命老区百姓经历的苦难、辛酸和舍生取义、大仁大爱的民族风范。对于我来说，故乡就是一道深奥而又充满了激情和诱惑的人生课题，始终无法透过她的美景和风土人情，去真正读懂藏在其背后的内质，却又闲暇忍不住挖空心思地思考，节假日想方设法回乡下去感悟，去品读。

　　感受了故乡大地的博大与宽容、古老和沧桑，无疑对故乡大地充满了景仰和敬畏，对养育自己的土地发自内心的留恋和感激，情不自禁地倾诉：我自愿终生成为一位故乡的歌者，普通平常、让人怦然心动、可以静心、净身的故乡的虔诚朝圣者，或者故乡古老与年轻壮美史诗的忠实见证者和记录员。故乡是一朵暗伏在我生命线上的山杜鹃，这似乎昭示了无论我如何虔诚都只能顺应流金的岁月，即使没有春天的请柬，我的双足也要踏上故土的脊梁，让梦想在故土上扎根萌芽。

　　我告别生我养我的小村庄三十多年，像一只鸟在城市的狭缝里觅食、生存。那被楼群分割得有棱有角的天空，时常让我感到惶恐和迷惑。我曾经两次登上千佛山的山顶，站在济南这座城市高高的额头上，打着眼罩、拉长目光远眺故乡，分明看见家乡那些堆得高高的柴火、草垛、青石黑瓦，以及黄昏时分大黄狗迎接落日的声声吠叫，怀想正将一个异乡人瞳孔里的苍茫与孤单放大。初春家乡的夜晚很静，惊蛰之后的虫子们，伴随树木、青草和庄稼的呼吸、拔节声开始呢喃，山坡、草垛一片黛黑，房顶上升起袅袅青烟，召唤着牛羊归圈的哞叫声和孩童回家吃饭的呼喊。故乡的童年，童年的故乡，故乡的景是那么美丽，故乡的人是那么质朴，故乡的故事是那么古老、动人。这种时空交错的情感清晰可见，历历可数，<u>丝丝</u>刻骨，缕缕铭心。

故乡，像母亲的手掌，虽很温暖，却又很小、很窄。许多子孙最终还是怀揣这份缠绵和抚慰，摆脱这手掌的呵护，走向、滑向更为平阔的地方。这是一种尴尬，一种无奈，更是一种必然……

从价值论角度看，故乡是人类最初始情感与最深刻理性集合成的一种文化形态，是审视、衡量、规范物化现实的价值尺度或人文理念，是精神家园，是心的起点，是人生的终极归宿……

乡情秘方

中国人的"家园意识"，除了沉重的乡愁悲歌和苍凉的历史叹喟之外，还

地 气

具有和乡土、亲人的紧密牵连的乡愁情结。随着社会的转型、城市化的加速和民众观念的裂变，地理与精神的双重故乡，最终只能存活在文字与记忆中。农业文明背景下的故乡，要么贫困、凋敝下去，逐渐被人遗忘；要么被钢筋水泥吞噬，成为一种无奈的记忆和文化符号。

村庄无论大小，要真正走遍和深入很不容易。我们整天在村庄里穿行，好像走遍了角角落落，其实即使你长到头发花白、腰弯背驼，回头一望，真的还有好多地方、好多人家没有去过。村庄太大了，已经存在多少年、繁衍成长了多少代，生长着多少树木、多少庄稼，养过多少鸟、多少牲畜，建起了多少间房子，村中有多少条小路、多少柴草堆……记不住、数不清。村庄又很小，就是巴掌大的一个地方，甚至在地图上连个点都没有。抬一抬腿就到村头了，却忽略了许多时光和梦境，省略许多生死相依的人生章节与段落。

村庄与城市相对应存在。村庄对于农民，它给予居住、生存和生活的必需，而对于都市，它给予一丝温暖与真情。村庄既是一种物质存在，又是一种精神存在。我们可以从村庄中找到农民、房舍、树木、耕牛和鸡羊，同时也能找到农村、农民生存的艰辛、宽容与大度。如果你是流浪者，村庄和家园就是一柄陈旧的黄油布伞，随时为你挡风遮雨；又像一块喷香的烧饼，可以随时为你补充热量、能量。

在繁华的都市，在陌生的街头，偶有熟悉的乡音土语在我的耳畔飘过，我多少次情不自禁地驻足，四处探寻和辨认声音的来源和方向。走进乡村，面对一张张沾满泥土和风雨沧桑的脸庞，会感到非常熟悉和亲切，它让你想起自己的乡亲和亲人。回忆起村庄的一切，就不再有孤单、失意和忧伤。如今许多村庄破败荒凉还长满杂草。黄昏里，身边响起几声牛哞羊叫，那么低沉、悠长，随着燃起的那缕淡蓝色的炊烟一起在暮色里无奈、失意地飘荡，泪水不知什么时候湿了我的眼眶。

长辈讲："出门千日好，不如早还家"。在城市生活久了，不知不觉我们把肉体和灵魂交给了城市。城市的路太硬，我们踩不出任何足迹；城市的空间太小，我们吸不到家乡味道的新鲜空气。我们既是城市的软件，又是城市的硬件，天天被更新。人人都想到处复制自己，结果常常被覆盖、被删除，甚至被无情地"格式化"。公正的上苍为每个人的大脑都设置了记忆密码、垒砌了记忆仓库。但记忆的能力却是千差万别，无论普通民众还是天才、神仙，只有共同的经历或者相通的情感逻辑，才能破译记忆的密码，挖掘和获取乡情、亲情的秘方和力量。愈久愈浓烈，愈老愈深沉。

人只有把根深深扎进生你养你的土地，只有把土地的色彩和气息珍埋在心底，故乡的诸多元素才能渗透、吸收到血液和骨骼之中，你的生命和人生之树才能枝繁叶茂，持续开花结果……记住故乡的声音和容颜，记得回归故乡的道路，才会生活充实和心灵宁静。

地　气

"美不美，故乡水；亲不亲，故乡人"，离故土越远、越久、越倾情，就体味越深。科学进步，世事变迁，文化融合，地球正变得越来越小。物质越繁荣、心灵越悬浮，人的知觉、感觉却日益拙钝，常感恐慌、不踏实。但内心深处最纯真、最真挚的情感，时常憋出新芽，凝聚成单纯而美好的乡土之恋、乡村关怀。人与人、人与自然的心灵感应越来越被重视、越来越灵验。

心灵泣声

曾有人说："城市化摧枯拉朽，'每个人的故乡都在沦陷'。"

我国是个"村庄大国"，城乡差距很大。改革开放近四十年，城市大量吸纳农民工进城，实现自身的急剧膨胀，但进城的农民大都不认账、不扎根；农民赖以生存的土地被圈占，许多农村很快被城市化、楼房化，而失地的农民却不能、也没有彻底被城市所"化"。

"故乡"昭示"一方水土一方人"的逻辑。一个人的身世和成长，必定追溯到那片形成其生命特征和精神基因的源头。目前，称"俺是山东人""我是北京人"或者"俺是四川人"，甚至在国际上称"我是中国人"，这大都是指父母所在地、个人出生地、青少年时代的度过地，一般是指户口本和身份证标明的地点，与此相关联的是"房屋""产权""住址""贷款"等信息。像北京、上海、天津这些特大城市，谁也不愿意称其为自己的"故乡"，一方面，这样的城市大得无边无际，任何人都不可能从整体上把握和介入它，没人能如数家珍地描述和盘点它的历史和故事，没人能成为它名副其实的亲历者和见证人，因而也就没有谁愿意把它揣在心窝，暖在心中。

　　我的故乡在沂蒙山区莒南县最东北角的一隅，其实是一个偏僻、安谧、虽不富裕也不贫穷的小山村，景色自然、纯正、素雅。土地虽然瘠薄，但养活了多少代我的父老乡亲。乡亲们纯洁善良、宽容厚道。因而我写了一篇散文《春天住在我的村庄》，记录下了我的真实感受。村庄的西北部是柴虎山，山上散布着全村人的祖坟，村庄就端坐山下的岭坡上。去年我回家过春节，等爬上岭顶，只见原本没有树林的岭顶成了石料加工场，到处是等待加工的石料，还有工人住居的简易房子。据说这种石料加工有污染，许多经济发展好一些的地方已经被禁止，老板却选择了我们村的西岭，一是交通方便，二来条件优惠、劳动力便宜。对石料加工过程中产生的污染，可能对地下水和土地造成的污染，大家都在担心和议论，却没有谁去较真和反抗。从此这个天然纯正的小山村的容貌大变了，被毁容，被金钱和眼前利益毁容。一个人来到世上没有故乡，是不幸的；有故乡的人，故乡又不幸遭到人为的破坏甚至失去，更是一种不幸，甚至有一种被强行奴役的感觉。

　　纵观人类膜拜土地数千年之后，伴随文艺复兴、宗教改革和蒸汽、电力、信息等革命，使人类跪着的双膝慢慢地站起来，开始自信地征服世界，包括故乡的土地。然而，笑容还没有完全绽放，却又面临一系列生存危机与考验……

地　气

陡然间人类才发现自己在大自然面前，是如此的自私与渺小。

社会是一个复杂变化的有机复合体，自然会存在先进与落后、富裕与贫穷、文明与原始的差异。向往富裕与文明，是生命的必然。在太平盛世，年轻人更是充满冲动和期望，动不动就挥别乡土，追逐梦想。

在我们的国家，在现在的社会环境下，年轻人只要倾其聪明才智，花上十几年时间，就会在繁华的都市建立一个家，挣得一席社会地位。然而，这也注定了他永远难以再搬回父母居住的家。难怪人愈老，叹息的时候愈多，也只有愈老，才知道不能解的情结比唾手可得的快乐还长、还多。

出身乡村的人，记忆的底片上总叠印着一个回味无穷的故乡。尽管这个故乡可能是个贫困凋敝、无人知晓的僻壤，但对故乡的感情却是任何名山大川、旅游胜地都无法代替，在心灵深处的影像刻骨铭心，一生抹不去、擦不掉。地下没有矿藏和天然气更好，免得祖先和祖先的遗梦受到惊扰。

回望各地，随着经济的快速增长和人们求富愿望的急切，许多大自然被改造、被破坏，大量土地沙化闲置，河水污染断流。既有许多故乡被美容，也有许多故乡被整容，有的甚至被毁容。许多人背井离乡到城市时，故乡正在衰败、正在沦陷；在城市举步维艰时，乡愁又成为庇护情感和维系生命的寄托。欲望膨胀的城市正在贪婪地侵吞乡村，消失的不仅是老街道、老房子、菜园、古井、石磨，还有它们所承载的生活内容和情感记忆、历史故事，以及祖传的种地手艺、生活模式、浸泡着情感泪珠的文化基因。

当下，随着农村经济社会的快速转型，民族的经典的传统乡村文化，正被全球化、传媒化、快餐式、功利性的流行文化所侵蚀、所淹没，爱故乡的人常常两手空空，很难找到物化的、能触动心灵的物体载体。

"谁不说俺家乡好"的优美歌声，正风吟日晒着多少人眼角皱纹中湿润的泪痕。

扫描二维码
聆听作者的散文
《故　乡》

地　气

土　地

"土地"，这个词普通、平凡，却深邃灼心，高频率、快节奏地点击我们的心灵。

坤厚载物

当你身置崇山峻岭，感受高山的巍峨壮观，领略自然秀美风光的时候；当你驻足黄金海岸，感慨大海浩渺苍茫，欣赏惊涛拍岸的时候；当你身处茫茫戈壁，感叹草原广阔无垠，吟唱风吹草低见牛羊的时候……你是否意识到自然的万事万物都有一个共同的承载体？你是否体会到你所有审美感受、视觉冲击和心灵震撼都来自土地？

无论我们从事怎样的职业，无论我们身在何方，我们须臾也离不开土地。只要踏出家门，或走在乡间崎岖山路上，或飞驰在平坦的马路上，即便登上插入云端的摩天大厦，这大厦的地基肯定扎根在坚实的土地上。即使我们乘坐飞机甚至乘坐宇宙飞船，那也只是短暂的行程，最终还要飞落大地。我国"神十"航天员聂海胜结束15天太空生活和工作，顺利出舱、双脚刚踏上内蒙古阿木古郎草原的土地，就兴奋地说："太空是我们的梦，祖国永远是我们的家。"

人类的老祖宗盘古，把天地分开，头顶着天，脚蹬着地，用他的整个身体创造了美丽的宇宙。按照《圣经》的传说，上帝创造了日、月、星辰、植物、动物后，按照自己的形象，用泥土造出人类的始祖亚当，"上帝用泥土造人，将生气吹在他的鼻孔里，他就成了有灵魂的活人，名叫亚当"。上帝还对亚当说："你本是泥土，仍要归于泥土。"在中国神话传说中，女娲也是用泥土造人的，"女娲抟黄土作人"。女娲用神奇的手，把一块块黄土捏成了一个个面容不同的人，并赋予了生命，从此人类就逐渐生存繁衍了下来。中外相似的神话说明了一个道理：人类的产生和发展离不开土地，土地是人类的生命之源，是人类的母亲。

炎黄子孙对土地图腾般地顶礼膜拜。伏羲氏对事物有敏锐观察力、对土地有深厚感情，仰观象于天，俯察法于地，用阴阳八卦解释天地万物的演化规律和人伦秩序。《左传》曰："以父道事天。母仪事地。"土地是地球的皮肤，是

地　气

人类的母亲。乡间许多土地庙的神龛两边大都有一副对联："土能生万物，地可发千祥。"《易经》曰："坤厚载物"。坤，为地。万物因土地获得生命。"生万物""发千祥"，互为依靠，和谐共存，因而这是最大功德。"厚德载物"，像土地这样滋生和养育万物，才是世上头等的功德。土地是万物的母亲。

孪生兄弟

土地是农民的家园，农民是土地的子孙，土地就是农民，农民就是土地。土地厚重，农民质朴，土地和农民是血脉相通的孪生兄弟。

农民是土地的精神和灵魂、是山村历史的亲历者、创造者和评判者。没有农民，土地不是真正意义的土地，会是毫无内涵与生机、凋敝荒残的水墨画；养活不起农民，土地那也不是真正意义的土地，只是一座海市蜃楼中美丽却缥缈的楼阁，承载不起家园、乐园的神圣使命。

多少代农民与或偏或远或大或小或厚或薄或穷或富的土地相依为命，走过历朝历代，度过多少春夏秋冬、风雨寒霜，演奏了多少惊天地、泣鬼神的悲剧与喜剧。

世界上任何国家的农民，都伴随人类诞生的阵痛与疾苦，与自然和社会同舟共济、生死相依。有一位法国评论家写过这么一段话："土地总是以超出其价值的价格出售，原因在于所有人都热衷于成为地产主。在法国，下层百姓的所有积蓄，不论是放贷给别人还是投入公积金，都是为了购置土地。"中国自古就是农业大国，从刀耕火种到使用现代农业机械，农民、农民的劳动、农民的奉献始终延续着中华文明的火种，奠定着民族进步的根基，推动着中国历史铿锵前进的巨轮。

中国农民，其实不懂《大雅》《小雅》和《国风》，是哼着赶牛调和播种谣，从《山海经》里蹒跚走来的。只要有一寸土、一滴水、一粒种子，就能繁衍生息。踏平多少道岭，穿越多少座山，注释背井离乡的含义，续写南庄北村的历史渊源。农民是具有高贵血统的英雄，他们与天地作战、与天灾人祸斗争，守候自己的生活，为子孙、为社会创造生存、繁衍的物质财富和成长空间。但是决不能出现生存危机。即使在"公私仓廪俱丰实"的开元盛世，若逢天灾人祸，号称"礼仪之邦"的泱泱大国，竟然也一次次上演"易子而食"的人间惨剧。

不想成为地主的农民，不是地道的农民。不想拥有更多土地的农民，不是有出息的农民。任何一个真正的农民，都想拥有更多的土地。对于地道的农民而言，土地是他们的命根子。如果没有土地，那他还能吃啥？喝啥？穿啥？用啥？盼啥？他们对于土地朴素而深厚的感情，归根结底是因为土地是他们生活的唯一依靠和保障。

地　气

　　农民具有巨大的能量和作用，成为历代王朝将相重视和惧怕的群体。历代贤明的君主都重视农业和农民。汉文帝倡弘"夫农天下之本也"，甚至采取"重农抑商"政策。唐太宗亲历隋末农民战争风暴，发出"君舟也，民水也，水能载舟亦能覆舟"的感慨。古时的祭天大典，祈祷的是神州大地风调雨顺、国泰民安。书香门第也劝诫子弟"一等人忠臣孝子，两件事种地读书"，意思是不会种地、不懂百姓疾苦，不读书、不通达事理，不会成就，也不会高贵。

　　中国人上数几辈，祖先都是地道的农民。在我悠悠的往事中，难以忘怀的总是农村。出身农村，当过农民，对一个人的一生来讲，是笔巨大的可以长期支付的财富。在黄土地上和白云一起飘荡，同秋蝉一齐高唱，熟知春种、夏耘、秋收、冬藏，了解农村的艰苦、农业的艰巨、农民的艰难，可以改变一个人的价值观念和生命轨迹。生在农村、长在农村，才会有平民情结，更易炼就自强不息的性格，"穷人的孩子早当家"，国家栋梁不少就是普通平常的农家子弟。

慈善仁爱

　　土地是最宝贵、最神奇的，有了土地就意味着拥有一切……

　　土地上生长着养育人类的庄稼。当第一声春雷唤醒了沉睡的大地，冻土被犁铧一垄垄翻开，僵硬变成松软，霜白变成黝黑。春天，撩拨得农民心花怒放，忙着犁地、撒种、锄禾、施肥。心中滋生出梦想：金秋的田野里一片金黄；枝头果实累累，沉甸甸的谷穗压弯了腰，饱满的红高粱一大片一大片地排列着，像等待检阅的士兵……

土地上还生长着牲畜、家禽等各类动物。牲畜、家禽、飞行和爬行动物等等，真是五花八门，种类繁多。譬如猪、羊、牛、驴、马、骡子、狗、藏獒、鹿、孔雀、猫、鸡、鸭、鹅、鸽、雄鹰、大雁、斑鸠、鸳鸯、鹌鹑、喜鹊、麻雀、野兔、狐狸、刺猬、獾、田鼠、蚂蚁、蜗牛、蜜蜂、蝴蝶、蚂蚱、蟋蟀、苍蝇、蚊子、蚯蚓、青蛙、蟾蜍、蛇、蜗牛、蜈蚣、蝎子、土元、知了……它们各自有自己的王国、语言和生活，繁衍着自己的子孙后代。动物和人类、和村庄、和庄稼、和你和我争斗着、生存着。蚯蚓以土为食，并且让土在体内循环之后再回归土地，使土地疏松，不再板结；土地也因为有了蚯蚓的不屈、不懈的蠕动而有了生命。麻雀、田鼠和野兔偷吃了庄稼，鹰、蛇袭击了麻雀、田鼠和野兔，人又驱赶了鹰和蛇……大家同在一块土地上，甚至一个村子里、一个庭院或者一间茅屋生存着，形成顺应天意、顺其自然的生物链、生态系统，相互生存、依存和平衡。

土地像一首词，上阕是人类生存的空间，下阕是安放灵魂的栖所，让生命回归山川河流。

土地伟大，更宽厚和仁慈。当一粒微弱的种子播撒其间，土地送给它生命

271

地　气

的营养，悉心呵护，给予它阳光和水，给予它温暖和爱，让其茁壮成长。大地上万物生长，草木葱茏，百花盛开。不论季节的狂风暴雨怎样在地面上肆虐，在土地下憧憬着绿色梦想的种子都会安安静静地扎根憋芽。蓝天，白云，碧海，飞禽走兽，日月星辰，风霜雨雪所构成的大自然，为我们提供了良好的生活条件和生态环境。我们在大地上自由耕作，我们在大地上和谐生活，我们在大地上演绎着人类生生不息的繁荣。感受着土地容纳百川的宽广胸怀。土地用它的食粮养育了我们，所以我们的肤色和土地融为一体；土地用它的博大和宽厚容忍着我们的种种过失，所以我们的生命和土地生死相依。无论你以什么理由为土地的归属纷争、为疆土分割而治，或许曾经叱咤风云，但辉煌之后同样折戟沉沙，回归大地。或许当真要回归土地时，土地那慈母的胸怀才能让我们更刻骨铭心地领悟和沉思。人们极少感谢土地的养育之恩，土地她不计较，默不做声地养育着所有的人；人们为了一时的利益，肆意破坏着她，她不生气，宽宏大度地养育着所有的人；坏人再怎么恶贯满盈、罪该万死，她也不在乎，毫不偏心地养育所有的人。这就是土地的胸怀，展示出最伟大母亲的慈善仁爱，她爱所有子女，摒弃一切掩盖在生命之上的功利或是罪恶。正如冰心先生在《再寄小读者》中这样描写的母亲：即使到了世界末日，百兽出穴，万鸟离窝的地步，只要一看见母亲，就什么也不怕了。土地呢？以母亲博大、仁慈、宽厚的胸怀，接纳每一个人，或贫穷或富有，或卑微或显赫，或高贵或卑贱，她一视同仁，即便是我们死去，她也不嫌弃，收容下作为她身体的一部分。

　　记得 2012 年清明节，我陪老父亲去村西北方向的柴虎山上扫墓，便捡拾到了许多感慨。清明时节山上已是芳草萋萋，鸟语花香。葱郁的松柏间是一座座无名无姓的坟茔，我时常问父亲："这是谁家的坟地呀？""这是谁的坟头呀？"在乡村，一个人来到世上，活上几十年，最后悄然死去。活着没留下什么，死去更没留下什么。即使后人为其树个墓碑并在墓碑上刻下名字，也很快被山风山雨吹洗模糊，被岁月风化，被鸟粪污染。乡下人生命的价值和意义平凡且千篇一律。死了，就埋葬在曾经拾过多少次草、做过多少次美梦的山坡上或山地里。一堆没有明显标志的泥土，象征着家庭人气和血脉的传递。然后一晃若干年，这一晃可就再没有谁记住了。跪在爷爷坟前，我洒下三杯烈酒，心想：爷爷属于土地，如今圆了他的"黄土梦"，也算酣畅淋漓、快慰平生了。能躺在这青山相拥的土地怀抱中，望着前来孝敬他的儿孙，该是此生无憾、心魂安然了。坟头堆砌、蕴涵的精、气、神，滋养着一个家族的气场和人脉。

我曾掐算过平民生命的时限。一个人如果幸运，一生大多能亲历并记住五代人：爷爷辈、父辈、同辈、子女辈、孙子辈——这已经是最大限度的福祉，超过五辈的肯定是大福大贵之人。在乡村，也常有活到百岁的老人。活到这样的年纪，时间在他们的肉体上仿佛是凝固和定格了，他们肯定经历过儿孙辈过世的悲伤。这大抵就是平民顶尖的寿限。活过了，最后死了，活得长短、孬好，最后都在泥土中安息，身前身后的一切都水流云散，最后变成一把尘土。真可谓"童年，在泥土中玩耍/中年，在泥土中劳作/晚年，在泥土中埋葬。"

记得当年在村南整大寨田时，一镢镢刨在坚硬的土石层上，突然一镢落个虚空，顺势掏挖，只见一具白白的骷髅，吓我一跳。老队长见伙伴们都在围观，便严厉地说："这有啥好看的？抓紧干活儿！"随即，队长自己用镢头把那骷髅尸骨全部掏了出来，并且砸得粉碎，然后用锨把它散落在田间，嘴里还念叨着："对不住，惊动您的梦了。入土为安，入土为安吧！"老队长见我们惶惑不解，又说："像这么久远的坟，早就找不着后人了，万物之灵，入土为安，地是它最好的归宿。"

脚下的土地渗透着我们祖先的遗灰，因为溶入了亲人的生命才更动人、更柔软、更丰饶。

虔诚跪拜

人类生活在地球上，须臾也离不开土地，不知已经和还要演绎多少土地悲喜剧。即使是宇宙飞船，也不得不到别的星球找块地落脚。

我是一个怀乡症患者，当站在山顶高处，鸟瞰脚下的土地，喜欢一遍遍轻声低吟"锄禾日当午，汗滴禾下土"。站在高楼上鸟瞰土地，每次都会有眩晕的感觉，楼层越高越觉得离庄稼近，疲倦时合上双眼总是梦见自己站在一大片庄稼地里。烈焰下，中国的大地上到处是阳光的烈焰，扎满了植物根系的土地和农人们，都在脱水般的状态下因沉重劳作而喘息。

"地种三年亲似母"，农民把土地当成老祖宗敬奉侍候。每当土地被犁铧翻卷过来，泥土那种沁人心脾的气息使人倍感舒畅。聆听播种时的声音，你会从土地那嘶嘶的声音里感受到土地像一个老者的慈祥；伫立于平平展展的土地上，心中那种踏实的感觉也会油然而生。当硕果累累时节，你会觉得那一个个沉甸甸的果实、一片片神采飞扬的叶子，都是土地的生命在涌动。

在家乡那几块土地上，春夏秋冬，寒来暑往，年复一年，日复一日，晃动着父辈的身影。他们对土地的眷恋，对土地的固执，对土地的深情，让我备受感动。蓝天是高远的，大山是静寂的，沟壑是深邃的。远望那人，那牛，那狗，恰似大山褶皱里活动着的标本，在落日余晖里又似一幅粗犷古朴的剪影。记得爷爷曾经整天地坐在田头，吸着旱烟。烟窝、眼窝都通红、通红……

我出生在沂蒙山区的偏僻的农村，童年历经了三年自然灾害的苦难和"文化大革命"的"洗礼"。高中毕业后，曾骄傲地成为生产队里的整劳力。山区山岭多地少，"山上石头多，出门就爬坡，地无三尺平，连年灾害多。"老百姓视土如金，爱地如命，垒石造地成为每年农闲时节的必修课。上世纪初，我家祖上没有土地，我爷爷刚七岁就早出晚归到地主家放牛，汗水伴随着香喷喷的粮食，从田埂一直洒向地主家。虽然吃不饱，也只怨自己八字不好，命里缺"土"。

在岁月的流逝中，不光人长大变老，土地也在无声无息地发生着变化。

275

地　气

　　在物质极度匮乏的年代，膀大腰圆的身材让人艳羡，那是因为胖人肚子里不缺油水。改革开放以来，土地被松了绑，老百姓的日子越来越兴旺，中国人日益"心宽体胖"，从杨柳细腰到大腹便便，只用了短短三十年时间。肥胖问题将成为中国未来经济发展和公共卫生系统的一枚"定时炸弹"。

　　长年繁重的耕种和劳作，父母常常会直不起腰，满身酸痛难受。但当看到干裂的土地上苗壮成长的禾苗时，生命的喜悦便洋溢在心头；当看到摇动在庄稼秸秆上等待收获的谷穗和满仓满囤的粮食时，收获的喜悦便写满笑脸。繁重辛苦的劳作有喜悦有欣慰，也有难以言明的满足和陶醉。

　　2012年金秋时节，我们一家和三个妹妹家约好回家看望父母，父母高兴地咧嘴笑，母亲忙着炒菜做饭，父亲执意去掰鲜嫩的玉米棒子、刨地瓜让我们尝鲜。其实如今在城市，不管在任何季节，这些东西市场上都有，经常也能吃到。但吃上父母亲手培植出来的劳动果实，还是格外香甜。每次我们回家，父亲都极其高兴，虽然话语不多，只是坐在那里喝茶抽烟，静心看着我们，默默地听我们说话，脸上的表情透露着一种满足和欣慰。他看着已经长大成年的儿女们，肯定就像看着满地的禾苗一样。其实对于父辈而言，我们又何尝不是他辛勤培育的禾苗呢？只不过庄稼只需要照料四季，而我们却花费了他们一生的辛劳与心血。

　　我想起土地时，便踱到窗前，推开窗子，一股清爽而又略带微微寒意的春风迎面扑来。不知从什么时候起，外面下起蒙蒙细雨。这是新世纪第一个十年的第一场春雨，正值冬麦返青和春麦下种的好时节，对于十年九旱的沂蒙山区来说，这场贵如油的春雨是何等珍贵呀！此时该有多少农民孩子般地伸出两手，让一丝丝雨滴悄悄落到身上、手上、心上。

故乡的土地是我生命的摇篮，这片土地给了我清苦却幸福美好的童年，磨砺了我质朴与善良的品格，给了我跪拜土地充足却又合情、合理、合心的理由。

未来走向

地球表层的物体，是地球上的人类赖以生存的最基本的自然资源，栖身居住是人类利用土地的最根本用途。远古时代，人类栖山洞、居草棚，原始的生活状态；如今，高楼大厦，灯光璀璨，人们享受着人类进步和社会发展带来的现代美好生活。

土地是地球上所有生命的母亲，是大家共同的命。人类作为一种生命群体，要生存，第一要务是吃饭。

土地同地球上的其他自然资源一样，绝非取之不尽、用之不竭。日本小学第一节地理课，老师就会警告孩子们，日本是一个人多地少、资源匮乏的岛

地　气

国，我们必须珍惜每一寸土地，并且要创造高技术，赢得高效益。这样，日本民族才可能在这个世界上生存下去。而我们国家从决策者到平民百姓，普遍缺乏忧患意识和危机意识，曾一度盲目乐观，导致无序发展。有资料表明，中国的国土面积今天仍然是世界的第三位，中国人均耕地占有量，仅仅高于孟加拉国和日本，居于倒数第三位。

记得我们上中学时，历史课本里曾把英国工业革命期间万恶的"圈地运动"和经济危机期间"倒牛奶行为"，作为资本主义的反面案例。现如今这种现象在中国大地上也出现了。当年英国为了发展纺织业，圈地是为了生产纺织原材料羊毛。当今中国则是为了实现发展梦想，快速的城市化、工业化需要土地。可谁知这古老而文明的土地上却上演起无道德、无秩序的生产经营活动。譬如以破坏环保、生态、资源为代价的盲目扩张，无视劳工生命、健康与尊严的雇佣劳动，生产假药、毒食品，拉链一样拉来拉去的道路工程，导致大气污染、河流干涸、土壤毒化、草场沙化、森林萎缩，虽然一时增加了经济总量，可这些"夺命发展"的路数，相当于断腕自杀，相当于断子孙后代的后路。

中国这片土地的性格像淳朴的中国人，耿直、坦荡，绝不会讲"假话"。尽管土地是沉默的，但它有灵性，它目睹着中国过去与今天活生生的历史。只要你把心贴近它，它就会给你讲许多你也许从未听到过的故事。我们应当思考土地的意愿是什么。土地需要养分，应当补充土杂肥、有机物，得到的却是化

278

肥与农药；土地需要树林、小鸟为伴，得到的却是砍伐与捕杀；土地需要庇护，得到的却是斧头与裸露……我们重视乡土中国，不只是基于它在现代化夹缝中所面临的发展纠结，更是思考我们的传统、文明方式的问题。这不仅仅是一个经济问题、发展道路的问题，也涉及我们民族的情感密码、文化底蕴和道德模式问题。土地与经济、与政治、与法律、与文化、与伦理，都在直接发生千丝万缕的联系。于是，土地问题也成了一场"血"与"火"的抗争，也就成为前三十年改革开放进程中，一个使中央和地方，上上下下都感到棘手的问题。有人说，这广袤的土地，是一个大"魔方"，转动起来，叫人眼花缭乱；也有人说，它是中国的一面"镜子"，折射着历史和现实的时空，叫人叹息不已。事实上，一些贫瘠的山村及其土地正被权力和资本掏空，只留下无奈和抗争……在这样一个全球化的世界里，如何逆势生存，保持自身特色，这是"乡土中国"的重大命题。

在物质匮乏时期，多数问题是发展不足的病症；发展到一定阶段或者一定水平后，风险和困难也在叠加，很多问题不是单靠发展就能解决好的。我们应当清醒，高度分散的小农经济基础短期内难以彻底改变。可喜的是农村正在萌生新型的经营方式和新型的农民利益表达组织、表达渠道，完善民主平等法治的乡村治理结构，组织各种人才和资源投入到后工业时代的新型乡村建设试验中去，让"草根"为主的农村更多享受发展新政的实惠，争取公正，享受公平，为农村、农业安上"安全阀"。

地　气

　　人与人、国与国都爱护环境和自然，我们共同的家园——地球、大地，一定会恢复她本来的魅力与活力，真正成为人类共有的美丽家园。

扫描二维码
聆听作者的散文
《土　地》

村　庄

"近乡情更怯，不敢问来人"。中国人大都出身农民家庭，具有天然的乡村情结，怀揣着乡情、乡音、乡韵，思念着乡亲、乡土、乡风。

常有人追问："乡愁的住所到底在哪里？"
答案聚焦一个词："村庄！"

村庄是人类生存的图腾，是人生的原点，就像缠绕在大地胸前的珍珠项链，被季节一次次摊晒；恰似珍藏在记忆深处的水墨长卷，被岁月手掌无数次描摹；犹如刻在灵魂深处的经书，被虔诚的亲情反复地翻阅与咀嚼……

心有千结，情有万缕。村庄里的每一缕风，每一朵云，每棵庄稼，每束秋草，每群牛羊，每缕炊烟，每间房屋，都蕴含淡然而永恒的乡愁，人人理不清，代代剪不断。

改革开放三十多年，中国农村巨变，真是天翻地覆，就像新中国成立后的土地改革彻底废除延续数千年的封建剥削土地制度一样，乡村的变化令人震惊、振奋。有人甚至质疑，中国传统意义上的农耕时代，是不是已经或者真的即将结束？原始的或者说原生态的乡村，是不是正在急速消亡？近年来，城乡面貌变化很大，城市化步子加快，村庄无论数量还是版图面积都在递减。城乡硬件差距正在缩小，养老、医疗等公共服务政策的阳光也开始照耀到偏远的村庄，头顶草屑、脚踏黄泥的农民，逐步享受城市人的生活和生活方式。这是农民多少代的期盼与梦想，令人兴奋和鼓舞。冷静思考和回味，竟隐隐滋生惋惜之情，期望挽留下更多闪耀乡风民俗光泽的村庄，尤其是把村庄的形态、传说和精神留下来，把村庄文化的根脉留住，把横穿中华文明的乡愁留下。

上篇：农耕文明的身影

无论哪个民族的村庄，大都起源于一位农夫的历史或者一个渔夫的故事。

据史料记载，燧人氏在他的居住地，建造了中国历史上最早的村庄，从此掀开从渔猎时期跨入农耕社会的篇首。祖先在逃离战火和自然灾害时，强烈的求生、生存愿望萌生出村居的胚胎和雏形。唐宋以来的中国文化，在很大程度上具体化、形象化在村落的布局、建筑之中。有了土地、水脉和村庄，就有了繁衍生息的根基和血液，就打下村庄文化和中国农业文明的烙印。

"民以食为天"，"人生在世，吃喝二字"，这是农耕文明的聚焦点，当然也包含着深奥的村庄哲学。从最初的村庄选址，安居乐业，到村民一代代、一辈辈终生劳作，都围绕"吃"字展开。记忆中我的村庄也是如此，春种、夏耘、秋收、冬藏，一年四季，风里来，雨里去，为最简单的温饱而忙碌着、奋争着。从我记事起，村里一直种花生、地瓜、小麦、玉米、高粱，如果风调雨顺，没有大灾荒，一年四季能吃上煎饼、咸菜，填饱肚皮。偶遇旱涝灾荒，或是早霜晚冻，收成差的年份，粮食会断顿。

村庄是中国社会的基本细胞。青山绿水之间，村庄散落其中，当炊烟袅袅飘浮于树梢之上，便透露出村庄的消息。十户八户、几十户、几百户可以组成一个村庄，一姓、几姓、十几姓都可以同住一个村庄，一个民族、多个民族也可以聚族而居。关于村庄的历史有着多种版本，其中官方和民间两种版本最为权威。平民百姓关于村庄的历史，大都在老祖母漏风的嘴巴里和太祖爷收传的那本黑黄的族谱中得到权威的注解和诠释。村庄是所有中国人肉体和精神赖以成长的地方。从黎民黔首到商贾峨冠，从新中国成立时的社员到如今的国家公职人员以及千千万万城市农民工，村庄其实是他们背井离乡或远走他乡时，最难割舍的那份情感，对村庄文化与精神积淀的那份留恋，或许是心底最温暖、最珍贵的那一抹亮光。

地　气

　　村庄大都顺势而建、随形而成。或依山，或临溪，或面原，推开家门，就直目山水或广袤田野。我的故乡沂蒙山区的村庄，大都建在山傍、河边，有的在山腰或山顶，房屋借势而盖，零零散散，错错落落，不成排也不成行，有的甚至还歪歪扭扭，没有任何规则。沧桑的形态和容颜，珍藏着许多久远的秘密。房屋虽然简陋却不失温暖，虽然低矮却踏实安全。夏夜可以铺一张凉席躺在院子里数满天星星，冬夜可以抱着毛茸茸的小狗小猫在暖暖的火炕上做梦。一切都那么古朴、简单却又充满新鲜与乐趣。

　　村子里的许多老人一辈子只在方圆十几里的范围里走动，婚姻和亲戚朋友都在那个山旮旯里。在这个不大的圈子里，就像朴实无华的庄稼和纯朴自然的树木，按部就班、自由自在地生活着，一季季地成长、成熟、奉献，又一茬茬地老去，无声无息、无怨无悔、不忧不悲。所有的村庄里的人们似乎都是这样，日出而作，日落而息，生活简朴却内涵深邃，平淡而顽强。那是自然的原生态，因单纯而坦荡，因纯粹而久远。

　　村庄的黄昏最温暖、最难忘！夜幕渐渐降临，一缕缕青青的炊烟升到半空又慢慢飘散开来，那是村庄最经典的黄昏意象！辛劳一天的农民扛着农具，牵着牛羊，抽着旱烟袋，披着夕阳的余晖走在回家的路上。那土腥味、牛粪味、炊烟味、饭香味混在一起、扑面而来。唤鸡狗、赶鹅鸭的声音和母亲呼唤孩子的声音相互交织，让你倍感亲切温暖。村庄的夜幕蓝得透明，点缀着一轮圆圆的皓月，泛出一片贼亮的眨动眼睛的星星，家家透出晕黄的灯火，飘散着淡淡的菜香、酒香。脚步声，说笑声，狗吠声，让劝的碰杯声，婴儿啼哭声，共同上演和谐优美村庄协奏曲，守候甜美的酣梦。在漫长的农业文明时代，温暖了多少乡村人的情怀。

时光在父亲的缕缕白发里、母亲的驼背上渐渐苍老，年轻一代伴随老去的时光拔节长高，最后是日渐年迈的父母目送子女走出村庄。村庄成为父母留守的故园。多少从农村进城的人，节假日千方百计挤时间回故乡那个村庄看看，看新栽的树，看新盖的房，看新修的路……这一切似乎陌生又熟悉。这片土地是掩埋祖先的地方，掩藏着说不尽的酸甜苦辣、世态炎凉。思念家乡，挚爱那个平常的村庄，这是一枚闪动人性光辉的徽章。

一个人最动心、最幸福的时刻，就是思故乡、忆村庄的时刻。因为这一刻，你眼里饱含人生各种滋味的液体在聚集、在发酵、在流淌。一个人与一个村庄相聚在一起，是生命神秘的遗传，是前世造化的缘分。时光搬走的是人的容颜，永恒的是土地的精神与内涵。小村并没有太大变化，在外工作久了，每次回家都会感到，熟悉的面孔在变化、在减少，不熟悉的正越来越多。把村庄走个遍，把村庄看个够，再把人生的路琢磨透，便突然顿悟：村庄就是一个圆的原点，村里所有的人都是这圆周上的一个移动的小点。无论你人生如何，你走得近也好、走得远也罢，你画弧也好，你画圆也罢，最终都要回到原点。因为村庄是灵魂的归宿和住所。

村庄的年轮看得见、数不清。村庄，是亲情的载体，是一个家庭或家族、甚至一个民族和国家的发展兴盛的历史缩影。欣赏藏在深山绿树丛中的村庄，如同吟咏一首悠长、浪漫、清丽的田园诗，也像欣赏一幅生动淡雅、古朴的山水画，又像聆听一曲秀美隽永、空灵舒缓、感情细腻、如痴如醉的牧歌。

中篇：跟随时代成长

城市是在村庄的地基上长大的，可为晚辈、后代。

村庄是中国经济、政治、社会、文化发展的基石和大后方。经历了痛苦的探索和付出了血的代价之后，我们才陡然顿悟：高楼大厦并不是文明的全部；村庄文明是城市文明的渊源。城市化是村庄走上成熟的必经阶段和基本路径。村庄正忍受着城市对它的改造和辐射，忍受着大家对它的不屑一顾和嫌弃，但仍禁不住用胆怯的手捋一把城市的头发，如同一位老奶奶疼爱自己顽皮的孙子。其实村庄是位含蓄沉稳的仙人，它在目睹和见证城市的成长、繁荣，也在担忧和挽救城市的畸变与颓废。

村庄在，家就在，幸福和希望就在。没有村庄的国家，不是完整的、尊重历史、持续发展的国家。可喜的是，从中央到地方，从政府机构到民间组织，都开始倡导，加大力度保护有历史文化价值和民族、地域元素的传统村落和民居。既要舍得花大钱翻新历经上百年风雨的老宅，更要注意及早保护富有特色和内涵的村庄！千万别让子孙后代靠翻旧照片、看影像资料才能找到古典村庄的形象和信息。城市与村庄应当各行其道，各显其长，同生共荣，为人类拓展出不同的思想领地、生存空间和梦想家园。

今日中国，城市特别强势，就像村庄这位长者娇生惯养的胖娃娃，把吃的、喝的、穿的、用的，一切需要的东西一股脑儿地塞给她，使其迅速成了经济、社会、文化和科技最集中、最发达的地方。进城的农民工对城市文明有着切身的感受，往往对城市向往和留恋，同时常常面临两难选择：回村庄，还是留在城市？城市与村庄生活条件巨大反差，诱惑着进城的年轻人不愿意返乡，拼命在城市间流动着，努力探寻人生出彩的机会。城市虽然繁华、精彩，但不属于自己，心灵的根依然深扎在千里之外、比城市差劲的穷乡僻壤。最终，有些幸运的打工仔、打工妹在城市找到了人生舞台，融为城市的一部分，而大多数仍选择回乡下！当他们心甘情愿或被迫回到留守父母、埋葬祖先的村庄，便用学会或者体会到的城市文明、现代知识改造着村庄，用他们学到的技术、赚到的钱、掌握的信息，在古老的土地上，用粗壮的双手，建造着崭新、富裕、文明、和谐的新村庄。这也是一种人才"反哺"吧。

总的说农村、农家生活是艰苦、清贫的，没有文人墨客、达官贵人描绘得那么好，许多日子是冷淡、凄楚的。从喧嚣的城市走回村庄，进入一种田园牧歌式的古老空间，去欣赏小桥、流水、人家那种恬静、纯朴、悠闲的自然景观，感受淡雅、古朴、绵长和谐的心境，是幸福而快乐的。因而，农村人的幸福指数比城市人高。但如果让已经习惯城市生活的人，回到一个偏僻、贫穷的农村去长期住居生活，恐怕谁也不会真心情愿，浪漫不起来。

　　我国是个"村庄大国"，城乡剪刀差大。近几年，城市正大量吸纳农民工进城，实现自身的急剧膨胀，但许多进城的农民却又不认账；农民赖以生存的土地被圈占，许多农村很快被城市化、楼房化，而失地的农民却不能为城市所"化"。在城镇化过程中，中国的乡土社会正在被逐渐遗弃和荒芜。参军、考学、打工……乡村几乎被抽空了新鲜血液，人人"挤破头"奔向城市，乡村只剩下了老弱病残。走出去的人很少回来，上学的想尽一切办法留在城市。从军的托人花钱只要能晋级士官就能长久待在部队，即使复员退伍回来，也能赚到一笔丰厚的安置费，为在城里安家攒个家底。出卖劳力谋生的农民，一旦到了城里，即使艰难，也不愿返乡，舍弃淡泊乡下的家业毫不悔惧。能出去的都出去了，村庄只有留守妇女、留守儿童、空窝老人，年老的一个接着一个离世……放眼全国农村，大致都存在同样的问题。"386199部队"驻守的村庄，最紧迫、最凄惨的是留守老人问题。留守儿童长大了会想办法离开村庄，留守妇女会想办法跟随丈夫外出。只有留守村里的老人老无所依，即使有再多的金钱，一旦丧失劳动能力，金钱无法变成精心照顾的贴心子孙，无法采购人间温暖的亲情。村庄里生老病死和婚丧嫁娶所固有的生命仪式正在被湮灭。记得老父亲曾告诉我："村里办的婚礼越来越少了，外出打工的孩子大都把婚礼搬进城里了。嫌回村办婚礼麻烦。"唯有葬礼，是村庄无法舍弃的规则仪式，每一个老人死去，都要举行葬礼。我们村西北方向的柴虎山南面是村集体的，村里人老了火化以后，还可以在这里土葬。如今村里真有老人离世，找上八位抬棺材的青壮年都很困难，葬礼仪式上披麻戴孝的孝子贤孙也越来越少。

改革开放和现代文明之风从农村起步，又从日渐富裕的城市吹回农村，大大咧咧、敞开胸怀的村庄没来得及喘息和思考，甚至还没顾上醒悟，就别无选择、无所适从地接受了富有诱惑和挑战的城市文明的冲击。村庄里集体活动跌入"撂荒"窘境，农民精神文化生活日益"沙化"，甚至喝酒打扑克、玩麻将就是文化生活的主角。如此空虚的文化环境，留不住血气方刚、渴望向上的青年人，温饱之后的农民开始关注自身命运，骚动不安的新一代农民痛定思痛，纷纷拖家带口，背起行囊，抛弃田园，满怀憧憬地奔向遥远而陌生的城市，去寻找一种说不清道不明的梦想。村庄里的人越来越少，年轻人纷纷考大学、当兵、进城打工，比赛似地远走高飞，拼命脱离相依为命的村庄。只剩下白发苍苍的年长者捋着胡须、吸着闷烟，看护着妇女和儿童，无奈地打发漫长的时光。古朴的曾经生机勃勃的村庄弥漫着淡淡的寂寥、愁绪、哀伤和无助。城郊、城中尚没被拆迁的村庄萎缩在一角，显得土气、杂乱、肮脏和尴尬，成为现代大都市不协调的光景和改造的重点区域。在经济全球化和现代工业化的大背景下，环境和土壤污染、生态破坏已成为村庄和村民又无法回避的生存危机。

有的学者曾大胆提出用 50 年的时间消除所有村庄，引发各界的争议。问题是，这种观点没有充分考虑我们的国情，没有充分考虑中国人几千年刻骨铭

地　气

心的乡恋情结等传统文化因素和农村日趋老龄化的现状。简单提出减少村庄的目标，其实没有充分考虑村庄实际和农民真情实愿，真是"站着说话不腰疼"。城市化的核心是人的城市化；城市化的重点，是如何把人"化"入城市。必须坚持节约优先、保护优先、自然恢复为主，积极稳妥地推进新型城镇化，逐步实现城乡发展"一体化"、农业转移人口"市民化"、公共服务"均等化"。

富足的城市不敢也不会忘记村庄，因为村庄是城市的祖宗；喜欢留些村庄的名字，用以铭记思乡情感。看看城市的地名，譬如那到处重复使用的大村、小庄；地铁、公交站牌，叫什么村、什么庄的更是比比皆是，甚至连飞机场也习惯于以村庄的名字命名，如大郭村机场、王村机场、岑村机场。曾经的村庄已面目全非，被水泥钢筋全覆盖，但她的精神和风骨还凛然而立。你看什么周庄、周村、中关村、奥运村、全运村，即使很大的城市，也自豪地叫枣庄，石家庄成为唯一用"庄"命名的省会城市。城里早已没了村庄，为了感受村庄的宁静、祥和与自然，便开始制造村庄。什么芙蓉山庄、杏花寨、梨花村的名字时常跳入眼帘，明明知道这是商人在玩概念，但人们仍经不住虚构的诱惑。城里人原本就是村庄里的人，在城市里住得久了就想回村庄一趟，找找丢失的感觉和期望，所以新农村饭庄、新村庄食府、庄户人家饭庄等可以团聚的酒楼，也在城市的大街小巷应时而生，且生意火爆。进得这种大把掏钱包的村庄，摆设装饰也复制着村庄的土色土香，玉米、麦穗、蒜辫、辣椒串错落有致地挂上墙，辘轳、石碾、纺车、石碓、八仙桌、实木凳都成了思乡的摆设。城市人簇拥而来，花钱体验回乡下那潇洒、惬意、舒心、真实的感觉。远离城的喧嚣，脱离尘世的烦恼，与模仿的大自然亲密接触，休闲养生静心效果也很出奇。

有规划、有节制地建造城市，适当保持村庄的自然空间，让城市与村庄和谐相处，这是人类理想的居住格局。中国真正实现从村庄大国向城市大国的转变，让许多村庄成为历史，这是城镇化、城市化、现代化的必由之路，也是多少代农民梦寐以求的理想。如果城市发展不以掠夺农村资源、农民利益为代价，假如村庄与城市能平等地享用自然与社会资源，那么农民也不会、也不必大迁移，许多村庄自然就能保存、生存、生活下来。

下篇：滋养乡愁

村庄是中国文化、中华文明的母体。

2014 年中秋节，我和夫人带着儿子、儿媳，与我三个妹妹家相约，分别从济南、临沂、日照和县城出发，又一次集中回到养育我们的那个小山村，那个全国六十多万个建制村中的一个小山村，小得连县里的地图都不舍得标一个点的小山村，看望年迈的爹娘，团圆过中秋。

因为中秋节这天都要返单位上班，所以一家人商定，就把中秋圆月夜提前到了阴历八月十四。老娘很看重这顿晚饭，做得很讲究，不但菜肴品种多，还

地　气

摆上了月饼和石榴、苹果、葡萄等水果。父亲翻出藏了多年的一瓶高度酒，犒劳我和三位妹夫，也算是为我三妹妹家刚考上大学的外甥喝一顿喜酒。望着满脸笑容的父母，我们兄妹几个心里一阵阵温暖与感动。

天气渐渐凉了。山村的夜晚十分宁静、安谧。节前透犁的秋雨已把干旱的沂蒙大地清洗得纤尘不染。天空蓝蓝的，真是风轻云淡，流泻下的月光皎洁如洗。秋虫开始发声，蟋蟀、蝈蝈、金铃子轻吟浅唱，尽情抒发着生命的自由与从容，给这个季节的山村增添了几分特殊的韵味与灵动。我们一家老小围绕在年迈的父母周围，大家头顶灿烂的星空，指指点点平日在城里难能看到的圆月和眨动眼睛的星星，不时还有小小的萤火虫儿在眼前飞舞。大家谈天说地、家长里短、笑声阵阵，其乐融融。皎洁的月光抚摩着沂蒙大地上的每一个村庄。我抬头与月亮遥遥相望、默默对话，心里在轻声告诉天上的嫦娥：感谢在我家自主确定的团圆夜，赏给了难得的一片瓦蓝的夜空和月光。这时，村支部大院响起了富有节奏感的音乐，原来是村里向来羞答答的老太太和媳妇们共同跳起了广场舞，虽然那姿势有些拙笨，但掩藏不住内心的幸福与满足。我夫人和妹妹新奇地也去观摩，凑热闹。这是沂蒙山区一个原始村庄里一户普通农家，一个平常却又亲切温馨的夜晚，虽然普通而平凡，却又让人难忘留恋。我感觉她的意义非同寻常……

我的故乡，沂蒙山区东部那个普通而平常的小村，村名叫厉家泉，因厉氏祖先在村后开掘出那口甘洌的泉井而得名。村里都是青石垒砌的房子，房屋一排排、错落有致。那两天阳光明媚，童年的记忆，蜂拥而来，潮水般漫过我近三十年的城市生活记忆，让我的心迅速沉浸在古老的、即将消逝的故乡和迅速变化的村庄里。我记忆深处行走着一个缥缈的村庄，一个似乎很遥远、很清晰的村庄，一个永远沉默、被人忽视而又怀念牵挂、无法释怀的村庄！村里出现了空窝老屋和坍塌的旧居，村庄西岭是日夜轰鸣、污染环境的石料加工场。村庄南高北低，我站在村南的乡间道路上，望着村庄的四周，心中禁不住涌起淡然的无奈与苍凉。严酷的现实正在颠覆我记忆中村庄那美好的形象。

村庄不仅有亲情、乡情、族情的存在，更承载着隐忍、朴素、勤劳、善良等诸多精神品质。眼下越来越多的人意识到新农村建设，必须彰显"现代骨、传统魂、自然衣"，体现留住山水、留住记忆、留住文化和精神的根，保护好村镇千百年来传承的自然景观、生产方式、邻里关系、家训家规、民风民俗等"田园牧歌"式的"乡愁"。

村庄是"乡愁"所代表的中国传统文化的重要载体。在当下的现代化进程中，避无可避、逃无可逃地面临着消失殆尽的危险。如果简单地把原有村庄彻底推倒，相当于把长期积累沉淀的乡村文化连根拔起，必然造成村庄文化的断裂、命脉的终结，制造出"文化荒地"、"文化沙漠"。俄罗斯诗人叶赛宁只有在那个平庸丑陋的小村庄，才有"紫罗兰，你拼命地作响吧"的经典吟唱。诗人海子行吟：从明天起，做一个幸福的人 / 喂马，劈柴，周游世界 / 从明天起，关心粮食和蔬菜 / 我有一所房子，面朝大海，春暖花开。基于各种原因，各个

地　气

民族和国家都为自己的传统和文化而骄傲，尤其是随着经济社会的发展，人们更加重视文化，形成了由被动到主动、由自发到自觉的行为轨迹。当年朱自清留学英国，曾写文章感叹英国的名人故宅保存得好。如欧洲文艺复兴时期人文主义文学的集大成者莎士比亚，其故居就受到英国人不遗余力的保护。据说，英国著名的作家几乎都有自己的故居，就连福尔摩斯这样的虚构人物也都有自己的故居。故居不仅仅是用来参观的，它承载着百姓对自己历史文化的尊重和留恋，是一种历史的"念想"和载体。正如我国最早的陶器刻画符号、甲骨文、青铜器上的金文，都是我们追寻汉字在不同历史时期演进轨迹的佐证。

我们的祖先无论走南闯北，不管走多远，心系故乡，心劲是足的，心气是满的，根脉是相连的。人一旦没有故乡、家乡的概念，一切病根就会发芽。生活在城里，没有这是自己的家的感觉，房子越换越大，心却越悬、越感漂泊；心越漂泊，越感觉到没有根，无尽的焦虑、烦躁和空虚便油然而生。真是"半径越长，离圆心越远。圆周越大，圆心越小"。天地间一切生物都有源。人为万物之灵，理应敬先奉祖，追本溯源。家无谱则必乱宗伦，国无史难立世界民族之林。了解中国，了解乡土，起码你得知道家庭、家族、血缘。现在要修的不是哪个姓的家谱，而是整个中华民族的"大家谱"、"大族谱"。假若村庄消失，文明也必定随之被熄灭和毁灭，我们必然接受道德和良知的鞭挞与叩问！

中国北方农村有攒钱"盖新房、娶媳妇"的民风传统。改革开放以来，农民手里渐渐有了钱，家家户户的房屋也基本上都翻修或者新建一遍。北方农村的房屋基本寿命在三十年左右。因而进入新世纪以来，农村的房屋也都逐步到了翻修或者新建的时间。这些年，正逢国家推进"以人为核心"的城市化、城镇化进程，许多地方对城中村、城郊村和工业化、城市化比较早且有一定基础的村庄进行了城市化改造，有的是对传统的村庄进行保护性开发与改造，许多农民过上了"垃圾看不见、街街有景观、吃水不用担、做饭不冒烟、看戏不出村、粮菜纯天然"的"神仙"日子，可喜的是许多地方的村庄改造已经跳出传统的"盖新房、住新房"那种单纯温饱层次的追求，注重产业发展和生态平衡、生产生活的协调，注意把农房当作乡村风土人情和文化传承的载体，既保留传统的文化因素和历史记忆，又有现代生活气息和时代的身影，成为展示乡土文化根脉的幸福家园和美丽乡村，出现了"来了不想走、走了还想来"的现代自然田园。山村、平原村、库区村、海边村，一村一景，村村特色，逐步改变村庄"晴天一身土、雨天一身泥"的状况。许多地方对村落原始风貌保存较好和具有历史文化保留价值的村落予以保留，对古树、古屋、古寺、古戏台甚至石碾、石磨等承载文化记忆的村庄元素进行保护，留住文化因子。许多地方拓展农村民俗保护、文脉传承、观光休闲、农活体验、乡村旅游等功能，让农村遍地都是观光休闲农业、处处都是民俗风情、满眼都是乡村风光，优化了农村居住环境和条件，增强了农民生活的宜居感和幸福感。传统的村庄建设成为创业家园、文明健康的生存家园，留下青山绿水、传承乡土文化、留住乡愁记忆的精神家园。

地　气

　　万事开头难。建设美丽中国，坚持节约资源和保护环境的基本国策，建设资源节约型、环境友好型社会，对山水林田湖生态保护和修复，补齐生态文明的短板，筑牢生态安全屏障，正在成为政府和百姓发自内心的自觉行动。绿色既可富国，又能惠民。青山绿水就是金山银山，天蓝、地绿、水净、景美，应当成为人民美好家园的图案。尤其是一些农村和农民已经尝到了甜头。2014年"中国十大最美乡村"揭晓：地处沂蒙山腹地的沂南县竹泉村"因竹而有韵味，因水而有灵气"，在众多美丽乡村中脱颖而出，夺得"中国十大最美乡村"荣誉称号，成为山东省唯一获此殊荣的村庄。同年，临沂市的兰陵县也已建成中国首个国家级农业公园。

　　中华民族看重的礼义廉耻，原本根植于最质朴、最底层的乡野，成为五千年文明史绵延不绝的活水源头。田人合一，天人合一，是我国农村原居民典型的生产生活方式。乡村文化是人和自然、道德和信仰高度契合的产物，文化基因和精神土壤是人气涵养的，村民的生产、生活场所与方式都是有生命的，都保留和渗透着文化的因子。保护村庄，就要保护村庄建筑、语言、服饰、民俗等具有文化标识的传统文化。传统村落蕴藏着中华民族的历史文化基因，是乡村历史、文化、自然遗产的"活化石"和博物馆。

　　一部中国文学史，写尽了乡情、乡愁。普通的村庄隐匿和守护着我们内心深处、带着中国人农耕文明和人类童年体温、渗透着道德良知的那部分"精神家园"。贺知章感叹："少小离家老大回，乡音无改鬓毛衰"。余光中吟唱："乡愁是一枚小小的邮票，我在这头，母亲在那头"。席慕蓉比喻"离别后，乡愁是一棵没有年轮的树，永不老去"。乡愁到底是什么？就是思念家乡故土的深情，隐藏在游子内心深处刻骨铭心的记忆、难以割舍的情愫，也可以说是对大自然、对原生态、对生命本质的向往与留恋。人一旦远离故土或被城市文明长期纠缠，这种情绪便会或急或缓、或早或晚、或深或浅地涌流而出。随着城市化、新型城镇化的快速推进，村庄开发与保护的利益博弈，依然会激烈和残酷。城乡变奏、融合发展是历史必然，是人心所向。"城市让村庄更漂亮、让生活更美好"，归根到底在文化的魅力；"村庄让城市更向往、让感情更丰富"，还是靠文化的凝聚与积淀。

凝望乡土中国，坚守文化根脉，中国村庄定会时来运转，乡愁也就有了鲜活的载体、灵动的气脉和五彩缤纷的形态。

守护自然村庄，栽培绿色村庄，建设幸福村庄，生命无污染，生活原生态，生存蓬勃自由！

扫描二维码
聆听作者的散文
《村　庄》

炊　烟

　　炊烟，仿佛与宁静和谐的乡村和古老的农业文明有千丝万缕的关联，好像是乡村题材绘画、摄影、诗词、歌曲的道具和索引，又仿佛这炊烟里徐徐腾起的是那古老而悠长故事的序言，意境悠远，令人沉醉……

　　山村那缕缕升腾的炊烟，像顽皮的牧童坐在牛背上吹出的那一曲淳厚的乡音，像扎着小辫的牧羊女扬起牧鞭呼唤羊群的那一阵回音；像老爷爷又长又白的胡须在风中舞动，像叔父大爷扛着犁耙镢头、牵着牛羊走回家门的一行背影，又像是乡间播种谣、丰收谣、祭祀谣的一串休止符……炊烟是母亲的那段摇篮曲，是飘在儿时记忆里的那幅水墨画，是古典田园诗中平平仄仄的韵脚，是攀结在游子心头的思乡情结。更像是母亲伫立村头振臂呼唤儿女回家的侧影，重叠成一幅最简约清晰、最古典迷人、最撩人心弦的速写！

当夕阳醉意朦胧地把树影慢慢拉长时，一缕缕炊烟便在座座茅草屋上慢腾腾地升起来啦。夕阳下，那静卧着的农房老屋越发苍老，那饭菜的醇香与柴草的清香，便高度融合在一起，灌满老屋的每一个角落。这一切就像刻印在我生命中的一幅乡村图画，时常浮现在我的眼前，也缭绕飘浮在我的文字和梦境里。

当远离乡村、住进没有炊烟的高楼大厦之后，故乡那魂牵梦萦的炊烟，不仅仅是飘摇在天空的一缕乡情、乡愁，更是故乡浓得化不开的乡魂。一个人想家的时候，不仅仅是想老家熟悉而亲切的人或事，更会沉湎在家乡特有的炊烟的色调、形态和味道之中。

我们无论从山村还是从渔村走出来，记忆中那袅袅的炊烟总是伴随爹娘的辛劳，从屋顶悄悄升腾起来，纤纤细细的，浓浓淡淡的，随风在天空悠然飘荡，最后融入一片蔚蓝之中……

千百年来，生活艰辛与苦涩的村庄，寂静而甜美的村庄，每天都是被炊烟唤醒的。乡间没有什么能像炊烟一样长到天空的高度，更没有什么比炊烟更能打动离乡人那敏感脆弱的神经。每天清晨，伴随大红公鸡伸长脖子的啼鸣，便有袅袅的炊烟从家家农户的烟囱里升起，那炊烟，纤纤的、细细的、轻轻的、柔柔的，越往上越稀薄，最后慢慢在空中弥散开来，伴随着清风在天空下轻悠地飘荡，绵延数里，轻巧而空灵，仿佛是一位轻歌曼舞的少女，臂柔如无骨，

地　气

身软如云絮；舞姿灵盈，如深山月光，如树梢微风，融天地之灵气，染晨昏之丽色……那情景，犹如一幅多彩的水墨画，或淡或浓，或远或近，浓淡相宜，意境悠长……慢慢的你就可以品味出空气中飘来的缕缕炊烟的香，暖心暖肺。傍晚，三三两两的农民披一片霞光，凝望着村落上空飘起的炊烟，扛着沾满泥土的铁犁、锄头等农具回家。晚风徐徐地吹着，炊烟顺着一个方向弥漫，又悄悄散开，还夹杂着牛羊鸡鸭归圈的欢叫声和母亲站在村头或路口喊孩子回家吃饭的声音，余音伴随着炊烟在雾气腾腾的田野上消散……乡村的夜晚迈着安详温馨的步子，踏着炊烟的节奏缓缓拉上了夜幕。

炊烟是山村永恒的色调和表情，不论天气好坏、日子贫富，炊烟都与村庄相依为命，风来弯弯腰，雨来隐隐身，依然往上、往天上生长……故乡的炊烟奇妙无比，变幻多姿，她如同故乡的彩云，一会儿炊烟条条，一会儿又炊烟缕缕，一会儿炊烟朵朵，一会儿又炊烟片片，那般神奇，那般巧妙，那般丰富多彩，那般妙趣横生，那样富有魅力。炊烟，袅娜、轻盈，慢慢上升、悄悄扩散，在小村上空聚集成一层浅浅淡淡的薄云。因她的点缀，小村多了一份灵动，增了一份妩媚，添了一份淡雅。远远望去，炊烟笼罩下的小村，真像一幅精致的水粉山水画……

炊烟的颜色和形态是千变万化的。如果炊烟的颜色是清淡的白色，那说明灶里的柴是干燥和易燃的；如果是浓浓的黑色，那或者是续草太多，或者是柴草太潮湿，也可能是遇上了阴雨天；如果是股股浓浓的又黑又白的烟涌出，那肯定是刚起灶，母亲刚把柴火点着；如果烟囱口出现的是连续不断且透明的烟，那肯定是锅里的饭菜正在闷炖的时候；如果炊烟只剩下那么一小丝轻薄的样子，那肯定是饭菜已出锅了。

炊烟是乡下人一日三餐的时间表，是大人上工收工的哨子，是孩子上学放学的标志，是故乡的生命图腾，是家园的独特标识。新中国成立后，翻身当家作主的农民在自己的土地上，日出而作，日落而息，一日三餐，炊烟袅袅，那是多少代人渴望的安宁、幸福和满足的生活。上世纪六七十年代，虽然是个物质贫乏的时代，但人心是单纯的、和善的，且是真诚的，情也是温暖的，连炊烟都是柔软的。从炊烟上能明显分辨出乡亲们日子过的好坏。谁家的炊烟浓，烟雾长，底火旺，谁家的日子就红火、就好过；谁家的炊烟薄，烟气短，日子就难过、难熬；谁家的烟筒不冒烟，那有可能是断炊、生不起火了。

村庄上空、老家屋顶上的袅袅炊烟，是一道美丽的风景，是我永远无法走出的眷恋和记忆。

炊烟是连接家与幸福的彩带。每当太阳冉冉升起或者徐徐落下，故乡小村庄上空那丝丝缕缕的炊烟，更像是母亲伸出的手掌，在一声声呼唤着、期盼着远走他乡的儿女。这故乡的那缕炊烟呀，一回望就令人心醉，一梦见就令人神往。在那渴望温饱的年代里，炊烟里散发着开春时节榆钱叶子和乡间地菜、苦菜、灰菜、马齿苋、荠荠菜、野韭菜、婆婆丁等野菜的清香，饱含着深秋第一

地 气

墩地瓜下锅后溅起的丝丝面香……少年时每天放学回来，背着书包跑到村头岭顶，远远地看着自家的老屋顶和院里的老槐树，远远地望见夕阳下自家的烟囱正飘起淡淡的炊烟，仿佛就闻到了可口的饭菜香，立即断定："哦，娘在家，娘正忙着做饭呢！"心中顿时就涌起温暖、踏实的感觉。回望村落，各家各户的屋顶，都飘起淡淡的炊烟，映衬着西天的夕阳。一会儿工夫村庄的上空就弥漫起缕缕炊烟。只见那缠绵的炊烟贴着瓦房，沿着村庄的走向，随着风的方向蔓延……

炊烟飘走了美好的时光，吹老了悠悠岁月。在炊烟的升腾中，我看见、看清了母亲火光映照下的脸以及脸上那深深的皱纹。或许，只有娘自己才最了解那皱纹里深藏的风霜、坎坷与苦难；或许只有这炊烟才最清楚，母亲的鬓发是怎么一天天变白，母亲的脊背是怎样一天天驼下去，母亲的脚步是如何一天天变得迟缓……

新中国建立不久、改革开放前这段时间，乡下人吃没法讲究，穿也不能讲究，可单单就讲究烟筒高，烟筒直，拉火出烟不焖火，不焖烟，图个烧火旺，不迷眼，不熏墙，怀揣着过上好日子的愿望。因而家家的烟筒都垒得特别高，烟筒孔也留得特别大，幽幽青烟从烟筒孔中喷出，能感觉日子蒸蒸日上。家家炊烟袅袅，无风时直线上升，有的在半空中消失，有的与低层的云会合，游离乡野。微风轻拂时，炊烟顺风摆动，有时弯曲的像条烟河，有时轻飘飘的像浮云，有时又像一条狭长的绸丝带子，绵绵不断，缠连不休。有的烟筒火旺，时刻喷出一股股火花，带着浓黑的烟团向远处飘去，飘向四野，飘向天边。不同的柴草，烧出来的烟是不同的，意义也就不同。记得我爷爷在世时，我们家大年初一煮水饺的柴草是有规定的。自秋天开始，我爷爷就单独把黄豆秸和芝麻秸留下，瞅个好天气晒干，把杂草挑干净，用花生秧或地瓜秧捆好，单独找个干燥地方存放好。黄豆秸和芝麻秸结实、耐烧，会冒出乳白色的青烟，说明家里柴草充足、日子富裕。再者黄豆籽粒饱满、象征子孙有福，芝麻象征着来年日子像芝麻开花节节高。大年初一，爷爷看着灶膛里的黄豆秸和芝麻秸燃起的那蓝悠悠的火苗，看我们穿上新衣裳，在院里头顶雪花，蹦蹦跳跳地燃放鞭炮，便捋起花白的胡须幸福地陶醉了，对新一年的生活、对子孙充满自信和憧憬。

年复一年，岁月如歌，炊烟在我儿时的记忆里，在我们的欢笑中，在我们成长的脚印后缕缕升起。多少年了，母亲喜欢用土坯垒的炉灶做饭，大都一边烧火，一边忙着蒸煮炒炸，对家人的关爱就像燃烧着的那腔炉火。

岁月的风，可以吹走故乡的容颜，却吹不走村庄的尊严。如果有谁能带走村庄的尊严和声誉，那么他带不走的是故乡的灵魂和浓得化不开的乡情。记得那年初春，生产队里的老黄牛病死了。那时候宰杀大牲畜是要报告公社、等待上级批复的，否则就视为犯法。牛死了办手续相对简单，跟公社领导报告一声，再说别忘了让他们也借机改善一下生活就可以啦。开春农活刚要开始，在这要紧的时刻，牛死了，队长感觉没尽到责任、担心地里的活，很是伤心；整

地　气

劳力得替牛拉犁了，很是无奈。其实全队人特别是孩子们心里偷着高兴。不是大家觉悟低，因为那时生活困难，大家从年头到年尾吃不上顿肉、沾不着多少油花，确实嘴馋。几位技术过硬的男劳力，在生产队仓库旁迅速垒起临时煮牛肉的灶。孩子们就围在那里，贪婪地盯着那牛皮被扒掉，整个牛再被肢解，被洗净，被一块块地放入锅里……当那缕缕炊烟袅袅娜娜地升在半空，映印在那蓝蓝的天上，那一幅绝美纯净的画面定格在村庄的上空。那炊烟预示着生产队的一个重大的节日，也有了凝聚人心、满足心灵的缘由。

心若清静，哪里都是故乡。夕阳下的炊烟，总让人想起年迈的双亲伫立村口，一双望穿暮霭的眼眸，痴痴地守候和期望着儿女们匆匆的归程。在城市吃着买来的煮玉米和毛豆、炒花生、烤白薯、蒸南瓜，这些东西看起来干净，吃起来也方便，但吃不出那种包含炊烟的味道和口感。如今忙里偷闲回老家，父母就像招待客人一样忙活。往往刚吃过早饭，娘就起身开始忙碌，准备中午那顿香甜可口的饭菜。娘点起灶膛里的柴火，那红红的火苗映红灶膛，也映红娘那张历经岁月沧桑、按捺不住幸福满足的脸庞。

故乡的炊烟是清纯的、散淡的，经常像柔曼的轻纱一样飘在小村庄的上空，缠绕山峦的腰间或头顶，把个原本清贫、偏僻的小山村，打扮成了藏在山套里的世外桃源，使我这个远离故乡的游子，每每回望炊烟，便会醉倒在比陈年老酒还要醇厚的乡情、还要绵长的乡意里。

　　我常想，人生究竟需要什么样的生活，什么样的生活才能让人的心灵始终处在一种宁静安逸的境界之中。都市也好，乡村也罢，不管哪种生活方式，当我们的生活有了基本保障之后，更重要的应是追求一种人与人之间的真诚和谐、轻松舒适、自主自如，追求心灵深处的那一丝丝的幸福与满足，譬如怀着一颗平常心、感恩心，欣赏清晨窗台上的第一缕阳光，品味一家老小围着一张大饭桌热闹地就餐，享受年迈的父母眼角自然流露的笑容，凝望故乡老屋升起的淡淡的炊烟……享受这些看得见、摸得着，简单、平淡、平凡、真实的每一个生活细节、每一个生活瞬间，这就是生活的本色。有了感恩的心态，就拥有了不尽的幸福，心情就轻松愉悦，生活就逍遥自得。随着人们生活水平的日益提高，现代化的普及，乡村大都改变了烧柴草做饭的生活方式，烧水做饭只是拧一下煤气灶、沼气灶就可以了，省心、省事、干净。炊烟也逐渐淡出了古朴的村庄。炊烟虽然富有诗情画意，让人内心产生无限的遐想，但那种安逸与悠闲的背后是生活的艰辛和无奈。我希望中国所有还在和炊烟打交道的农村、农民，能够早早地告别炊烟，告别那烟熏火燎的生活状态。让炊烟作为一种靓丽的风景、储存下情感的浓彩真色，飘舞在我们的记忆深处吧。

　　炊烟，是长在乡村脊背上的图腾树，穿越五千年乡土文明的土壤，长成村庄清晨和傍晚最为动人的风景，恰似一幅轻淡而雅致、价值连城的水墨画。

　　炊烟是农耕文明的产物，伴随社会进步的脚步，炊烟在乡村也逐渐减少、消散。

地　气

　　柴草味的炊烟，依然在偏远山村的粗茶淡饭里生生不息，乡村味道没有消失……

扫描二维码
聆听作者的散文
《炊　烟》

人　民

"人——民——万——岁！"

这是 1949 年 10 月 1 日，开国领袖毛泽东主席在庄严的天安门城楼上，操着纯正湖南口音，郑重喊出人民成为国家主人的宣言。话音刚落，30 万军民脚踏平坦的天安门广场，举手向祖国敬礼，亿万双眼睛涌出幸福与喜悦的泪水。这宣言，如一轮朝日横空出世，刺破青天，纵穿历史，震撼世界……

一撇一捺，脚踏大地、互为支撑为"人"。人民，普通得像大地上一株株的小草，平常得像大海里一朵朵的浪花，平凡得像天上一颗颗无名的星辰……每每写下"人民"这两个字，我顿感神圣凝重！每每读到"人民"这两个字，我立刻肃然起敬！

角力人心

马克思主义的诞生，为"人民"这一概念注入新内涵。

人民很多时候指平民、庶民、百姓。在不同的国家或同一个国家的不同时期也有不同的内涵。无论在什么国家、什么历史时期，普普通通的劳动群众始终是人民的主体。

上个世纪二十年代初，南湖红船给神州大地抹上一缕希望的霞光。那时中国政治舞台上各种力量相互角力。当年毛泽东把中国共产党跟群众的关系比作鱼与水、种子与土壤，要求十分力量要拿出九分去做群众工作。共产党在国民党重重围剿下走向成功，美国军事观察组给出答案："国民党占有着大片的土地，而共产党则占有大片的人心"。真可谓"力量的对比不但是军力和经济力的对比，而且是人力和人心的对比"。

解放战争时期的三大战役，其中淮海战役规模最大，斯大林评价说："奇迹，真是奇迹！"傲慢的美国人说：神奇，不可思议。开战时，正值山东解放区迎来土改完成后的第一个丰收年。广大农民兴奋地收割完自家的秋季粮食，便扛起扁担，推起独轮车，顶着敌机的狂轰滥炸，毅然加入支前队伍。540 多万支前民工高喊着："队伍打到哪里，支前就跟到哪里！"陈毅元帅说，淮海战役的胜利是人民群众用小车推出来的。

这种惊天地、泣鬼神的故事随处可见。在井冈山革命斗争时期，为了不让红色苏维埃政权的一枚公章落入敌手，苏区人民甘愿付出了生命的代价！沂蒙红嫂用自己的乳汁，救活的不只是战士的生命，她哺育的是党的一个希望！为了掩护八路军、新四军、游击队伤员，为了保护党的地下工作者，不知道多少群众以生命相搏！在残酷的战争年代，老百姓为什么会最后一粒米交军粮，最后一尺布做军装，最后一个娃上战场？那是党和人民唇齿相依、血肉相连的生动写照！

中国人民可敬可爱！三年饿肚子的岁月，尽管挖野菜吃树皮，百姓没有怨言。河南林县人民忍饥挨饿，硬是在悬崖绝壁之上凿修出被誉为"人工天河"的红旗渠；"文革"浩劫十年，多少家庭被迫害连累，一张张平反书，换回无数感激的热泪；改革开放初期，千万职工下岗、待业、再就业，为改革牺牲个人利益，勇敢地擦干眼泪从头再来……

近20多年来，国际上"中国威胁论"与"中国崩溃论"一直颇有市场，有人多次预言中国经济即将崩溃。甚至一段时间，中国经济陷入危机的声音越传越厉害，这种唱衰中国的声音居心险恶。诚然，中国经济发展不平衡、不协调、不可持续的矛盾和问题仍然突出。但自2010年经济总量跃居世界第二位之后，一个个事例，一组组数字，一幕幕图景，撼动人心。事实昭显了制度的

地　气

优势、国家的实力和人民的威力！

我们的民族多灾多难。新中国成立以来，人民始终感激党和政府。2013
年 5 月我携妻儿陪同种了一辈子地的爹娘坐高铁去游览天安门。老父亲凝望着
天安门城楼上的毛主席像说："自从有了毛主席，中国人才不挨打，才直起腰
杆子呀！"

"人之命在元气，国之命在人心。"不管是破解国难、化解民族危难，还是
民族振兴、国家强盛……归根到底是我们党紧紧依靠人民的信任与支持。

点中命门

1944 年 9 月 8 日，毛主席参加延安中央警备团普通战士张思德追悼会，
他不仅亲笔写下挽词，而且发表了著名演说——《为人民服务》。从此，"为
人民服务"这一中国共产党的政治宣言，连同张思德的名字一起响彻中华
大地。

"为人民服务"这五个字，在中国革命、建设、改革、复兴的各个历史时
期，最通俗、最经典、最大众化、最温暖人心。上个世纪六七十年代，中国无
论城乡、无论大人孩子都能背诵毛主席的《为人民服务》。"为人民服务"这
一立党宗旨，凝聚起中华民族的英雄豪杰、社会精英，把当人民群众的服务员

和勤务员作为人生目标和价值追求。

记得"文革"时期，学习、背诵《毛主席语录》和"老三篇"是压倒一切的政治任务。当时县、公社、大队的三级干部会，其中一项重要内容就是学习毛主席的"老三篇"。1967 年夏天，当时的莒南县大山公社在我们村召开学习"老三篇"经验交流会。由于天气太热，会议地点改在村后的树林里。最后由正在上小学二年级的我，代表村民背诵"老三篇"，展示我村的学习成果。我年龄小、个子矮，是村干部把我抱到主席台的桌子上背的，我眯着眼一句一句、一段一段、一篇一篇地"背"。当第二遍背诵到《愚公移山》"赫尔利已经公开宣言不同中国共产党合作"这段时，中间有些打顿了，于是在掌声里被抱下桌子。午饭前，我们全家在我爷爷带领下又虔诚地站在毛主席像前，把这件事情认真汇报了一遍。其实我当时只是死记硬背，只记得村里人死了要开追悼会、加拿大大夫白求恩给中国人看病、愚公领着子孙在挖山不止，真是囫囵吞枣！

中国共产党人尊崇人民、服务人民的优良传统和政治追求，不仅是政治理念，更是思想和行动的自觉。上了年纪的人，都会记得上世纪六七十年代，无论城市乡村，商家店铺、机关、职业大都贯以"人民"二字……当硝烟散尽、枪声渐远，战争让位于和平，发展取代了生存，却有少数干部的心离群众渐远，与群众的感情渐淡，群众在心中的分量渐轻。当发展进入关键期、社会处于转型期、改革步入深水区时，更须坚实地脚踏生养自己的"土壤"，倾听

"人民声音"，真心"为人民服务"。

2013 年 11 月 25 日，习近平总书记在山东临沂市会见"沂蒙母亲"王换于的孙女于爱梅等模范人物时指出：革命胜利来之不易，主要是党和人民水乳交融，党把人民利益放在第一位，为人民谋解放，人民跟党走，无私奉献，可歌可泣啊！

山东籍著名诗人臧克家在诗歌里写道："有的人，骑在人民头上：'呵，我多么伟大！'/ 有的人，俯下身子给人民当牛马 /……骑在人民头上的，人民把他摔垮 / 给人民作牛马的，人民永远记住他！"

中国脊梁

德国诗人海涅说过："谁不属于自己的祖国，他就不属于人类。"

群众在我们心里的分量有多重，我们在群众心里的分量就有多重。新中国的成立，开创了人尽其才、英雄辈出的新时代，应验了抗大校歌歌词："黄河之滨，集合着一群中华优秀儿女的子孙"。

新中国成立后，我国胜利完成了土地改革、农业合作化运动，使中国农业走向社会主义集体化道路。如何增加粮食和农产品产量，解决人民吃饭问题？

莒南县的厉家寨村，地处县城东北的大山脚下，世世代代靠天吃饭。1951 年底，村党总支书记厉月坤开始带领互助组以"一把镢头一张锨，敢教日月换新天"的豪情壮举，深翻岭地，到 1956 年粮食产量由原来的不足百公斤递增至 276 公斤，提前 10 年实现全国农业发展计划纲要的目标。1957 年，毛主席在莒南县委工作组的报告上批示："愚公移山，改造中国，厉家寨是一个好例。"从此，这个小山村声名鹊起，成为全国农业战线上的一面旗帜。陈永贵曾两次考察厉家寨，谦逊地称厉家寨是大寨的"老师"。以农民、工人为主角的大寨、大庆，成为上世纪中国农业、工业的旗帜，曾经开创了"三年困难"之后中国经济和时局发展的新局面。

我的童年，几乎是在"战斗"中度过的：课本里学的是战斗故事，课余玩的是战斗游戏，晚上看的是战斗影片……那时文化生活单调，常常追着电影放映队"跑片"，从前村追到后村，从乡村追到城镇，影幕正面人多看不着，便转到银幕背面，《小兵张嘎》《鸡毛信》《八女投江》等电影不知看了多少遍，小侦察员嘎子、儿童团团长海娃、视死如归的刘胡兰都是我们羡慕崇拜的英雄。记得东北抗日联军领袖杨靖宇牺牲后，当残忍的日军割头剖腹，发现他的胃里尽是枯草、树皮和棉絮，竟无一粒粮食，无不为之震惊。

中国进入新世纪，一系列重大民生举措全球瞩目：抗击非典、尊重保障人权入宪、取消农业税、农村免费义务教育、青藏铁路通向雪域高原、收容遣送办法废止、物权法出台、中美共建核安保示范中心……在城镇包括养老、医

313

疗、失业、工伤和生育保险在内的社会保险制度基本建立，最低生活保障制度也全面实施，零就业家庭的就业援助工作正在推进。国家步入了中等收入国家行列，人民迈上全面小康的门槛。

新中国成立以来，我国涌现出了雷锋、王进喜、时传祥、欧阳海、王杰、焦裕禄、孔繁森等千千万万英雄模范人物；在土地革命、国家工业化、改革开放中，在抗美援朝战争、中印边界作战、南疆自卫反击战中，在三年严重自然灾害、抗击非典、打击贩毒走私、维护社会治安中，在唐山大地震、汶川大地震和几十次抗击洪灾、旱灾、冰雪灾害中；在北京奥运会、残运会、大运会、世博会和进军文化、教育、体育强国的进程中，在原子弹、氢弹、卫星试验、神七上天、玉兔登月等科学技术进步中，涌现出的林巧稚、梁思成、钱学森、李四光、华罗庚、邓稼先、苏步青、袁隆平、王乐义和张海迪、邓亚萍、杨利伟、罗阳、许振超、钟南山等无数有名和无名英雄、模范和先进集体、个人及各行各业的骨干、带头人，他们共同筑就了中华魂，擎起民族精神，挺直共和国的脊梁。在汶川抗震救灾的大悲壮、大爱心、大行动，使国家精神和人间真爱在一夜间直观、融和、鲜活起来。这种凸现，是半个多世纪社会主义制度建设长期积淀的精神迸发，又是社会主义优越性和国力、人民素质的一次彰显、检验。

毛主席在《愚公移山》中教导我们："我们一定要坚持下去，一定要不断地工作，我们也会感动上帝的。这个上帝不是别人，就是全中国的人民大众。"

鲁迅先生概括说："中华民族自古以来就有埋头苦干的人，就有拼命硬干的人，就有舍身求法的人，就有为民请命的人……他们是中国的脊梁。"

上帝就在中国大地上，人民群众是真正的民族脊梁！

精神高地

俱往矣，数风流人物，还看今朝！老一代中国共产党人满怀自信，开辟了中华民族兴旺发达的新纪元。

"人民对美好生活的向往，就是我们的奋斗目标。"习近平总书记上任伊始的这句话，成为 2013 年全球最温暖人心、最响亮的政治宣言，点燃中国人的梦想。

中华人民共和国刚刚走过 68 年光辉历程，依然属于年轻国家，正在成长、成熟，自然也包括国民。几千年来，中国是宗法氏族社会，有自给自足的小农经济基础，在家族、血脉、传承观念方面几乎是先天性的。国人成功后，首先要回报有恩于自己的父母、亲人等家族个体。封建王朝"存天理，灭人欲"的方式不可取，但过度刺激人们的财富欲望更是最危险的。再伟大的政党，再强有力的政府，再富足的国家，都不可能满足人们无度的欲望。一个社会如果没有道德和信仰的力量来约束膨胀的私欲，就不会有长远预期，就没有前途和希望，就会是道德沦丧的社会。中国的某些区域和人群正落入这样的陷阱。平衡物质欲望，走出精神沼泽，重塑精神高地，已十分迫切。

几千年的传统中国与现代文明相遇时，必定会有一个相识、相容、磨合，甚至是碰撞、冲突、斗争的过程，有一个改掉不良传统和习惯的过程。带些山东口音的外国传教士明恩溥先生在《中国人的素质》一书中，点出中国人缺乏公德、不守时间、不懂礼貌等诸般弱点。遗憾的是，我们的不文明行为仍比比皆是。人类精神，主要包括宗教精神和政治信仰精神，革命者的牺牲精神一直是取胜的关键。中国共产党人赢就赢在精神。共产党人的信仰，堪比"精神原子弹"。邓小平早就警告：我们不能在"精神上解除了武装"。

"欲维新吾国，当维新吾民"，从梁启超到孙中山再到中国共产党，无不把"国民素质"作为根本。所谓"素质"，并不仅是会英语、会电脑的现代技能，更不是会穿衣、会玩乐的现代生活，而是价值尺度、思维方式、行为准则的与时俱进。官员贪腐，实质是精神弱化、思想蜕化。可叹的是，一些令人反感的陋习，甚至被视为不可侵犯的"权利"。殊不知，个人权利是有边界的。大声说话固然是你的权利，但安静显然是更多人所需；开车打远光灯能看得更清，但对面来车也要有同样视野。视恶习为权利，恰恰是弄反了权利的概念。"人人相善其群"，才能涵养公共意识。在个人之外，谨记还有社会；在私人领地之外，敬畏公共空间。在国家从传统农耕社会向现代社会转型之际，如何坚守文化基因，注重培育规则、法治意识，提升文化品位、涵养公共精神，培养现代国民和更好融入世界的行为规则，重塑文明古国的时代尊严，更自然、得体地与世界"坐在一起喝咖啡"？

鲁迅先生曾言，"列国是务，其首在立人，人立而后凡事举"。在五千年中华迈向现代社会的关键节点，"立德树人"之要在于培育公共精神、涵养公共文明。提高公民公共意识，才会在现代化进程中重塑民族的精神高地。长期以来，我们的道德教化和精神培养，过于原则和空洞，与现实社会和人群的复杂性、多样性脱节。每位中国人无论老少孺妇都应成为有良知、有担当、负责任的大国公民，不让孩子输在起跑线上，领跑者更不能腿短臂残。

这是一个普遍功利、焦虑、浮躁的时代，年轻一代在高房价、高物价面前失望，在二胎、户籍面前迷惘。北上广的空气污染严重，许多年轻人选择逃离。民生成为实实在在的实用、方便。某县创环保卫生城，笔直的大道两侧没建公厕。一农民来县城赶集，内急时找一僻静处方便，却被城管逮住，责备"你在这里方便违规，罚款"，农民却急中生智说："我没方便，我自己的东西，掏出来看看，也碍你的事？"是呀，谁说拉撒不是民生大事，谁能背着厕所出门？人类已进入了缺少天真童年和农耕乡愁的年代，因而诗人海子祈求："从明天起，做一个幸福的人 / 喂马、劈柴，周游世界 / 从明天起 / 关心粮食和蔬菜 / 我有一所房子 / 面朝大海春暖花开"。

一个文化堕落的民族，注定是一个无可救药的民族！文化，可以让一个

地　气

民族麻痹、失钙，可以为一个民族保健、疗伤和警醒。日本人正热火朝天地涂改罪恶的历史，我们却把《狼牙山五壮士》从语文课本中撤掉。有的雕塑家竟然为秦桧和王氏塑了立像，认为跪像的存在，无助于普及"人生而平等"的理念。韩剧曾迎合部分国人心理需求，尤其是许多女性成为超级"韩"粉。韩剧现象让中国文化人汗颜。没有文化和道德，仅仅靠钱去和别人、别国做生意，长久不了。必须有一种更宽容、更博大、更合理、更趋近的价值认同，用精明而友善的方式，去处理周边国家关系。

在举世言欢、娱乐至上的时代，道德、文化和信仰危机触目惊心，神圣而庄严的崇高之美更显弥足珍贵。正能量是时代发展、社会进步的核心力量。细数改革面临的硬骨头，多数都与人们的"公平焦虑"有关。社会主义核心价值观，必须内化于心，外化于行。崇尚自由、平等，经济发展才有源源不断的内生动力；追求公正、法治，社会生活才有崇德向善的道德风尚。权利公平、机会公平、规则公平，每个人都享有人生出彩的机会，社会信任才会蓬勃生长，公民美德才会蔚为风尚，个体的绚丽人生才能绘入中国梦的美好图景，福祉千秋万代。幸福不单是用物质、金钱的垒砌衡量的，而是以内心的淡定、从容、满足和处处充满的爱为标志。当大家热议道德、焦虑于价值观、倡导正能量的时候，应当从家训、家风起步，进而净化党风、政风，涵养社会风气，破解"破窗效应"，重塑民族精神高地。

"赶考"路上

1949 年 3 月 23 日，党中央、毛主席离开西柏坡，"进京赶考"，同年 10 月底蒋介石"搬家逃亡"。

毛主席等老一辈革命家在建立新中国政权的考卷上答出好成绩，画上圆满句号。

面对国际化、市场化、信息化、民主化涌动的大潮和现实严峻的重重挑战，党的十八大以来，新一届党中央率领全党同志保持冷静、清醒头脑，发扬老一辈"赶考"精神，全力求解历代王朝"兴也悖焉，其亡也忽焉"历史周期率这道"生死考题"。

近代以来，面对"三千年未有之变局、三千年未有之强敌"，中华民族经历了太多苦难、挫折和失败。今天，我国应对资本主义生产方式挑战、从传统社会向现代社会转型的大变局仍处进行时，我们虽然拥有巨额物质财富，但也面临前所未遇过的复杂问题：日益复杂多变的国际安全环境；高速发展带来的城乡、地区失衡问题，收入差距过大引发的社会公平问题，脱离群众的官僚特权问题，侵蚀执政基础的腐败问题，日益严峻的环境污染问题……如何减少愚鲁盲动、急功近利，动实招，降虚火？如何坚守民族传统文化，尊重自然生态，不吃子孙饭、不断子孙路？如何崇尚文明，和平崛起？中国共产党正在经受和将要经受更加复杂和严峻的考验，面临重重"考试"，"赶考"正在路上……

人民最关心的问题，莫过于日子无忧无虑，身体没病没灾，心情舒畅愉快。第一代农民工背的是"蛇皮袋"，"包吃包住，给足工钱"就满意；新一代农民工穿着西装、拖着拉杆箱，"体面就业，同城待遇"才满足。在多元多样多变的繁杂社会拼图中，期盼提高、梦想升级的何止2.6亿农民工？城市居民对蓝天的渴望、餐桌丰盛后对安全的期许、"富了口袋富脑袋"的需求……"发展起来以后"的各种期盼，在13亿的基数上排列组合，真可谓是大数据时代的大数据"民生清单"！做到"国无弃人"，何其艰难。"民以食为天"，面对日益严重的食品安全危机，才真正有了塌天的感觉。

除了解决民生的"更高"与"更多"，还要思考与群众如何"更亲"与"更近"。让"安泰"真正根植大地，保持蓬勃生命力，这是当今共产党人自我净化、革新与超越的命题。

我国已走过了近四十年改革开放的辉煌历程。十八届三中全会开启全面深化改革的新征程。每一项改革都紧扣"人民"，重民生、谋福祉是改革发展的重中之重。近些年来，从"寒门难出贵子"的喟叹，到农民工"城乡两无依"的惆怅，再到"不怕苦，就怕没机会"的担忧……折射出社会的"公平焦虑"；

基层民众产生改革疲劳、焦虑和冷漠症。公平正义，正引领每个人的追梦路。这是现阶段凝聚共识的"最大公约数"，也是人民支持改革的"动力源"。个性发展，社会公平，政治清明，是老百姓最直接、最迫切的改革梦想。更好的教育，更高的收入，更稳定的工作，更完善的保障，更有尊严的生活，这是老百姓心中现实版的"中国梦"；平衡好权利与福利，是政府的本事。

大树的腐朽是从烂根、烂芯开始的，日积月累，外面看起来依然强大，可是遇到狂风暴雨，就会面临危险。纵观全球，几乎所有发达国家都经历过一场不见硝烟的反腐战争，逐渐由以法治国、以法治贪，推动社会走向廉洁、透明、公平。香港社会曾经就是一个浑身长满癞疮的重症患者，腐败横生，经过一番脱胎换骨的大手术、痛苦地治理，变成了一个被世界公认的光鲜靓仔。自古淫靡歌舞消磨斗志，切莫"暖风熏得游人醉，直把杭州作汴州！"绝对的权力必然产生绝对的腐败！腐败对党的事业造成致命伤害，甚至有亡党亡国的危险。中央勇于打虎拍蝇，既扬汤止沸，又釜底抽薪，扎"笼子"管住权力和金钱。这给我们极大信心和希望！

世界是一个村、一盘棋。每个国家、每个人的事，都与整个地球休戚相关。美国本土的"9·11事件"，是当今世界最惨烈的恐怖袭击，彻底摧毁了"美国安全"的傲慢神话，使已经疲软不振的美国经济陷入衰退，让全世界的人都感到颤抖和恐惧。马来西亚MH370航班与地面失去联系，杳无音讯，全世界人民揪心，渴求真相。《苏联亡党亡国20年祭——俄罗斯人在诉说》，让我们如此近距离感受了那段沧桑巨变的历史，仿佛是一个亲历者的悲怆泣声。在我国社会转型期重温邻国那段惊心动魄的历史，心灵受到震撼。鲜血淋漓的教训：没有法治的无序的所谓民主只能是民族灾难。纵观世界，许多国家和地区落入某些大国为建立世界帝国而设置的政治迷魂阵，面对乌克兰内外的"反"民主、"被"武力的现实，有人说美国"民主"并不"美"。世界称道的是，中国元首的欧洲之行，在自信友善的气氛中推动了欧洲梦与中国梦的交汇对接。世界多极，民众日子才安稳、平衡。

人类进入高度信息化时代，数字化正改变着世界和现代人的生活形态。智能化时代到来后，人类应当如何成长？人与人之间感情将如何沟通与交流？

以史为镜，可以知兴替。中国历史上最短命的朝代，一是曾经最强大的秦朝，一是曾经最富有的隋朝。法国大革命的爆发不是在它最衰弱的时期，而是在资本主义工业蓬勃兴盛时期。中国历朝历代，上演了无数气势磅礴的历史大剧，最精彩的剧幕莫过于东周。《东周列国志》结尾一言亮谜底："总观千古兴亡局，尽在朝中用佞贤"。纵观中国历史，"朝为田舍郎，暮登天子堂"，曾为无数士子开辟了实现人生理想的通道。封建士大夫柳宗元处逆境仍心存高远，他始终抱定积极的人生态度：穷则独善其身，达则兼济天下。江山代有才人出，各领风骚几十年。我国已成为世界人才的"大磁场"，将迎来归国人数超过出国人数的历史拐点。

　　路漫漫其修远兮，吾将上下而求索。中国共产党为民而生，为民而兴，为民而强，顺应时代潮流和人民期待，承担起神圣的历史使命，实现"两个一百年"奋斗目标和中华民族伟大复兴的中国梦，关键靠两条：一靠凝聚和释放人民的智慧和力量；二靠坚持和改善党的领导。"打铁还需自身硬"，党把自身问题解决好，人民就跟党贴心贴肺，即使有百个考验也如履平地，千个风险也会化险为夷。

　　转眼又到了硕果累累的深秋季节，中国人民正面向蔚蓝的大海，凝吸天地之灵气，翘首期待明天的精彩与辉煌……

扫描二维码
聆听作者的散文
《人　民》

城市的土味儿

近些年，沙尘暴增多，那一股股土味，直冲每座楼房，直逼每个人鼻孔。

土味儿，是城市与乡土血肉相连的东西，也是几千年城乡之间直贯灵魂的东西。

农村是中国人的故乡。翻翻族谱，任何人都可以嗅到自家三代以前的土味儿。

沿着城市的街口向远处眺望，乡村就生长在街口不远的地方。可以说，没有乡村的蔬菜、水果和肉蛋奶，也就没有城市妖娆的姿态，丰盛的餐桌与好胃口。

城市的故事如风，不知从哪里刮起，终不知将在哪里散尽。乡村冗长的故事，生长在茂密的庄稼地里，苗长、情节也长。

城里人是被泥土里长出的庄稼营养着长大的，泥土烧制的砖块垒高了城市的眼光和高度，但城里人却不喜欢泥土，更讨厌泥土和风相互缠绵、嬉闹的情景。

城里人的故事总是有开头没结局，因为城里的地面太硬，跪着祭祖，双膝生疼，依稀里也就失却或淡忘了跪拜的姿势和故乡的概念。城里没有泥土，逝者难以入土为安，只好以灰烬的形式存放在盒子里。逝者与生者都缺少生命的核心元素——泥土。

城市更多的是被冠以政治、经济、文化、金融、交通枢纽的字样，因而城市的内涵和外延更加丰富，在历史的长河中，就越发突兀地显摆出其尊贵的地位和品位。而乡村易被城市遗忘在历史弯曲泥泞的车辙里，于是被城市选为推销物资和堆放垃圾的场所。城市其实不缺土，但都被密密匝匝的高楼和游人如织的马路压在了下面。又宽又厚的马路下，都是坚硬稀缺的沙砾和泥土。

城市滋长得最快的是灯红酒绿。城市不仅延伸街巷，还延伸缜密的逻辑和发达的思维，所以城里人活得时髦、飘逸和洒脱。同时，城市依旧保持着惊人的胃口和速度，消化钢铁、能源和人情。乡村的胃口和摆放在城市人餐桌上的粮米和蔬菜、水果是对等的、和谐的，乡村可以包容城市的冷若冰霜和贪心的

地　气

速度，滋养城市和城市人的胃口，但在传承与情感方面不想和城市同流合污。

城市从乡村中娩出、崛起、长大，但它不会、也不愿再蜕化为乡村，哪怕它像楼兰一样被沙漠吞噬，在风沙中干瘪，也不会再退却。乡村的背景中依旧缀饰着田园牧歌式的生活场景和原始故事，普通而平凡，但一点儿也不庸俗、不落伍。自古只有陨落、凋敝的城市，而乡村却以亘古未变的内涵而隽永存在，散放出历史的幽香。

在乡村，老牛与牧童彼此守望。庄稼人面朝黄土，把自己生命的期望播种进黝黑的泥土里，把一切梦想向季节里扔去，和庄稼、土地一起葱郁，一起金黄。在鲜润的土地上，将十指插入泥土，攥一把，闻一闻泥土的清香，然后把泥土捏出心中渴望的形状，那是老农一生重复了多少次的庄重礼仪和神奇享受。消瘦的身影和溅落的汗珠也被编为一个章节，使故事闪现着更加真实的光芒。乡村和农民真正的笑声，镶嵌在季节深处的笑容和粗犷的酒歌里。

无论你年轻时如何在城市打拼、如何想方设法脱离农村的贫穷与愚昧，当年老的时候，总会越来越思恋故土家园，割不断乡情的脐带和对泥土的眷恋。热爱乡土，其实是热爱故乡的大自然和给你生命、姓名和记忆的村庄文化。乡间泥泞的小道、童年的故事，都成了人生的线索和回味。对于城市的情感，真如钱钟书先生的围城，"城外的人想冲进去，城里的人想逃出来"。乡村是土的世界，而城市也始终带有一股"土味儿"，这也许就是精神或灵魂深处最深厚、最持久的东西。

我无意贬低城市。城市与乡村是一母同胞的孪生兄弟，砸断骨头连着筋。我以为，在携手快速发育成长的进程中，这对双胞胎应坚守土地的色调、品质和味道。

扫描二维码
聆听作者的散文
《城市的土味儿》

城市低处的灯光

世间万物没有高低之分，人也如此。

就空间而言，高处有高处的威仪，低处有低处的风景。低处自然有独特的个性，同样有令人敬畏的精神与力量！

中央电视台一直在播出《留一盏灯，温暖他人》的公益广告，讲述城市楼上的年轻夫妻为一对在马路边就餐的清洁工亮灯的故事，善行无迹，传达出小善行、大善心的温暖力量。其实谁愿意去观察灯光下面的人，谁更愿意多留意我们这个城市低处的灯光，或者说，看这样的灯光很容易，就在你我身边，不需仰视，扭一下头，睁开眼睛，用心观察，即可触及，关键是走不走心，动不动深藏心中的那一丝善念。

2011 年年底的一个傍晚，我独自走上济南市东部高新区的菠萝山山顶。雨后的天气格外晴朗、清晰，虽然刚过立冬，气温已经下降，倒还没寒气逼人。满山的树木开始落叶，野草已经枯黄。我掀动鼻翼贪婪地吮吸山顶的清风。这风无拘无束，自由自在，从哪里来，要到哪里去，没人问津和关心。我尽情地感受着风中传递而来的种种信息和深秋的味道。我手扶一棵枝条遒劲、周身长满尖刺的山枣树，凝望北部低洼处，好像没多长时间就长出一片高楼。星星闪闪的灯光开始点缀起城市夜晚的靓丽脸庞。这时我突然发现：城市的灯光其实是有层次的，有上有下，上的辉煌，下的暗弱。这就像热带雨林和东北大森林一样，有高大风光的乔木，也有匍匐卑微的地衣和灌木。

当夜幕降临，城市高处的灯光总是先亮起来，亮出一份豪气、一种得意。城市高处的灯景璀璨壮观，可谓五光十色、缤纷多姿，张扬现代大都市迷离又温馨的夜生活。十字路口，高高的路灯光线强烈，将所有过往的行人与车辆照得清晰、亮堂；高架桥上的灯火，远远望去就像五彩的游龙或者蝴蝶结，光怪陆离；高档小区每个窗户里吐射出来的绮丽的光芒，幸福的故事弥漫在其中；还有城市上空那一射千里的景观灯，更是一个城市动人心魄的惊鸿一瞥。

城市高处的灯，如舞台上走过的模特儿飞扬的裙裾，吸引了多少羡慕的目光，让你不得不叹服一个城市的美丽与奢华。而低处的灯总是亮得迟一点，有点迟钝和羞涩，或者它的主人站在城市的高处，根本就无暇顾及城市低处的亮灯，更无暇观察低处灯光下的人生。低处的灯光没有秘密，生活在城市低处的

地　气

人生活是公开的，门窗没必要及时关闭，也不必要来掩饰什么。主人整日为了基本生存而奔忙，没什么贵重家当，就更谈不上隐私保护了。

　　生活在低处的人们有自己的生活形态和方式。夏季的一天，我走近建筑工棚时，工棚的门和窗都敞着，锈痕斑斑的铁锁就挂在简易门上。在建筑工地打工的汉子们还没回来，当然也可能结束了一天的劳作，正在回工棚的路上，所以屋顶上唯一的那盏灯泡还没睁开眼睛；门口那个卖小炒的小贩，早已摆了各种肉鱼和青菜以及佐料，但并不急于为自己的摊位接上灯火；工棚的西侧是个出租屋，这对夫妻是多年来在这个小区里拾废品的，他们虽然回来了，可也没舍得开灯，仍在黄昏的余光中归类地捆扎下午收回来的废报纸、塑料袋什么的，忙得没工夫抬头……伴随一阵嘈杂的说话声和散乱的脚步声，工棚的灯亮了。那灯光有些昏暗，甚至颤晃着。灯光映照着他们沾满泥土的衣服和乱蓬蓬的头发，每个人的脸上都汗渍渍的。灯光下，水龙头哗哗地响动，肯定是在洗脸、擦脸或者漱口。有人敲击着铝皮做的饭盒准备去吃饭，还有人大声吆喝着凑钱去买酒喝……低处的灯光下的人生是嘈杂的，更是卑微的，但却是我们这个城市生活真实鲜活的一面。小贩已经接上灯火、点燃煤气灶，开始叮叮当当地炒菜，还一边高喊着菜的价格，夸耀着菜的品质和自己的手艺。还有一位老太太在街旁放着一张半米高的饭桌，把在冷水中浸泡过的西瓜切成长条块，"又甜又脆，两元钱一块"。几位民工笑着坐下，伸手拿起西瓜就啃，只是把皮各自放在一边，便于数瓜皮的块数付账。老太太用低矮的灯光和凉爽的西瓜为农民兄弟降温，为这个火热的城市夏夜降温。这时收废品的出租屋内，灯终于亮了。女人正在用方言大声地训斥孩子，"和你败家的爹一个熊样，横草不拿、竖草不倒，就知道吃！"男人光着膀子边喝着酒，边眼盯着电视，新闻联播正在报道国家主席习近平在美国西雅图参观波音公司商用飞机制造厂的消息，"老娘们，就知道瞎叨叨，说不准，还得请我为波音公司造零件哪！"。无论处在什么层次，哪怕社会最底层，这种自信和自恋的含金量是高的，令人敬佩，值得点赞！

物质世界，五光十色，光怪陆离，诱惑多多。城市在节节拔高，有多少人还愿脚踩泥泞"留得枯荷听雨声"？登山者心仪巅峰，少有人还记得峡谷中"野百合也有春天"？在喧嚣舒适的生活中，我们常常喜欢仰望高处：高山，高楼，包括高扬的人生、高攀的职位……似乎只有在高处，才是我们目光的栖息地，才值得心驰神往。任何时候都不可忽视城市低处的灯光，因为它最真实地存在，最接近和贴近大地！仔细观察城市低处的灯光，就如同外乡人那一双双疲乏、困倦的眼睛，透出辛苦和期许。它们在这个简陋、偏僻的角角落落闪烁不息。完整的城市，既有高处灯光下的歌舞喧哗，也要有低处灯火下的安详与宁静。在这个城市低处的灯火下，也许就有我们的父母、兄弟姐妹，或者远房亲戚。只要有一盏灯为他们亮着，他们就会感觉到满足、光明和温暖……

开春，不经意步入一片低处的原野，那丛生的野草、碧绿的菜畦、茂盛的庄稼、悠闲的牛羊、飞舞的蝴蝶、自由的虫鸣，还有轻轻拂面的山风、脸贴大地的野花，还有小河里结对洗澡的鸭子……会让人犹如置身世外桃源般的

地 气

风景！闲暇时分，走进街头巷尾，留意偏僻的乡村，也是一幅生动的市井图，彰显出生活的酸甜苦辣咸。那些简陋的房屋、落后的交通、昏暗的灯光、脏乱的卫生，价值观的扭曲以及秩序的沦乱，乡村社会显现出新的黑洞或陷阱。它不仅使得那些成功逃离农村的人们，最终遁入了城市，也使得那些最终回归农村的人们，通常都带着满身的病痛与绝望。那菜场中讨价还价的热闹，那角落里相互对弈的争吵，那树下老人凝神打太极拳的怡然自得，那三轮车夫边骑边哼唱的自由自在，虽然生活困难，可跳动着山区支教的爱心，有抢修电线、下水道的灵巧之手，有冒雨雪送快递邮递的车蹄，当然还有下岗创业的大嫂、自强自立的盲人，还有棚改乔迁的喜悦、拿到医保时的欢欣……让人感叹民间草野真实的性情，原来低处的风景那么纯朴与自然！城市低处和农村低处的风景紧密相连，散发着泥土的芬芳，展示着原汁原味的生活，带给我们一种温馨的感觉，一种褪去浮华的存在感，洋溢着向善向上的正能量。

普通大众夹杂在城市的高处和低处之间。在城市里总是贫穷与富有、强势与弱势、愚昧与聪明的鲜明对比。当然，人类社会从来都是如此。每天都有大群大群的人蜂拥而至，寻找新的生活与希望。你看：那个建筑工地上，在当空烈日的烘烤下，被晒得黝黑的男人和妇女用湿毛巾包裹住脸，在忙着搬砖头，扛水泥，搅拌水泥。有位实在太累了，就蜷缩着躺在墙角阴影里的一块木板上，打起呼噜。我记得有一次路过铁路旁铁皮房，只见房里碗、勺、盆、衣裳、塑料桶、牙膏、香烟还有夜壶等样样俱全，破旧的饭桌上铺着报纸，上面放着吃剩的食物，黑压压的一群苍蝇在飞舞狂食。铁皮屋外面的绳子上，晾晒着未干的衣服，粗布的褂子和各式的男女内裤迎风飘摆。远处是又骚又臭的公共厕所。强者站在城市的高处，弱者相应地就处于城市的低处。这些在低处的人，为了生活，有的去打工，做生意，有的去抢劫，偷盗，有的甚至去当混混。譬如因失业而走上犯罪道路的年轻小伙子，讨要薪水不成跳楼的民工，被鸡头威逼卖淫的少女……只要你注意阅读你所在城市的早报晚报，你会吃惊地发现，每天你身边都在上演各种悲喜剧。这些剧目的导演者、表演者、传播者，就是这些生活在城市低处的人群。当代中国，困难的群体，农村有，但最困难的却是在城市的角落。尽管社会保险和社会救助体系正在健全，但是夹缝和空白点难以根绝。

仰望是一种境界，俯视也是一种姿态。所谓低处的风景，并不是尊严的低下，人格的卑微。他们虽然渺小，但从不自惭形秽，有自己的活法；他们虽然弱势，但从不妄自菲薄，有自己的开心。通过社会底层的这个角落，我看见了颗颗怦怦跳动的人心，以及人心变异与坚守的过程。这令我震惊，也让我思考。为什么在过去的几十年里，中国人从过去的那么贫穷，一下子膜拜起金钱了呢？甚至在金钱的面前，什么尊严、道德、法规、传统，统统丧失！对人的心灵进行修复式的救赎、呵护、关怀与重塑，已何等重要和迫切。欣赏别人的时候，自己可能已成为别人眼中的风景。走在生活的风雨旅程中，当你羡慕别人住着高楼大厦时，也许瑟缩在墙角的人，正羡慕你有一座可以遮风的草屋；当你羡慕别人坐在豪华车里，而失意于自己在地上行走时，也许躺在病床上的人，正羡慕你还可以自由行走……我们都是远视眼，总是活在对别人的

地　气

仰视里；常常是近视眼，忽略了身边的幸福与感动。原来人穷，但都活得像个人；今天的人有钱了，但很多人活得却不像人。多往低处走走，多往平凡中走走，能连接"地气"，就不会冒"傻气"和"热气"。往往风景在低处，灵魂却在高处。

在快速城市化的进程中，生活在低处的主要是进城务工的农民，他们为了生计，背井离乡，来到陌生的城市，用"沉默的声音"，创造波澜壮阔的"中国奇迹"。他们无愧于这个时代。原来农村人要想成为城市人，除了当兵提干，考大学，顶替在城里工作的父母，没有其他路可走。如今的城市给了他们机会，他们给了城市以创造，给了城市新的风景线。城市的每个地方，都能看到他们忙碌的身影。他们穿上保安服装，为小区居民提供生活服务，为小区安全提供保障，风雨无阻。他们穿上工装，活跃在脚手架上，忙碌在服装车间，劳作在新的高速公路工地……农民工满足城市需求的同时，也创造城市需求。他们在城里要衣食住行，买衣服，租房子，买电动车。同时，农民工还是城乡融通的媒介和催化剂。城里修车、修电视机和电脑的技术嫁接到农村，经常需要他们来做桥梁。几亿进城务工的农民，每逢春节必定回家？挣钱谋生为什么非得进城？这举世无双的城乡间的巨大流动，是与城乡二元结构、城乡发展差距直接关联。他们成年累月的亲情分离和艰辛劳作，到底在心灵深处留下怎样伤痛和疤痕？勇敢者，会直面现实中遭遇的诸多的挫折、打击和失败，理智者也会有自己的判断。没有身处底层，没有真切体会到这种切肤之痛，就拆不除心头无形的"层"的隔膜。

　　我清楚地记得那是 2015 年 8 月 13 日的夜晚，我又独自跟着月光爬上热浪扑面的菠萝山顶。突然眼前有微弱的光亮闪过，静心一看，分明是飞舞的萤火虫儿。我好奇地想，整个山顶的植被已被彻底改造，竟然还有这些可爱的小精灵？她像流淌着一曲动人的音乐，在随着月光低语，那是沉默的声音，与时代和人生相依朝夕，美好与失望，悲伤和欢喜，不离不弃……我躬身坐在石凳上，摸一摸这低矮的小草、裸露的树根，享受着被重新修复的自然生态，目光盯着山下低矮处的楼群。陡然想起乡村许多旧居被废弃。许多倒塌成废墟的旧屋，被人改种了庄稼蔬菜或者果树。走进城里的群体，又面临许多新的困惑和纠结，说不清道不明的乡土社会的变迁和迷茫。农家子弟吃粗食淡饭长大，穿家织布衣成人。伴随城镇化、工业化的步伐，大量的农民进城，原来的血缘、亲缘、地缘的联系都开始淡化，人们的道德观念，特别是生存、生活方式都有很大的改变。从乡村走出，走进城市多年，但骨子里仍是一个乡下人，时常想到农村的山沟岭底的恣意和自由，想唱就唱，想喊就喊。一个离开了自己熟悉的土地的农民会感到很茫然，在城市，甚至路该怎么走、垃圾往哪里扔都不知道，上演起现实版的"陈奂生进城"；在农村可以高声说话，如果低声说话反倒会引起别人猜疑，在城市公共场合却不能大声喧哗；有的为少走几步路，横穿马路、闯红灯，不守交通秩序；有的老习惯难改，随地吐痰、乱扔垃圾。城市低处的人群最关心孩子的上学问题，包括交通安全、营养餐供给，谁接谁送等。城市文明素质的由低到高，是一个漫长过程，需要多少年甚至几代人的培养和文化积淀。

地 气

　　汪国真曾这样歌唱:"没有比人更高的山 / 没有比脚更长的路"。高处的精神之火,召唤"人往高处走"。这些年,中国经济社会快速发展,中国人习惯了仰头奔跑,无暇顾及低处的人生与风景。人身在高处习惯于往远处看,不大在意关注低处的灯盏。生活在低处的人们蜗居于某个简易房屋内,许多人不懂、不解他们的凄凉和隐痛,只有太阳公平地温暖和照亮每个房间。有人呼吁:"停下脚步,等等灵魂"。人生是一条上下波动的五线谱,有时高,有时低,这是自然。高时,可以洞视远方,预判风险;低时可以头脑冷静,蓄积力量,仰望蓝天。惊蛰过后,清明也就快来了。风明显暖了,我手握自家的钥匙,迈开坚实的脚步,走进西院,走进澄净、清澈、舒展的大自然,侧耳聆听低处鲜花竞相开放、虫鸟自由吟唱的声音……能够守住低处的人,适可而止有节有度,同样拥有博大和深邃,坚守着高尚与高贵。在低处生存的人显得弱小、卑微,抬脚就走向高处,步履艰难却很稳健。远处谁的孩子,在松软的草地上迎风学步,溅起家长爽朗的笑声!

　　站在城市的肩头,低头从城市低处捡拾一束心灵的花香鸟语,内心拨动爱与美的曲谱……

扫描二维码
聆听作者的散文
《城市低处的灯光》

泰山石敢当

　　"五一"前，我有幸来到"五岳独尊"的泰山脚下。清晨，沿岱庙走到红门，沿街的门店里摆着琳琅满目的泰安特产，最夺人眼球的是大大小小的泰山石，大都刻有红漆字"石敢当"，有的粗糙笨重，有的精细灵巧，让人目不暇接。我询问那位头发花白的店主：大爷，这"石敢当"能干什么用呀？他理了理胡须，笑着说："镇宅辟邪，保平安呗。盖新宅子，就得立一块或埋一块。立石时要自家人培土，不让外人看见，那才灵！"

　　我查字典、翻资料，寻根求源。"石敢当"是远古人们对灵石崇拜的遗俗，《辞源》中解释："唐宋以来，人家门口，或街衢巷口，常立一小石碑，上刻'石敢当'三字，以为可以禁压不祥。"史游曾在《急就篇》（章）有记载："狮猛虎，石敢当，所不侵，龙未央。""石敢当"在不同的地方有不同的样式，

地　气

有浅浮雕的，有圆雕的，有刻有八卦图案的，有只在石头上刻字的。据考证，"石敢当"之前加泰山，叫"泰山石敢当"，应始于明代，流行于清代，传至今日，其意是借神圣的泰山以增石敢当之威力。

"泰山石敢当"石刻为有形载体，与无形的历史传说、民间故事同体存在。传说泰山脚下有一个人，姓石名敢当。此人家境贫寒，靠打柴为生，自幼喜欢舞刀弄棒，武功高强，好打抱不平，在泰山周围名气很大。泰安南大汶口镇曾有户张姓人家，女儿年方二八，长得非常漂亮。每到太阳压山时，就从东南方向刮来一股妖气，刮开她的门，上她屋里去。天长日久，女孩面黄肌瘦，很虚弱。张家老人心急如焚，听说石敢当很勇敢，就骑上毛驴去请他降妖。石敢当慷慨应允，并作了充分准备。天黑后，从东南方向刮来一阵妖风，石敢当用脚猛地将热铜炉踢扣在妖精头上，约定的童男童女一齐敲锣打鼓。妖怪顿时头昏脑涨，吓得一气逃窜到福建。后来福建又有人被妖风缠住身体。怎么办呢？经多方打听，就把石敢当请去了。妖怪一见，又跑到了东北。东北又有个姑娘得了这个病，又来请石敢当。石敢当就想：我拿他一回，他就跑得更远，山南海北这么大地方，我也跑不过来呀。于是就和来人说："这样吧，泰山石头很多，我找石匠刻上我的家乡和名字'泰山石敢当'，你回去把它放在墙上，那妖就吓跑了。"从此这降妖的办法就传开了，谁家盖房子、垒墙的时候，总是先刻上"泰山石敢当"几个字垒在墙上的显眼处，就可以镇妖辟邪。

"泰山石敢当"不单是美丽的传说，有其历史的必然。细数起来，我国历史上一直是个农业大国，长期以来又是宗法式的社会结构，有埋石以镇的习俗。泰山崛起于黄河下游的冲积大平原，突兀挺拔，给人以格外巍峨险峻的视觉冲击。"泰山石敢当"石碑、石刻，不仅是"平安"的象征，更有"无声保镖"、"止煞祈福"的意味，给人以信心与力量。"泰山石敢当"走遍我国大江南北，甚至天涯海角。在广袤的乡野农村，许多民居墙壁朝街那面的上方，都端端正正地镶嵌着一块石头，上面雕刻有"泰山石敢当"。"泰山石敢当"还成了中国的和平使者，传播到了日本、朝鲜、韩国以及东南亚的泰国、马来西亚、马六甲等地，甚至也传播到欧洲和美国的唐人街。

"泰山石敢当"源于人们灵石崇拜的遗俗，属于中国的镇物辟邪文化。所追求的"吉祥平安"，体现了人们普遍渴求安居、太平、昌盛、福康的愿望。"国泰民安"，国泰和民安互为依存，国泰民才得以安，民安国才得以泰。一块普普通通的泰山石，守护着群众战胜邪恶的愿望，担当着保护百姓平安的使命与责任，如此神威，令人敬畏。

凡爬过泰山的人一定记得十八盘。从松山谷底至南天门的一段山路叫"十八盘"。全程不足一公里，垂直高度却有400余米。盘道两侧崖壁如削，题刻遍布，远望如天梯高悬。不攀登十八盘，理解不了什么是艰苦、艰难和毅力的含义。爬泰山十八盘，最考验和挑战你的恒心和意志力。只有咬着牙一步一步勇敢地攀登，才能抵达至美的境界。

地 气

我们在剧烈的心跳中，气喘吁吁地登上南天门，"天门一长啸，万里清风来"。我陡然觉得，每位登泰山者都是石敢当：怀揣信仰，不畏辛劳，自强不息，彰显凛然正气、当仁不让的豪气，挺拔起生命高度和人生纯度。

扫描二维码
聆听作者的散文
《泰山石敢当》

出类拔萃的秘密

那是深秋时节。那天，宿舍院里的园丁师傅正忙着把小竹林四周刨开，逐一斩断竹根，刨出近半米深的沟，用砖垒砌围堵竹根的砖墙。我蹲在一边帮助整理刨出的竹根，观察和闲聊。他口里念叨着："要不抓紧围截，明年这周围全是竹子了"。

十年前，搬进位于城郊的新宿舍时，门外的这片竹子刚栽上。长得干干巴巴的，既无生机，又少灵气，我真担心栽不活。

谁知道，仅几年的工夫，这簇竹子潇洒地长起来了。开春那竹竿由枯黄变成草绿，冒出淡黄稚嫩的芽尖。盛夏撑一片翠绿，秋冬依然挥舞着生命的绿手掌。清晨，我走在院内的石径小路上，竹林里传出唧唧啾啾的鸟鸣声和麻雀的

地　气

打闹声，真有几分"采菊东篱下，悠然见南山"的雅气与情趣。

竹子是草本的常绿植物，靠窜根繁育生长，喜欢温和湿润的气候，主要生长在南方。被历朝历代文人墨客称颂，既有高风亮节的品格，又有婆娑绰约的神韵，既虚怀若谷，又具奉献精神。鲜嫩的竹笋能够做成美食，身躯可以做成竹筏、编成竹篮竹筐，供人们装菜盛米。即使再细的竹条，可以扎成扫帚清扫尘土。苏东坡"宁可食无肉，不可居无竹"。

我国北方地区缺少常绿植物。上世纪六十年代末，山东等地南竹北移成功，竹子被移植在山地、水源、沟渠、田边、路旁，大大改善了自然生态环境。品种多是早园竹、淡竹、斑竹等。

我见证了这簇竹子的生长过程。栽植的前三年没看出生长，到了第五六年雨季过后，周围的土皮被拱出了裂缝，地上竟然冒出手指粗黝黑的笋芽，咧开小嘴喝着雨水，每天能窜半掌高，到秋季竟然已长到三四米高，成为竹林中的长子。新竹生长之后，它周围方圆几米内的其他植物好像停止了生长。我询问园丁师傅，原来新栽的竹子前三年不是没长，甚至没少长，只不过是以一种不易被人们觉察的方式在地下长根。根憋着劲，把根系在地下向四周默默铺开。这也是竹子只要栽上大地，很少枯死的缘由。经过三年多的地下生长，一株还未向上发芽的竹子，根已经在地下伸展了十多米，真可谓"博大精深"。有时一整片竹林实际上是根连在一起的"一棵竹子"，地下的茎根盘成一个疙瘩，分不清头尾。竹根悄悄"侵占"了周围其它植物根系的发展空间，"虹吸"了其他植物生长所需的水分和养料。当新竹开始窜芽生长时，就势如破竹，周围的各类植物都望尘莫及，新冒的竹笋如少女般亭亭玉立，翠绿而空灵。

《诗经》曰"瞻彼淇奥，绿竹猗猗"，夏日走近这簇竹林，稀疏中透出旺盛的凝聚，干瘦不失挺拔的气节。竹竿密密匝匝，竹叶婀娜多姿，阳光照耀在竹竿和竹叶之间，被风吹得斑驳陆离。成群的麻雀翻飞着，戏闹着，欢唱着，隐秘地生活在这片小竹林，夜晚就睡在竹枝上。我在夏日散步时，曾看见一只刺猬在石板小路上大摇大摆，拖儿带女地步入这片小竹林。

我仔细观察竹林里当年冒出的新竹，深秋时大都高过往年的旧竹。那日我仔细询问园丁师傅，他擦拭一下额头上的汗珠告诉我："竹子扎根三年不起身，憋着劲布根，为后代积蓄能量。笋芽一旦破土，就底气十足，高过老竹子啦。"新竹继承先辈遗传的秉性、耐性与骨气，脚踏实地，先发达根系，再破土发力、拔节窜高。远处，一对年轻夫妇正守护着孩子，蹦蹦跳跳地去上学，童稚的笑声栖落竹林和我的心灵。

"雨后春笋"比赛似地钻出地面，有粗有细，有高有矮。褐色的笋芽披着细绒毛，顶着露珠，周身充满力量。几天工夫，就出类拔萃，抬头才能望见梢尖……

地 气

人的成长，也应学习竹子的耐性，先脚踏实地，发达根系，再破土发力，拔节蹿高。

扫描二维码
聆听作者的散文
《出类拔萃的秘密》

醒了，中国睡狮！

"中国是头沉睡的狮子"，这是我国这个古老文明国度近百年间一个励志的汉语典故。

2014 年初春，国家主席习近平在巴黎中法建交 50 周年纪念大会致辞时，充满自信地说："拿破仑说过，中国是一头沉睡的狮子，当这头睡狮醒来时，世界都会为之发抖。中国这头狮子已经醒了，但这是一只和平的、可亲的、文明的狮子。"

开放自信、走向富强文明的中国，迅速崛起的中国，赋予国家领导人在国际场合坦然阐述这一立场的强大自信和厚重底气。

地　气

当年拿破仑惨败滑铁卢，与英国外交官交谈到中国时第一次使用了"睡狮"这一比喻。从此，"中国睡狮"的比喻在欧洲和全世界产生了轰动效应。

有人说：美国《时代》周刊是西方观察认识和研究中国的一把标尺。1958年，以毛泽东为封面人物时曾经引用过这句话："让中国睡吧，她一旦醒来，世界会感到遗憾。"时隔二十年，当邓小平被评为年度人物再次登上封面时，又引用这个比喻："让她睡吧，因为一旦醒来，她将改变世界。"

古老文明的中华民族曾为拥有四大发明和丈八蛇矛枪、青龙偃月刀而自豪。对中国人来讲，"睡狮"的比喻，既是清醒剂，又是麻醉药。

近代中国多灾多难，屈辱刻骨铭心。中国这头东方雄狮，是在苦难中、羞辱中、激荡中奋起、觉醒的。林则徐、杨靖宇等民族英雄"臣心一片磁针石"、"凛冽万古存"……

鸦片战争、甲午海战、八国联军火烧圆明园，卢沟桥事变、辛亥革命……直到俄国十月革命一声炮响，给沉睡的中国送来了曙光。在民族危难的历史关头，南湖红船承载起扭转民族危亡的重担，艰难地起航，直到毛主席站到天安门城楼上，用浓重湖南腔庄严宣告新中国的诞生，点燃惊天动地的辉煌和热血沸腾的自豪。

新中国，一个多么神圣的名字，从腥风血雨和刀光剑影中走来，朝气蓬勃，光彩照人，开启了中华民族的新纪元。中国人民沐浴五星红旗温暖的光芒，在中国共产党带领下，在一穷二白的土地上，用心血和汗水描绘出一幅幅历史性的画卷。

邓小平打开中国大门，这是人类历史上气势恢宏、开天辟地的伟大壮举，西方人夸张地比喻："这就像一艘航空母舰在一枚硬币上掉头"。

从"东亚病夫"到举办二十九届奥林匹克运动会。"这是一届真正的无与伦比的奥运会！"，世界因中国而精彩。

从两千多年前屈原的《天问》，到嫦娥奔月的传说、敦煌壁画上凝固千年的飞天图案，无不铭刻着中国人的飞天梦想。新中国成立六十周年前夕，装载中国梦想的"神七"发射成功。鲜艳的五星红旗飘扬在浩渺的太空，中国是何等骄傲与激动。

从农耕文明走来的中国，迅速从饥贫到温饱到小康，正在编织一张覆盖全体国民的基本民生保障安全网，破解一道世界级难题，创造人类文明史上的奇迹。

多民族和谐共融，展示各自独特魅力与色彩。香港、澳门漂泊近一个世纪，相继回归祖国怀抱。海峡两岸用泪水与血水浇铸的战争与和平、悲欢与离合的历史章节，正在兄弟间的交往中越走越近，越走越亲。祖国统一，亲人团聚，毕竟血浓于水、情大于天。

血液里流淌着黄河、长江的梦想与信仰的中国人，正自信地创造物质文明、科技文明和制度文明。视土地为命根子的中国人，咽下漠视海洋的痛苦之后，开始实施海洋战略，凝望着海上升起的太阳和西域霞光。觉醒的中国、走向复兴的中国，能量在聚集，分量在加重，世界重心在东移。

世界在变，中国在变；中国变，世界变。中国正在走向大国博弈的中心地带，外部战略压力已踩在中国门槛上。今天，全面深化改革大潮已经起势。强身壮体的中国头脑清醒、定力十足、信心百倍。勤劳智慧的中国人牢记"落后就要挨打"的警示，聚焦发展主题，提高民生质量，传承复兴文明，重塑自立、自强、自信的民族魂和公民素质。

"中国梦"，拨动了中国人民追求幸福生活的心弦，激活了中华民族最强烈的情感，这是国家民族的昌盛梦，每个中国人的幸福梦，扮靓同根同脉的海外华人华侨的炎黄梦……

醒来的中国在成长、在进步，铭记历史和责任，展示大国的胸怀、气度和品格，坦然地与世界握手、对话。中华民族没有国强必霸的基因，正睿智地处理领土争端，维护自己的正当权益。

"我劝天公重抖擞，不拘一格降人才"。春雷唤醒了长城内外，春晖暖透大江两岸，为国家繁盛、民族复兴和人民安康而凝心聚力。自信的中国正重塑精神高地，展示文化魅力，推动世界文化、文明的互动与包容，避免流血冲突、战乱和种族屠杀。崭新姿态的中国，是维护世界和平与发展坚定可靠的力量！

"路漫漫其修远兮，吾将上下而求索"。曾经几度辉煌的东方之国，当代中国和中国共产党人，正经受着更加复杂和严峻的考验，面临道道险隘难关，正铭记昨天的苦难辉煌，以猛药去疴的决心自我净化和革新，肩扛使命担当，坚守信仰与道路，抑制成长的烦恼，凝聚各方力量，创造盛世中国的美景。"赶考"正在路上……

中国这只醒来的雄狮，威风凛凛，正双脚踏在东方地平线上，傲视群雄，昂首发出惊天地、泣鬼神的长吼！

扫描二维码
聆听作者的散文
《醒了，中国睡狮！》

中国红

红色象征温暖与光明，红色彰显成熟与激情。

2016 年夏，在巴西里约第 31 届奥林匹克运动会上，中国女排勇夺世界冠军，续写中国骄傲与传奇。当身着红色运动衣的运动员们，凝望着鲜红的五星红旗伴随雄壮的国歌徐徐升起，无数国人心潮澎湃，眼含热泪。让我们最难忘的是那最美丽、最耀眼的核心颜色——中国红！

中国红，溯源于华夏民族对太阳神的虔诚膜拜，是中国人的吉祥文化图腾。代表喜庆与吉祥的红色，构成百姓生活主色调。榴红、枣红、朱砂红、陶土红、樱桃红、胭脂红、橘红……红色朝阳代表希望，红色夕阳象征成熟。春节，家家户户张贴红春联、红窗花，挂起红灯笼；结婚时，新娘坐的花轿盖红布，进洞房时新郎要为新娘挑红盖头；喜得贵子发的喜鸡蛋染成红色；结婚、添子贺喜也用红布、红纸包裹礼金、礼品，添丁进口时门楣上挂出红布条，男娃穿个红肚兜，女娃扎根红头绳。还有那舞龙耍狮的红绣球和象征大富大贵红得发紫的"中国结"。

中国红是中国革命、建设和改革的深厚底色。红星照耀中国，红色嵌入灵魂。中国近代以来的历史就是一部红色历史，承载着国人太多红色的记忆。中国共产党自1921年从南湖红船上庄严起航，千千万万仁人志士从硝烟战火和血海中冲杀出来，把五星红旗插上天安门城楼，宣告民族苦难的终结。红军长征胜利已经80多年。当年的红军战士穿着红军服，戴着红领章、红帽徽，举起红缨枪，在那片红土地上谱写惊世骇俗、惊天动地的红色传奇。"红旗漫卷西风"、"风展红旗如画"，红旗成为毛泽东等老一辈革命家钢铁意志和革命乐观主义的象征。岁月红尘浓缩人生精华。"不忘初心"，就要铭记先烈用生命与鲜血写下的誓言，将红色文化基因代代传承，永不褪色。

中国红，是最经典的中国元素，凝结着热烈、丰收、喜庆和温暖。每当重大节日，中国人的眼前总会飘舞起热烈而兴奋的红色。最神圣、最激动的是天安门广场上的升旗仪式。随着国旗手将国旗潇洒地抛向天空，鲜艳的五星红旗在嘹亮的《国歌》乐曲声中徐徐升起，每颗赤诚的心灵接受了庄严圣洁的洗礼。各地的广场、街道、店铺、学校、居民区、车身等都悬挂或张贴着五星红旗，老人、青年、孩子们手持小红旗兴奋地挥舞，全国的大街小巷飘舞着中国红，洋溢自豪与骄傲。异国他乡，凝望飘扬的五星红旗，如同见到日思夜盼的亲人，心潮澎湃，甚至热泪盈眶……

刻骨铭心的中国红，是藏在中国人心灵深处的文化情结。看见红色，唱起红歌，仿佛看见殷红的枪林弹雨中，无数的仁人志士冲锋陷阵，自然想起烈士用鲜血染红的旗帜，顿感信仰信念和自我革新超越的力量……我们忘不了我国第一颗人造地球卫星"东方红一号"飞上苍穹，播放着红色经典乐曲《东方红》。神舟七号飞船在太空舞动五星红旗，向世界宣告中国真正实现了千年飞天梦想。

世界在变，中国在变；中国变，世界变。中国正在走向大国博弈的中心地带，外部战略压力已踩在中国门槛上。国内，新一轮改革、发展的大潮已经起势，全面建成小康社会面临诸多困难。红色代表激情与活力，身强力壮的中国头脑清醒、定力十足、充满自信，正凤凰涅槃，浴火重生。中华儿女生龙活虎，热血澎湃，飒爽英姿，高擎鲜红的党旗、国旗，在古老神奇的中国大地上，齐力协力铺展开"两个一百年"的历史画卷，"中国梦"正喷薄而出，万紫千红。

铁骨柔情的中国女排，在上世纪我国改革开放初期，极其艰难地蝉联冠军，向世界举起中华民族永不服输的精神旗帜。风雨彩虹，铿锵玫瑰。在祖国面对重重困难和压力的今天，中国女排逆势取胜，打出自信与血性，又给国人注射了顽强拼搏、永不言败的兴奋剂。激励每位中国人使出"洪荒之力"，推动大国艰难崛起。

初秋的清晨，天高云淡，我路过一所小学门口。望见佩戴着鲜艳红领巾的孩子们，正目不转睛地迎着初升的朝阳，开展队日活动，让我羡慕与感动。那红红的笑脸、嘹亮歌声和跳跃的身影，盛开童年幸福和对美好未来的憧憬。

阅尽世间红色的景与物。中国红，凝聚中华民族血与火的辉煌历史，彰显中国人平凡生活的灿烂与光鲜，是中华民族复兴的璀璨霞光和生生不息的奥秘。

中国红在燃烧，她是每位中国人心头一团昂扬向上、不熄不灭的火焰。

中国红在闪耀，她映照着普通老百姓红红火火、温馨祥和的好日子！

扫描二维码
聆听作者的散文
《中国红》

跋　天光照耀

　　每天，我们睁开眼睛就会看到天，望见云，都会关注或询问："今天天气如何？"天气就是天光云影的气象变幻。"仰则观象于天"，是缘于云气聚散所反映出的日月星辰的意象变化。清晨，灿烂的阳光穿越云层，普照苍茫的大地，气象万千；透过红润的十指，轻轻抚摸我们的身体、温暖我们的心灵。这些年，大气污染严重，蓝天白云减少，人们见到湛蓝的天空兴奋不已，许多人在微信朋友圈转发蓝天白云的图片。

　　《庄子》曰："宇泰定者，发乎天光"。天光指日光、天空的光辉。朱熹"半亩方塘一鉴开，天光云影共徘徊"；范仲淹在《岳阳楼记》中描绘"上下天光，一碧万顷"。中国书法中的飞白和中国山水画中的留白，追求天光幻变的艺术效果和刚柔相济、虚实相生的艺术境界，拓展遐想的空间。天光也溶入我们的日常生活，如天光盐、天光玻璃、天光镜、天光巷、天光所等。

　　天光来自太阳。太阳的光芒永不停息地照耀地球。太阳形成的天光如喷涌而下的激流，给世界带来巨大能量。能量被地球吸纳，就风起云涌、风雨雷电，被吸纳转化，大地就孕育蓬勃万物和绿色生命，小草生长，鸟儿欢唱，庄稼丰收。通过食物流入我们的血液和大脑，滋养人类思考能力、学习本领、文化基因和文明沃土。

天光开启每一天。南方有"天光墟"的民间集市。清晨以老年人为主，也有抱着猎奇心的游客和早起的年轻人购物、淘宝。在北方，许多人口聚居区都有早市，主要是在晨曦中买卖新鲜蔬菜水果和各类早餐。互相招呼着："你看外面的天气多好！""来早市逛逛！呼吸呼吸新鲜空气，也活动活动筋骨？"长时间加班熬夜，会昏头昏脑，迎着朝霞走进户外，享受阳光恩惠，顿感神清气爽，精神抖擞，天光赐予人们旺盛的阳气。

天光伴随四季轮回。春天唤醒绿色，春雨从容和率真地哺育生命的风景，系着红领巾的孩童们迎接朝阳，挥洒着笑声奔跑追逐；夏天光照时间长、高温多雨，乡村流萤、城市霓虹和满天星光；秋天天高气爽、瓜果飘香，银杏金黄、枫叶火红，田野闪动成熟色泽；冬天寒意肃杀、阳光更加珍贵，"不经一番寒彻骨，怎得梅花扑鼻香"。我更喜欢月朗星稀、秋高气爽的时刻，放眼高空，看蓝天之上白云飞舞，那是一份静淡雅致的享受，心绪淡泊而高远。

不同位置和途径感知天光，既会感到"近"，又似乎"远"。乘飞机在天上看和脚踏大地看，景象和感受天壤之别。人到人生高处，往往浮云遮望眼。站在大地上看天光，能看清苍天的高远和胸怀。明代洪应明《菜根谭》有对联曰："宠辱不惊，看庭前花开花落；去留无意，望天空云卷云舒"。据资料，2015年广东高考的作文题目是："看天光云影，能测阴晴雨雪，但难逾目力所及；打开电视，可知全球天气，却少了静观云卷云舒的乐趣。"揣摩良久，不同时代、不同手段和不同心情感知自然，结论自然大相径庭。现代社会，人们负荷超重，在财富快速积累的同时，暴长了急功近利的浮躁心态。欲望诱惑皆为过程或幻影，淡泊名利终可达观纯粹，彰显崇高与神圣。凝望清晨或黄昏天边那一抹血色霞光，方可释然万种心境。

宇宙浩瀚，阳光照耀人类共生共存的这个地球。天光，盈满天宇、无边无际、无始无终，倾听大地呼唤，呼应万物心律，赐予我们温度与光景……我们每个人都公平自由地生活在同一个地球上，没有贵贱之分，也无高低之别。无论你地位显赫，还是一介草民，哪怕你曾经如何焦虑、偏激，甚至有背离常理的言行，阳光总是公平公正地照耀和恩惠每一颗心灵。阳光不锈，青春不朽。阳光让世界通透清晰，人间充满光芒与希望、温馨与感动。仰望天光，是一种昂首的姿势，是一种信仰，是向往光明与辉煌的渴望。

2017年10月2日，国庆节后的沂蒙大地被秋雨洗涤得旷朗无尘。清晨，我双脚牢牢踏在故乡大地上，只见遥远的东方地平线上清浊交汇，不一会儿，朦朦胧胧的地气在升腾，渐白渐亮的天光在跳跃，天开始放亮：灰暗的乌云逐渐退缩，天光和地气慢慢融为一体，孕育在大地母亲腹中的太阳，急切地透出一束束、一片片光亮，照耀着白云飘飘的蓝天，清澈且高远；照耀着吟唱丰收歌谣的大地，丰腴且温情；照耀享受家国恩惠的簇簇笑脸，舒心且灿烂……

2017年10月7日

扫描二维码
聆听作者的散文
《跋　天光照耀》

责任编辑:薛　晴
文字编辑:徐　源
特约策划:韩　甜
封面设计:王欢欢
版式设计:孙　昊
书名题字:厉彦林
微信公众号:liyanlinchina
配乐朗诵:山东省朗诵艺术家协会

图书在版编目(CIP)数据

地气:厉彦林散文选/厉彦林 著. —北京:人民出版社,2017.12
ISBN 978 - 7 - 01 - 018580 - 4

Ⅰ.①地…　Ⅱ.①厉…　Ⅲ.①散文集-中国-当代　Ⅳ.①I267

中国版本图书馆 CIP 数据核字(2017)第 285607 号

地　气
DIQI
——厉彦林散文选

厉彦林　著

人民出版社 出版发行
(100706　北京市东城区隆福寺街 99 号)

北京汇林印务有限公司印刷　新华书店经销

2017 年 12 月第 1 版　2017 年 12 月北京第 1 次印刷
开本:710 毫米×1000 毫米 1/16　印张:22.75
字数:280 千字

ISBN 978 - 7 - 01 - 018580 - 4　定价:59.80 元

邮购地址 100706　北京市东城区隆福寺街 99 号
人民东方图书销售中心　电话 (010)65250042　65289539